아버지의 알리바이

고창근 소설집

뿌리출판사

아버지의 알리바이

고창근 소설집

뿌리출판사

몇 년 전 초등학교 2학년 아이가 기르던 개한테 물려 죽은 적이 있습니다. 그 아이는 부모가 이혼하여 조부모 집에서 생활했는데 조부모는 평소에 멀리 있는 땅에 일하러 갔다가 일주일만에 돌아왔다고 합니다. 집은 비닐하우스를 개조한 것이었습니다. 며칠째 학교에 오지 않아 담임 선생님이 집에 찾아가니까 집에서 기르던 개한테 물려 죽은 아이가 발견되었던 것이지요.

나는 이 아이를 생각할 때마다 가슴이 저릿해 옵니다. 그리곤 이 시대를 껴안고 살아야 할 작가로서 자괴감이 듭니다. 그 아이가 굶주리고 무섭고 외로울 때 난 무얼 하고 있었나. 그 아이가 죽어갈 때 난 무슨 생각을 하고 있었나. 가슴이 사무칩니다. 지금 이 시간에도 그런 아이들이 많을 텐데.

아이는 죽어가면서 무슨 생각을 했을까요. 아니, 매일 혼자서 비닐하우스에서 지내면서 밤이면 무슨 생각을 했을까요. 캄캄한 밤이면 외로웠을 테고 무서워서 엄마 아빠 생각을 했겠지요. 반찬은 김치밖에 없고 밥은 떨어졌습니다. 할머니가 시키는 대로 쌀을 안쳐야 할 텐데 깜박 잊고 밥을 안치지 못 했습니다. 아차, 개밥을 줘야겠구나. 할아버지가 그토록 당부했는데. 그리곤 주린 배를 안고 밖으로 나오니 자신보다 더 큰 개가 개집 안에서 미친 듯 울부짖습니다. 개도 며칠째 굶은 것이지요. 아이는 사료를 퍼서 개집으로 갑니다. 희번덕거리는 개의 눈과 마주친 아이는 움찔거립니다. 하지만 개밥을 주어야 하겠기에 조심스레 개집 문을 엽니다. 순간 …….

가끔 사람들이 제 소설이 어둡다고 합니다. 그렇습니다. 어두울 수밖에 없지요. 얼어 죽은 노숙자. 자살한 비정규직 노동자. 쌀값 폭락으로 시름하는 농민. 죽은 지 한 달 만에 발견된 독거노인. 이런 하늘 아래에서는 소설이 어두울 수밖에 없지요. 아니, 그들에 비하면 제 소설은 너무 환합니다. 밝습니다. 그래서 미안할 따름입니다.

소설집을 엮으려고 써놓은 소설들을 읽다 보니 부끄럽습니다. 참 치열하게 살아야겠다는 생각이 들었습니다. 주위 사람들을, 자연을 더욱 더 사랑해야겠습니다. 아픔을 함께 느껴야겠습니다.

끝으로, 아내 육정자에게 감사드립니다.

2011. 3월

경북 상주 주막듬에서

차례

아버지의 알리바이
고창근 소설집

범죄 없는 마을

짙은 안개에 비마저 내리던 밤이었다. 시내에서 공중보건의들의 회식이 있어 모처럼 시내에 다녀오던 길이었다. 저녁 반주로 맥주 몇 잔을 마셨으나 취한 상태도 아니었고 시간도 많이 늦은 것도 아니었다.

짙은 안개를 향해 하얀 원기둥 빛을 내뿜는 자동차는 마치 허공 속으로 빨려 들어가는 것 같았다. 시계는 3~4m를 넘지 않은 듯 했다. 제대로 집으로 가고 있는가. 전혀 낯선 곳으로 가고 있다는 불안감과 긴장감에 나는 가능한 고개를 앞으로 내밀었다. 운전대를 잡은 손에는 나도 모르게 힘이 들어갔다. 시내에서 벗어나 비 내리는 안개 속을 50여 분이나 지났을 때에야 눈에 익숙한 삼거리가 나타났고 곧장 우회전을 하자 왼쪽에 '범죄 없는 마을' 이라는 표지판이 나타났다. 그때서야 깊은 한숨이 터져 나왔다.

보건지소 사택이 마을에서 조금 벗어난 곳에 있어 나는 차를 서행하며 왼쪽 차창을 내리고 심호흡을 했다. 먼저 눈에 띄는 희미한 건물이 마당이 넓은 농협의 창고였고 그 다음이 농협 연쇄점, 농협, 우체국 순이었다. 그 다음은 간판의 불이 꺼진 학화 식육식당이 있었고 오른 쪽으로는 면사무소가 자리를 지키고 있었다. 그 너머엔 2층짜리 초등학교가 있을 텐데 건물이 안개에 가려 보이지 않았다. 마을을 갓 벗어났을 때 한 사내가 길을 가로지르는 모습이 보였다. 마치 덩치가 큰 동물이 휙 지나가는 것 같았다. 가까이 다가갔을 때 사내는 우산으로 몸을 가렸다. 무심코 지나가는데 도로 옆에 있는 외딴집으로 재빨리 들어가는 사내의 모습이 언뜻 백미러에 비쳤다. 손에는 검은 비닐봉지가 들려 있었다. 저 집은? 나는 고개를 갸우뚱했다. 집주인은 아니었다. 집이 보건지소와 가까워 집주인을 잘 알고 있었다. 80세가 가까운 할머니와 이제 막 20세를 넘긴, 정신지체 1급 장애자인 손녀가 살고 있는 집이었다. 잘 아는 동네 사람인가? 비닐봉지까지 들고 있는 것으로 보아 나는 그렇게 막연하게 생각했다. 그 집은 평소에도 마을 사람들이 자주 드나들며 먹을 것이며 입을 것을 갖다 주기 때문에 크게 의심하지는 않았다. 차를 보건지소 앞에 세우고 뒤쪽에 있는 사택으로 들어가며 외딴집을 돌아보았으나 짙은 안개에 보이는 것은 아무 것도 없었다. 나는 비를 피해 뛰듯이 사택 안으로 들어갔다.

사택에서 생활한 지 이제 겨우 3개월이 지났을 뿐인데도 몸을 누이고 사는 곳이라 방으로 들어오자마자 안도감을 느끼는 내 자신에게 코웃음이 나왔다. 하지만 누가 뭐래도 마을은 범죄 없는 마을답게 평온한 것은 사실이었다. 나는 곧장 그 사내를 잊었고 다음날부터 나른하고 특별한 일 없는 공중보건의로서의 생활이 계속되었다.

"무탈하게 3년을 보내게. 군 대체복무라는 신분을 잊지 말고."

4주 동안의 기초 군사훈련과 1주 동안의 직무교육을 받고 S시 청하면 보건지소 공중보건의로 발령났을 때 치과 닥터인 P가 한 말이었다. 그러나 나는 본과 4년을 마치자마자 군의관을 선택하지 않고 서둘러 공중보건의를 희망한 것은 단순히 편하게 3년을 때우자는 심산은 아니었다. 열악한 농촌지역의 의료 현실에 조금이나마 기여하고 싶다는 치기어린 마음도 없지 않아 있었지만 짧지만은 시골 생활을 한 번 해 보고 싶다는 작은 소망 때문이었다. 중 2때 폐가 좋지 않아 경북 울진군의 시골에 있는 외가에서 1년 동안 요양을 한 적이 있었는데 그때의 농촌 생활이 참 아늑했던 것이었다. 그래서 비록 희망했던 외가가 있는 곳으로 가지 못 했지만 나는 S시내의 원룸에서 생활하라는 P의 권유를 뿌리치고 보건지소 사택에서 거주했다.

"갑갑해서 되겠어?"

공중보건의 2년차인 P는 우려스런 눈길을 보냈다.

며칠 뒤 시내에서 환영회를 겸한 회식이 있던 날 간호사와 사무직 직원들이 먼저 가자 나와 단 둘이만 남게 된 P는 2차로 괜찮은 술집에 가자며 앞장섰고 나는 머뭇거리다 할 수 없이 뒤를 따랐다. '스페인' 이라는 고급 술집이었다. 자리에 앉자마자 양주와 함께 아가씨 두 명이 들어왔다. 한 아가씨가 인사를 건네며 P의 옆에 앉았다. 많이 와 본 듯 했다.

"거긴 술 마실 데가 있어야 말이지."

P는 양주를 입으로 가져가며 나에게 마시라는 시늉을 했다. 거기란 보건지소가 있는 청하면을 가리키는 것이었다. 그 말은 사실이었다. 문화 공간은커녕 유흥 공간 또한 전혀 없었다. 술을 전문으로 파는 데는 없고 식당이래야 식육식당과 주위의 공무원들이 점심을 먹는 안동집이 전부였다.

"그래도 범죄 없는 마을이잖아요."

나는 그 표지판이 좋았다. 사실 그 표지판이 아니더라도 범죄가 일어날 일이 없을 것이라는 생각이 절로 들었다. 사람들은 순박했고 이렇다 할 유흥가도 없을 뿐더러 젊은이들도 없었다. 중학교도 내년에는 폐교된다는 곳이었다.

"푸하하하. 순진하긴."

P는 술잔을 들다 내려놓으며 정색을 했다.

"시골 사람들과 너무 가까이 지내지마. 하여튼 민원만 안 생기게 하면 돼. 우리야 무탈하게 3년만 채우면 되는 거 아냐? 빨리 1년 마저 채우고 서울로 가야지."

P는 자신의 파트너 가슴으로 손을 가져갔다. 그날 밤 P는 나에게 내 파트너와 따로 시간을 갖도록 했지만 나는 정중히 사양하곤 사택으로 돌아왔다.

그 뒤로 P는 몇 번이나 시내에서의 생활을 권했지만 사택 생활을 고집했다. 토요일마다 서울로 가서 월요일 늦게 오는 P와는 달리 나는 휴일에도 사택에 남아 텃밭을 일구거나 자전거를 타고 들판을 다니기도 했다. 마을 사람들은 그런 나에게 관심을 갖고 접근했다. 상추 씨앗을 뿌릴 땐 깊게 뿌리지 마여, 잡초가 하나도 없이 말끔히 풀을 뽑으면 너무 손길 타도 안 된다카이, 배추는 북을 줘야한다카이, 하며 호미를 들고 직접 시범을 보이기도 했다. 그러면 나는 나도 모르게 가슴 속에서 뭉클한 것이 솟아오르기도 했다. 농촌 사람들의 심성에 또 한 번 탄복하는 것이었다.

밤늦은 시간에 외딴집에서 두 번째로 남자를 본 것은 시내에 식료품을 사러갔다가 역시 공중보건의인 훈련소 동기를 만나 술을 마시고 늦게 들어오던 참이었다. 그때는 대리운전자에게 차를 맡기고 있었기 때문에 남자를 분명히 볼 수 있으려니 했는데 이번에는 외딴집을 나온 사내가 재빨리 어둠 속으로 몸을 숨겨 제대로 볼 수 없었다. 며칠 전의 사내는 아니었다. 우선 덩치가 왜소했다.

나는 사택으로 와서도 마당에서 한참을 서성거렸다. 외딴집의 외등은 사택에 도착했을 때 이미 꺼진 상태였다. 이건 분명 내가 모르는 사실이 있다는 생각이 들면서 가슴은 쿵덕쿵덕 뛰었다.

다음날 모닝커피타임 때 외딴집과 마을 사람들과의 관계를 김간호사한테 은근슬쩍 물었다. 김간호사는 남편이 농협의 상무로 근무하고 있는 이 지역의 토박이로 40대 초반이었다. 외딴집은 할머니가 노동력이 거의 없고 손녀역시 정신지체장애 1급이라 기초생활수급자로 지정될 수 있는데도 정부지원금을 못 받고 마을 사람들의 물질적 도움으로 근근이 생계를 유지하고 있다는 것은 발령을 받은 지 며칠 지나지 않아 알고 있는 사실이었다. 할머니에겐 아들이 있어서 기초수급대상자가 안 된다는 것이었다. 하지만 아들은 며느리가 집을 나간 후 전국의 막노동판을 전전하는 지라 집에 있는 날은 며칠 되지 않고 또한 경제적으로도 도움은 별로 되지 않는다고 했다. 차라리 어디 가서 콱 죽어버리면 할머니와 손녀가 기초생활수급자가 되기 때문에 그것이 더 낫다고 마을 사람들은 수군거린다고 김간호사는 말했다. 역시 김간호사는 마을 사람들을 칭찬했다.

"그 집은 아마 다른 동네에 있었다면 못 살 거예요. 우리 동네처럼 너나할 것 없이 도와주는 마을이 또 있겠어요?"

외딴집의 할머니와 손녀가 입성이 크게 추레하지 않은 것만 봐도 마을 사람들의 도움이 크다는 것을 금방 알 수 있었다. 하지만 일말의 의심을 갖지 않을 수 없어 며칠 전 밤에 본 남자 얘기를 조심스레 꺼냈다.

"밤에도 도와주러 갈 수 있는 거 아니겠습니까. 무슨 급한 일이 있거나 하면."

하긴 3개월 동안 겪어 본 바에 의하면 남자 여자 할 것 없이 마을 사람들은 무시로 그 집을 드나들었다. 그러면서 그녀 자신도 며칠 전 밤에 손녀가 배가 아프다 하여 그 집에 다녀온 적이 있다고 했다. 나는 고개를 끄덕거릴 수밖에 없었다. 만약 마을 남자들이 그 손녀에게 몹쓸 짓을 한다면 같은 여자로서 김간호사부터 가만히 있겠느냐는 생각 때문이었다. 또한 그렇게 자주 밤에 그 집을 드나들면 마을 여자들이 눈치 채지 않았겠냐는 생각에 괜스레 내가 무안해 말머리를 돌리고 말았다. 하지만 그 손녀의 모습은 자꾸만 뇌리에 남아 떠나지 않았다. 손녀는 볼 때마다 혼자 히죽거리며 거리를 활보했다. 그러다 아무데나 퍼질러 앉아 마치 시인처럼 먼 허공을 지그시 응시하기도 했다. 그러다 마을 어른들을 만나면 깍듯이 인사를 잘 하기도 했다. 얼굴이 예쁘기도 했지만 해맑아 누구에게나 호감을 샀다.

그 후로 나는 그 외딴집의 일은 잊고 평상시와 같이 지내게 되었다. 발령 받은 지 6개월이 지나자 가끔 P를 따라 시내에 가서 스페인에 들렀으며 이제는 안면을 익힌 이양이라는 아가씨와 밤늦도록 어울렸다. P의 말처럼 갑갑하면 한이 없이 갑갑한 생활이 시골 생활이었다. 20대의 뜨거운 나이는 그렇게 나른한 시골 생활이 어울리지 않았다. 술을 마실 곳도 친구도 없었다. 진료소에서 하루 종일 근무하고 바로 뒤에 있는 사택으로 와서 혼자 지내기엔 피가 너무 뜨거운 나이였다. 점점 시골 생활에 싫증이 났고 시내로 나가는 일이 잦아졌다. 점점 P와 함께 가지 않고 혼자 시내에 갔다. 당연히 가는 곳은 스페인이었다. 어쩌면 내 무료한 삶을 지탱해준 것은 스페인이라는 공간이었다. 또한 토요일은 어김없이 서울 집으로 갔고 P처럼 월요일 오전에 출근하는 일이 잦았다. 간호사들도 그런 나를 나무라지 않고 당연히 받아들였다. P는 빙그레 웃는 것으로 답을 했다.

근무한 지 1여 년이 지나자 P는 퇴직을 했고 후임자로 마침 고등학교 후배가 발령받아 왔다. 나는 형제보다 더한 반가움을 느꼈고 다음날 곧장 환영회를 열었다. 1여 년 전 P가 그랬듯 간호사를 비롯한 직원들이 가고나자 나는 2차로 스페인으로 가자고 했다. 후배는 머뭇거렸고 나는 그의 팔을 이끌었다.

"뭐냐, 그러니까 사택에서 생활하겠다고?"

술이 들어오고 아가씨들이 옆에 앉았을 때 나는 정색을 하고 말했다.

"범죄 없는 마을이잖아요. 시골에서 생활하고 싶었어요."

1여 년 전 내가 P에게 했던 말을 고스란히 뱉어내는 후배에게 나는 실소를 하고 말았다.

"순진하긴. 무탈하게 지내. 시골 사람과는 너무 가깝게도 멀게도 지내지 말고. 우리야 3년만 때우면 되는 거 아냐?"

나는 P처럼 말을 하며 잔을 들고 건배를 제의하였다. 후배는 어색하게 잔을 들었다. 아마도 이런 데서는 처음으로 술을 마시는 모양이었다.

"그 동넨 너무 갑갑해. 아마도 1년도, 아니 6개월도 못 견딜 걸."

"아닙니다. 원래 촌놈이라 이런 델 일부러 지망했습니다."

시골 출신에다 가난해서 원룸 생활할 돈도 없다고 했다. 학비는 부모가 대었지만 나머지는 자신이 아르바이트해서 생활했다고 했다.

"청승떨지 마라."

나는 그의 말을 흘러들으며 후배 옆에 앉은 아가씨에게 오늘밤 총각딱지 좀 떼 주라고 했다.

후배는 사택에서 생활하며 마을 사람들과 잘 어울려 지냈다. 면사무소에 부탁하여 마을 이장들에게 홍보하게 하여 마을 사람들에게 스케일링을 해 주기도 하였다. 시내 치과의원에서 하면 5만원이 드는데 보건지소에서 하면

900원만 들었다. 또한 초등학교와 중학교에 공문을 보내 무료로 구강 검사를 해 주기도 했다. 환자는 꾸준히 늘었고 마을 사람들의 평판은 좋았다.

나는 나대로 시내에서 원룸을 얻어 일주일에 한두 번은 스페인에서 무료함을 죽이고 있었다. 진료소의 일은 여전히 한가했다. 대부분의 환자들은 감기나 단순찰과상 환자였고 가끔 가려움증을 호소하는 환자가 찾아와 당황할 때가 있을 뿐이었다. 피부과는 내 전공이 아니지만 시내와 많이 떨어진 곳이라 약을 처방하지 않을 수가 없었다. 그래서 나는 전임자가 했던 대로 항히스타민제와 스테로이드를 경구용과 주사 처방을 하였는데 피부과에 대해 문외한인 나는 안타깝고 불안했지만 어쩔 수 없었다.

그러던 어느 금요일이었다. 어쩌다 외식을 자주 하다 보니 반찬이 많이 남게 되었다. 공중보건의도 어차피 매인 몸에선 군인과 같았다. 그러다 보니 점점 술을 마시는 횟수가 늘어난 것도 원인이 되었을 것이었다. 나는 남은 반찬을 플라스틱 반찬통에 넣고 비닐봉지에 담아 출근을 했다. 외딴집에 가져다 줄 생각이었다. 그동안 반찬이며 빵 같은 것을 여러 번 사다준 적이 있었다. 그런데 그만 아침에 깜박 잊고 반찬을 차에 두고 내리지 못 했고 퇴근하면서 직접 갖다 주게 되었다. 평소에는 김간호사한테 부탁을 했지만 김간호사는 이미 퇴근하고 없었다. 나는 차를 외딴집 앞에 세우고 집 안으로 들어갔다. 집은 일자형으로 방 2개에 마루가 있는 전형적인 시골집이었다. 하지만 생각보다 마당이며 마루가 깨끗하며 정갈한 느낌을 주었다. 그렇게 누추하지 않았다. 할머니와 손녀는 보이지 않았다. 아마 할머니가 남의 일을 하러 가면서 손녀를 데리고 간 듯 했다. 할머니는 좀 멀리 있는 곳에 갈 때는 손녀를 꼭 데리고 간다고 했다.

나는 머뭇거리다 반찬통을 마루에 내려놓았다. 어떻게 사나 궁금하여 방

문을 열어 보고 싶었지만 주인 없는 자리라 그냥 나오고 말았다. 문을 열고 차에 올라타려는데 등 뒤에 꽂히는 시선을 강하게 느꼈다. 나는 이상한 느낌에 뒤를 돌아보았다. 뒤에는 아무 것도 없었다. 이상하다고 느끼면서 고개를 돌려 차를 타려는데 또다시 어떤 강한 느낌을 받았다. 나는 차에 올라타지도 못 하고 주위를 다시 한 번 둘러보았다. 그제야 조금 떨어진 보건지소에서 후배가 뚫어지게 바라보는 게 보였다. 저놈이었나. 나는 갸웃거리며 후배에게 손을 흔들어 보였다. 하지만 후배는 손으로 답례를 보내기는커녕 뜨악하게, 혹은 화가 난 것처럼 계속 바라보는 것이었다.

"선배도 갖다 줘요?"

후배는 잠시 후 가까이 다가오자마자 다짜고짜 물었다.

"뭘?"

"아까 이 집에 무슨 비닐봉지를 가지고 들어가던데……."

후배는 무슨 취조를 하듯 캐물었다.

"아 그거 먹다 남은 반찬이 있어서."

나는 대수롭지 않게 말했다.

"아 그렇군요. 전에는 간호사한테 시키시더니."

아침에 깜박 잊고 차에 두고 내려 미처 김간호사한테 부탁할 수가 없었노라고 하며 차에 올라탔다. 그러곤 곧장 시동을 걸었다.

"그러게 말이야. 그럼 급한 일이 있어서."

"그러면……."

나는 후배의 다음 말을 듣지 않고 서둘러 가속페달을 밟았다. 백미러로 보니 후배는 계속 내 차를 주시하며 서 있었다. 나는 녀석이 왜 나에게 화났나 생각해 보았으나 마땅히 떠오르는 게 없었다. 녀석은 몇 번이나 시내에서 술 한잔 하자고 불러내도 나오지 않던 녀석이라 속내를 알 수 없었다. 스페인에도 환영회하는 날 이후로 한 번도 오지 않았다고 했다. 물론 환영회하는 날에도 파트너에게 손도 대지 않았음은 물론이었다.

월요일 아침에 보건지소에 들어서니 후배는 치과 진료실에서 진료를 보고 있었고 내가 보는 진료실에는 김간호사가 환자를 보고 있었다. 나는 진료실에 들어서며 아무 일 없었느냐고 물었더니 김간호사는 퉁명스럽게 아무 일도 없었다고 말하곤 눈을 마주치려 하지 않았다. 낮 동안 잠깐 본 후배도 마찬가지로 나를 슬금슬금 피하는 눈치였다. 나는 퇴근 무렵 서울에서 가지고 온 빵을 외딴집에 가져다주라고 김간호사한테 내밀었다.

"금요일에 선생님이 직접 갖다 주셨다면서요?"

김간호사는 화가 난 듯 물었다. 나는 순간 당황했다. 지금까지 이런 적은 한 번도 없었기 때문이었다. 또 한 번 같은 얘기를 하는 것이 짜증이 나기도 했지만 후배한테 한 것처럼 같은 말을 하지 않을 수가 없었다.

"처음이세요?"

언제 왔는지 후배가 팔짱을 긴 채 문 앞에 서 있었다.

"그럼 처음이지. 계속 김간호사한테 부탁했잖아. 그건 자네도 아는 사실이고."

어느새 내 입에서 자네란 말이 튀어나왔다. 보건지소 안에선 선배 후배보다 선생으로 호칭해오는 것이 관례였다. 후배도 당황한 듯 입을 다물었다. 김간호사는 빵을 들고 아무 말도 하지 않고 그대로 서 있었다.

"왜 그래, 도대체. 그 반찬 하나 갖다 준 게 무슨 큰일이라고 자꾸 그래."

나도 모르게 짜증스럽게 말을 했다. 하지만 후배도 지지 않고 말을 되받았다.

"정말 처음이시란 말이지요."

"그렇다니까. 자네도 봤잖아. 매번 김간호사한테 부탁하는 거."

"그럼 됐습니다."

후배는 곧장 가버렸고 그동안 김간호사는 빵을 들고 나갈 채비를 하였다.

"왜 그래요? 무슨 일 있어요?"

나는 되도록 감정을 누르며 물었다.

"선생님이 그 집에서 나오는 걸 본 사람이 한두 사람이 아니에요."

"그게 무슨 문제가 되는가요? 마을 사람들도 직접 갖다 주는데 나는 그게 안 되는 이유라도 있나요?"

"그게 아니라 자꾸만 이상한 소문이 돌아서요."

"이상한 소문이라뇨?"

"아뇨. 전 이만."

김간호사는 말을 자르며 재빨리 보건지소를 나가버렸다. 문을 열고나오니 빵이 든 비닐봉지를 들고 외딴집으로 가는 게 보였다. 뒤쪽 사택에 있는 후배에게 가서 물어볼까 하다가 다음 기회에 물어보자 하며 그만 퇴근해 버렸다. 서울에서 새벽에 출발해 피곤한 것도 있었지만 왠지 오늘만큼은 후배와도 별 얘기하고 싶은 생각이 없었다.

며칠 후 퇴근을 하는데 후배가 술 한잔 하자며 학화 식육식당으로 나를 끌었다. 태도로 보아 무슨 진지한 얘기가 있는 것 같았다. 나는 며칠 전의 '이상한 소문'에 대한 것도 있고 해서 선선히 뒤를 따랐다. 하지만 마을에서는 마시고 싶지 않았다. 마을에 있는 식당에서 직원들이랑 식사를 하거나 술을 마시게 되면 술자리의 얘기를 주인이나 옆 자리의 손님이 듣고 소문을 내는 것이었다. 악의야 없겠지만 그 말이 여러 사람의 입을 통해 되돌아오는 말은 가히 유쾌하지 않은 전혀 왜곡된 말이었다. 서울에서 온, 이방인에 대한 호기심과 경계, 혹은 일종의 적의라고까지 해야 할 그런 것들이 뒤섞여 있는 것이었다.

"우리 시내로 가지."

나는 후배의 팔을 잡았다.

"왜요?"

하지만 후배도 망설이는 표정이었다.

"느낌이 그래서. 자네의 태도가 말이야."

나는 농담반 진담반으로 말을 던졌다. 보나마나 외딴집에 관한 얘기일 테고 그런 얘기라면 마을 사람들이 들어서는 좋을 것이 없었다.

"그럴까요?"

후배는 잠깐 뭔가 생각하다 내 말에 수긍했다. 우리는 시내의 삼겹살 전문 식당에 마주 앉았다. 환영회 때 마시고 처음 술자리에서 마주하는 것이었다. 보건지소에서 보다가 막상 정색을 하고 자리에 앉고 보니 딱히 할 얘기가 없었다. 그 전의 '이상한 소문'이라는 것도 내 쪽에서 먼저 꺼내는 것보다 먼저 술을 마시자고 한 후배가 꺼내길 바랐다. 목마른 사람이 우물 판다고 역시 후배가 고기가 채 익기도 전에 말을 꺼냈다.

"선배님도 알고 있었죠?"

"알다니?"

역시 그 얘기구나 싶으면서도 뭔가 뒤통수가 당기는 기분이었다.

"선배님도 직접 갖다 주었잖아요."

"직접 갖다 주었지. 딱 한 번. 근데 그게 뭐가 어쨌다는 거야? 무슨 음모라도 있다는 얘긴가?"

"선배님을 믿으니까. 한 번이라는 것도 제가 본 것이고…….."

"한 번이 아니면. 그 집에 음식 갖다 준 게 한두 번도 아니고. 물론 김간호사를 시켜서 한 일이지만. 근데 대체 직접 갖다 주면 안 되는 이유라도 있단 말인가?"

나는 처음엔 방어적 태도를 취하다 이러면 안 되겠다 싶어 적극적으로 말을 되받았다. 고기를 뒤집던 후배가 정색을 했다.

"정말 몰랐어요?"

"뭘?"

여전히 내 입에서 퉁명스럽게 말이 튀어나왔다.

"마을에서 어떤 일이 벌어지고 있는지 정말 모른단 말이죠?"

후배는 여전히 의심스런 눈빛이었다.

"좀 자세히 얘기해봐. 도대체 마을에 무슨 일이 일어난단 말이야?"

나는 나도 모르게 음성을 높였다. 후배는 고개를 들어 나를 정면으로 응시하더니 먼저 술잔을 들었다. 나도 따라 들었다. 후배는 연거푸 두 잔을 마시고 나서 고기를 입으로 가져갔다. 내가 정말 모르고 있나 생각하는 것 같았고 어떻게 얘기해야 하나 궁리하는 것 같았다. 나도 술을 마시고 나서 고기를 상추에 싸지 않고 그냥 기름소금에 찍어 입으로 가져갔다.

"그 외딴집에 마을 남자들이 밤에 드나드는 것은 알고 있었죠?"

여전히 취조하는 듯한 말투는 크게 변하지 않았다.

"그게 뭐 어때서."

나는 한 발 뺐다.

"그게 그렇게 단순하지 않다는 걸 선배님도 잘 아시잖아요. 그것도 하루이틀도 아니고."

"좀 자세히 얘기해봐. 뜬구름 잡는 것처럼 하지 말고."

후배는 술잔을 들어 단숨에 들이켜고 안주를 먹지 않은 채 말을 했다.

"정기적인 집단 성폭행."

무슨 폭탄선언이라도 하는 듯 후배의 얼굴은 잔뜩 굳어 있었다.

"누……가? 마을 사람들이?"

"그럼 누구겠어요."

데드마스크를 한 후배는 내가 미처 술을 따르기도 전에 자신의 잔에 술을 따라 마셨다. 이번에도 역시 안주를 먹지 않았다.

후배의 말은 이랬다. 사택에 거주하는 후배는 밤마다 운동하러 마을을 한 바퀴씩 뛰며 돌았다고 했다. 그런데 며칠에 한 번씩 외딴집에서 마을 남자들이 비닐봉지를 들고 들어가거나 나오는 것을 봤다는 것이었다. 처음엔 그러려니 했는데 어느 날 보니 작은 방에서 남자가 나왔다고 했다.

"그래서?"

"그 방이 원래 안 쓰는 방이잖아요. 할머니랑 손녀는 안방에서 함께 자고."

"그걸 어떻게 알았어?"

"매일 마을을 돌았다고 했잖아요. 매일 불이 꺼져 있는 걸 보면 알 수 있죠. 근데 마을 남자들이 들어가거나 나오는 날엔 꼭 불이 켜진단 말이에요. 그래서 뒤를 밟았죠."

"그래서?"

나는 소리 나게 술을 꿀꺽 마셨다. 이미 고기는 많이 타들어가 있었다. 나는 가스 불을 껐다.

"사택에서 논으로 해서 가만히 가보니. 글쎄."

"그랬단 말이지."

"한 번이 아니에요. 불이 켜질 때마다 가 봤는데 매번 사람들이 바뀌는 거예요."

"돌아가면서 그 짓을 한단 말이야?"

"대충 일곱 여덟은 되는 것 같았어요."

"음."

가슴 깊은 곳에서 신음소리가 흘러나왔다. 뭐랄까. 설마 했던, 아니겠지 하고 스스로 최면 걸었던 것이 사실로 드러났을 때의 당혹감이랄까. 나는 예전의 밤에 보았던 사내들을 떠올리며 후배를 올려다보았다.

"대체 누구야? 그놈들은."

필요 이상으로 내 목소리가 커졌다.

"소위 마을 유지라는 작자들이죠. 그냥은 아니에요. 꼭 뭔가 가져다주지요. 불쌍한 사람을 돕는다는 거창한 핑계거리로."

"뭐냐. 그래서 내가 그 집에 직접 갖다 주었다고 나까지 의심했단 말이야?"

"설마 하면서도……."

후배는 말을 얼버무렸다. 이 새끼가. 나는 주먹으로 후배의 면상을 갈기고 싶었다. 물론 필요 이상의 감정이었다. 그건 나를 의심했다는 생각보다 설마 했던 것이 적나라하게, 그것도 후배의 끈질긴 노력에 의해 드러났다는 사실에 더 분개했는지도 몰랐다.

"참, 이상한 소문이라는 것도?"

"그건 김간호사가 한 애깁니다. 아침에 출근하니 선배님이 그 집에 들렀냐고 묻더군요."

"그래서?"

"본 대로 얘기했죠. 그러니까 당황한 표정을 짓더군요. 김간호사도 뭔가 아는 눈치던데요."

"마을 유지들의 그 짓을?"

"예. 선배님이 그 집에 들렀다는 사실만으로도 당황하더라고요. 그러면 안 된다고."

나는 어이가 없어 허허 웃고 말았다. 구차한 것 같아 변명은 하고 싶지 않았다. 궁금한 것이 많아 나는 잠자코 있었다.

후배는 자작을 했다. 고기는 이미 까맣게 타들어가서 먹을 수가 없었다.

"그리고?"

"이건 어디까지나 추측인데요. 그 부인들도 대충 알고 있지 않을까 싶은 데요."

"설마."

"안 그러면 어떻게 갈 때마다 무엇을 싸 들고 갈 수 있는가. 또한 지속적으로 그런 일이 일어날 수 있느냐는 거지요. 제가 볼 땐 한두 번이 아니고…… 아예 어떤 규칙이 있는 것 같아요. 뭐 어떤 순서나 이런 거요. 또한 매번 도와주는 것도 그렇고. 도와주는 것은 여자들의 암묵적인 동의가 없으면 탄로가 나거든요. 김간호사한테 물어보니 그 집을 도와준 지도 꽤 오래 되었다 하고요."

"그럼 뭐냐. 어떤 대가를 받고 손녀가 그 짓을 했다는 거야? 그럼 일종의 성매매가 아닌가?"

"아닙니다, 절대로. 이선 분명히 집단 성폭행입니다."

"대가를 받았다며?"

"그렇다고 다 성매매는 아니지요. 약자에게 강자가 가하는 것은 폭행입니다. 대가를 주더라도."

후배의 얼굴은 붉게 달아올랐다. 단단히 화가 나 있었고 뭔가 일을 저지를 것만 같았다.

"그렇다고 자네가 할 수 있는 방법이 뭔가? 고소라도 하겠다는 거야?"

나는 속으로 코웃음을 쳤다. 그냥 당하고 있을 마을 유지라면 그렇게 오랫동안 그런 짓을 하지 않았으리라는 게 나의 짐작이었다.

"해야지요. 고소를 하고 감방에 처넣어야지요."

후배는 단호하게 말했다.

"그럼 손녀는?"

"장애인복지시설에 보낼 겁니다. 그리고 할머니는 아들에 대해 좀 더 알아보고 살 길을 만들어 줘야지요. 기초생활수급자가 되게 한다든지."

후배는 이미 작정을 하고 많이 생각한 듯 했다. 그쯤에서 나는 입을 다물었다. 나는 간여하고 싶지 않았다. 한두 번이 아니고 정기적으로 그런 일이 오랫동안 일어난 것이라면 그 할머니도 이미 알고 있을 것 같았다. 그렇다면 더욱 간여할 바가 아닌가 싶었다. 그 할머니의 아들에 대해 궁금했지만 그에 대해 후배도 아는 것은 없었다. 나는 그만 일어나자고 했다.

"너무 깊숙이 들어가지마. 그러다 무슨 일 생기면 공중보건의 생활 끝나는 거 알지? 대충 넘어가."

"어떻게 그럴 수 있습니까. 몰랐다면 모를까."

"하여튼 몸조심 해. 이 마을 사람들도 호락호락한 사람들도 아니고."

후배와 입씨름을 하고 싶지 않아 그쯤에서 나는 볼 일이 있다며 일어섰다. 후배는 법을 전공한 친구에게 좀 자세히 알아보겠노라고 했다. 나는 대답 대신 어깨를 두드려주며 헤어졌다.

며칠 후 후배의 일은 예상치 못한 곳에서 꼬이기 시작했다. 후배는 여전히 마을 유지들의 동태를 파악하고 증거를 수집하면서 할머니를 만났는데 의외로 할머니가 완강하게 부인하더라는 것이었다. 그런 일도 없고 마을 사람들이 도와주는 일 밖에 없다고 시침을 뚝 떼더라는 것이었다.

"그 할머닌 정말 모르고 있는 게 아닐까?"

초조해 하는 후배에게 넌지시 말을 건넸다.

"아니에요. 분명 알고 있을 거예요. 하루 이틀도 아니고……."

"그런 일 자체가 없을 수도 있잖아요. 차선생님께선 왜 그렇게 확신하는지 모르겠네요."

옆에 있던 김간호사가 고개를 흔들었다. 절대로 그런 일은 없을 거라는 것이었다. 마을이 그냥 범죄 없는 마을이겠느냐, 마을의 분위기로 보나 마을 유지들의 성품으로 보아 절대로 그런 일이 없을 거라고 확신했다.

"제가 분명 보았단 말이에요. 그것도 한 번도 아니고."

후배도 지지 않았다.

하지만 후배가 그런 일에 파고들수록 보건지소에는 미묘한 변화가 일어났다. 후배나 나나 평소에 하던 대로 진료를 하는데도 먼저 환자수가 눈에 띄게 줄었다. 한 번으로 끝나지 않는 스케일링도 하다가 중단하는 사람도 생겨났다. 지나가다 놀러 왔다며 익살맞게 커피 타 달라던 몇몇 마을 사람들도 갑자기 발길을 뚝 끊었고 어쩌다 보건지소 앞을 지나가더라도 소 닭 보듯 하는 것이었다. 마을 유지들뿐만 아니라 마을 사람들까지 왜 그러냐 하는 의구심이 들었지만 나는 그쯤에서 후배가 손을 떼기를 충고했다. 이러다 마을 사람들하고 무슨 일이 벌어질 것을 우려했다. 그러면 무탈하게 보내려던 공중보건의 생활에 지장이 있을 것 같았다. 후배는 마을 사람들의 행동에 당황하는 듯 했지만 예의 황소 같은 뚝심으로 밀고 나가려고 했다. 확실하게 전모를 밝혀보겠다고 스스로 다짐했다.

그러던 어느 날 진료가 끝나고 퇴근하려는데 후배가 나를 붙잡았다. 입가에 의기양양한 미소가 번져 나왔다. 나는 뭔가 있구나 싶어 후배를 바라보았다.

"선배님이 알고 있듯이 P선배님도 알고 있더군요."

P까지? 나는 뒤통수를 한 대 얻어맞은 기분으로 후배의 얼굴을 멀뚱히 바라보았다.

"P와는 만났다는 거야? 어떻게 아는 사이야?"

"전화했죠. 친구의 학교 선배이지요. 이 바닥 좁잖아요."

"도대체 내가 뭘 알고 있고 또 P는 무얼 알고 있단 말이야?"

나는 불쾌한 마음이 들었다.

"마을 유지들이 정기적으로, 그것도 몇 년간을 그 짓을 해 왔다는 걸요. 그리고 마을 사람들 대부분 알면서도 쉬쉬한다는 것도요."

"P가 그래?"

"원래는 유지들끼리만 은밀하게 하는데 마을 사람 몇몇도 아니까 가끔 그들도 그 짓에 끼어 준다는 사실도요."

"어떻게 알았대? 정말 사실이야?"

후배는 나의 말에 대꾸도 없이 계속 말을 이었다.

"또 중요한 사실은 부인들도 아는데 그냥 모른 척 하고 넘어간다는 사실. 왜냐?"

"……?"

"한 사람이 계속 그 짓을 하는 게 아니고 번갈아서 하고 또 시내로 나가 몸

파는 아가씨와 많은 돈을 주고 어울릴 바에야 차라리……."

"그게 말이 돼?"

나는 말을 잘랐다. 하지만 후배는 정색을 했다. 후배가 P에게 들은 말은 이랬다. 예전만 해도 오일장이 설 정도로 면소재지는 사람들이 많았고 다방도 세 개나 있었다고 했다. 한 다방에 아가씨도 두세 명은 있었는데 당연히 주 고객은 마을 유지들이었다. 그것은 그때 남자들이 다방 아가씨와 흥청망청 즐겼다는 말이었다. 그 중에 다방 아가씨와 연분이 나 가정이 파탄난 집도 있고 돈을 몇 백 만원이나 까먹은 사람들이 여럿 되었는데 여자들에겐 다방 아가씨의 존재가 큰 골칫거리였다. 대충 그런 내용이었다. 이런 얘기는 나도 예전에 마을 사람 누군가에게 들은 것 같기도 했다. 그런데 몇 년 전부터 마을이 쇠락해 다방이 한 곳만 남았는데 아가씨는 없다고 했다.

"그렇다고 남편이 그 짓을 하는 것을 알면서도 그냥 있어? 자신의 가정을 보호하기 위해서 외딴집의 손녀를 희생양 삼는다?"

"P선배님의 추측일 수도 있는데, 저는 충분히 그럴 가능성이 있다고 봐요. 부인들의 암묵적인 동의가 없으면 정기적으로 그 짓을 할 수가 없지요. 경제적으로 도움까지 주면서."

"음."

나는 마을 사람들의 예상보다 더 크고 은밀한 행동에 나도 모르게 신음 소리가 새어 나왔다.

후배는 곧 할머니를 설득할 수 있을 거라며 사택으로 들어갔고 나는 P의 말이 전부 옳지 않을 수도 있다는 말을 남기고 퇴근을 했다.

그러나 일은 전혀 예상치 못한 데서 벌어졌다. 며칠 후 오후에 진료를 하고 있는데 옆 치과 진료실에서 할머니의 고함 소리가 들렸다. 나는 치과로 달려갔다. 할머니는 분을 못 이겨 부들부들 떨었다. 할머니 옆에는 손녀가 히죽거리며 서 있었다.

"이제 어쩔 것이여. 응?"

치과 간호사가 할머니를 밖으로 데리고 나오려 했지만 할머니는 꿈쩍도 하지 않았다. 후배는 진료를 하던 환자에게 양해를 구하고 할머니에게 다가와 사정을 했다.

"다 손녀님을 위하는 거예요. 우선 밖에서 잠깐만 기다리세요."

"의사 선상은 좀 있다 떠나가면 그만이지만 우리는 이제 어째 살란 말이여."

할머니는 눈물까지 훔쳤다. 그러자 손녀도 울상이 되어 할머니의 눈물을 닦아주었다. 후배는 환자와 할머니 사이에서 어쩔 줄 몰라 했다. 치과 간호사가 달래도 소용없었다. 김간호사가 나서면 될 일인데도 그녀는 어쩐 일인지 지켜만 볼 뿐이었다. 참다 못 해 내가 김간호사에게 어떻게 해 보라고 했을 때에야 김간호사는 할머니를 달래 진료실 밖으로 나왔다.

"혜자를 그래, 어디로 보낸다고? 그럼 나보고 어찌 살란 말이여. 이제 동네 사람들도 안 도와 주는데."

할머니는 진료실 밖으로 나와서도 김간호사를 붙잡고 하소연을 했다. 후배 때문에 마을 사람들이 출입을 뚝 끊었다는 것이었다. 아마도 후배가 설득한답시고 자신의 계획을 말했을 것이고 그것이 마을로 흘러 들어간 듯 했다. 김간호사는 듣기만 했다. 얼굴은 굳어 있었다. 할머니를 달래려 하지 않았고 그냥 묵묵히 있었다. 그동안의 마을 사람들에게 친절하게 대한 것에 비해 너무나 다른 행동이었다. 나는 김간호사가 나서주길 바랬지만 후배가 진료를 끝내고 밖으로 나올 때까지 한마디도 하지 않았다. 후배는 할머니 옆에 앉았다.

"할머니, 제 말을 잘 들어 보세요. 제 말은……."

"듣기 싫소. 나가 얼마나 얘기 했소. 그런 일이 없었다고. 그런데 자꾸 그런 일이 있다카니까 동네 사람들이 우리 집에 오지를 안 하잖아."

"할머니, 그게 아니에요. 다 할머니를 위하는 거예요."

후배는 할머니의 손을 잡았다. 하지만 할머니는 손을 뿌리쳤다.

"우리가 굶는다고 지금껏 누가 도와준 적 있었소? 나라에서도 그만큼 도와 달라 캐도 없는 거나 마찬가지인 아들 하나 있다고 안된다카지. 이제 마을 사람들이 안 도와주면 우린 어떻게 살란 말이여."

할머니는 절박하게 말했다.

"할머니 잘 들어 보세요. 다 할머니와 손녀님을 위해서 그럽니다. 지금까지 다 말씀드렸잖아요."

"아니오."

할머니는 일어섰다. 그리고 단호하게 말했다.

"다시는 우리 집에 오지 마소. 의사 선상님이 안 그래도 우린 지금껏 잘 먹고 잘 살았으니께 다시는 나무 일에 간섭하지 마소. 우리 혜자 딴 데로 절대 안 보낼 끼고."

할머니는 후배가 잡는 팔을 뿌리치고 보건지소 밖으로 나갔다. 후배는 허탈하게 서서 할머니의 등을 바라보기만 했다. 나는 후배의 어깨를 한 번 툭 치곤 진료실로 들어갔다. 김간호사는 여전히 얼굴이 굳어진 채로 아무 말도 하지 않았다. 이 지역의 토박이인 40대 초반의 김간호사답지 않게 너무나 무관심한 것 같았다. 나는 망설이다 김간호사에게 말을 툭 던졌다.

"알고 계셨죠?"

잠깐 머뭇거리던 김간호사가 정색을 했다.

"이제 와서 뭘 어쩌겠다는 거죠?"

"대책이 없어서 알면서도 모른 척 하는 거예요?"

"우리가 어떻게 도와준단 말이에요? 정말 할머니의 절박한 심정 모르시겠어요? 혹 선생님은 굶어본 적 있으세요? 또 선생님도 가끔 가시는 데가 있잖아요. 그리고."

"그리고?"

"그 분들, 호락호락한 분 아니세요. S 시내 유지들과도 국회의원과도 가까운 사람들입니다."

김간호사는 싸늘하게 말했고 나는 그쯤에서 입을 다물었다. 큰 벽을 느꼈기 때문이었다. 예상보다 큰 싸움이 될 것 같았다. 후배는 그 일로 심하게 충격을 받은 듯 했다. 말을 잃었고 침울하게 지냈다. 하지만 완전히 포기하지는 않은 듯 했다. 확실한 증거를 포착하려는 마음은 오히려 더 강렬한 것 같았다.

"P선배님이 그때 그러시더군요. 네가 그 외딴집을 위해 할 수 있는 건 없다. 알량한 선심 쓰지 마라. 누군 할 줄 몰라서 가만히 있었던 줄 아느냐. 또한…… 남자들의 성욕을 이해해라. 남자들이란 원래 생리적으로 여기저기 씨 뿌리려는 존재 아니냐. 참 나, 웃기지 않아요?"

후배는 슬프게 웃었다.

그러나 1주일 정도가 지났을 때 우리는 S시 보건소장의 전화를 받았다. 마을 사람들의 민원이 들어왔다는 것이었다. 그러면서 환자들이 보는 앞에서 마을 사람들과 왜 싸웠느냐는 것이었다. 근무시간에 자리를 자주 비운다는 악의에 찬 민원도 들어왔다고 했다. 환자 수가 왜 확 줄었느냐는 문제도 제기되었다.

　며칠 후 나는 경북에서 가장 오지인 봉화군으로 후배는 청송군으로 전출되었다. 섬으로 전출되지 않은 것만으로도 다행이라는 생각이 들 정도로 갑작스런 전보였다.

　지금 와서 고백하건대 나는 비겁자였는지도 모른다. 아니 비겁자였다. 그러나 단순히 비겁자라는 말만으로는 전부 설명이 되기 어렵다는 것이다. 일종의 동조자였는지도 모른다. 왜냐하면 나는 봉화군에서도 제2의 스페인에서 또 다른 이양과 무료함을 견디고 있었으니까 말이다. ◉

아내의 여행

아내는 여행을 떠났다. 떠나기 하루 전 아내가 3박4일로 여행을 하겠다고 말했을 때 내게 동의를 구하는 것도 더구나 허락을 받는 것도 아니었기에 나는 고개만 주억거렸다. 하지만 내심 아내가 여행이라도 떠났으면 하는 바람이 있기도 했기에 속마음은 흔쾌히 받아들였다. 아내에겐 뭔가 변화가 필요한 시기이기도 했다. 큰아들에 이어 작은아들까지 원불교로 출가하게 되자 아내는 도무지 사는 의욕이 없었다. 저러다 큰 병이라도 나지, 싶었다.

아내는 그렇게 여행을 떠났고 그 후 나는 이상한 불안감에 휩싸였다. 그렇다고 꼭 집어 이거다 싶은 것은 없었고, 막연히 다가오는 불안감이었다. 태어나서 처음 느껴보는 것이었다. 간혹 아무 이유 없이 머릿결이 쭈뼛 솟아오르고 그러면 나는 이내 아내를 떠올렸다. 이상한 일이었다. 일요일인 오늘 점심 무렵에도 그랬다. 집안에 아무도 없다는 홀가분한 마음에 느지막이 일어나 잠옷 차림으로 밥을 푸는데 갑자기 온몸에 소름이 돋으면서 머릿결이 쭈뼛 서는 것이었다. 그건 일종의 그리움이었고 불안감이었다. 단순한 아내의 부재 때문이 아니었다. 이제야 아내가 여행을 떠난 지 하루밖에 지나지 않았는데, 그리움이라니. 아내는 어제 떠났기도 했거니와 아내가 자릴 비운 다고 해서 그리움을 느낄 나이도 아니었다. 환갑을 바라보는 나이에 웬. 나 는 코웃음을 치며 마치 몸에 묻은 먼지를 털듯 가볍게 몸을 움찔했다. 하지 만 그 불안감은 나에게 완전히 떨어지지 않고 불시에 나를 습격하곤 했다.

이상한 점은 있었다. 예전에 아내는 무슨 일이 있어 집을 비운다거나 하면 꼭 곰국을 끓여놓던지 아님 밑반찬을 넉넉히 해 놓고 갔었는데 이번엔 아무 런 준비도 없이 홀연히 떠난 점이었다. 두 아들의 출가 후 정신이 없어 그러 려니 했지만 기분이 영 개운한 것은 아니었다.

마침 일요일이라 점심을 먹고 난 뒤에도 나는 잠옷 차림 그대로 거실을 뒹 굴었다. 평소 같으면 아내와 씨름하며 잠을 청했을 텐데 이상하게도 아내가 없으니 잠이 오지 않았다. 나는 누운 채로 고개를 이리저리 돌려가며 주위를 둘러보다가 문득 애들이 거처하던 방에 들어가 본 적도 오래됐다는 생각이 들었다. 아침 6시에 집을 나서고 밤 11시 되어서야 집에 들어오고 휴일엔 그 동안 밀린 잠에 곯아떨어지니 집에 무관심할 수밖에 없었다. 나는 천천히 일 어나 큰아들이 쓰던 다용도실 옆방 문을 열었다. 평소에 내가 하숙생 같다는 아내의 말은 차치하고서라도 두 아들이 출가한 후에도 두 방을 아들들이 쓰 던 그대로 놔두겠다는 말을 했다는 것이 떠올랐기 때문이었다. 역시 큰아들 의 방은 예전에 쓰던 그대로였다. 순간, 나는 예의 온몸을 훑고 지나가는 불 안감을 느꼈고 잠시 문손잡이를 잡고 잠시 멍하니 서 있었다. 심호흡을 하고 방을 잔잔히 둘러보았다. 성년으로 보이는 벽에 붙어 있는 책상과 책상 오른 쪽의 책장은 예전 그대로 있었고 책장속의 책이 빠져 나간 자리가 좀 비어 있는 것이 다를 뿐이었다. 책상 위의 스탠드등도 그 자리에 서 있었고 책장

옆의 일인용 소파 또한 그대로였다. 소파 옆의 스탠드 옷걸이와 벽걸이 옷걸이만이 휑하니 비어 있었다. 출가하기 전 간사근무나 대학 다닐 때 가끔 집에 들르면 자기도 했지만 방은 사용하고 있던 것처럼 깨끗했다. 아마도 아내는 며칠마다 방을 청소했던 게 틀림없었다.

가끔 아내와 난 그런 소소한 문제로 다투기도 했다. 나는 방을 깨끗하게 치우기를 원했고 아들에게 집착이 강한 아내는 절대로 그럴 수 없다고 버텼다. 아내는 아들의 출가가 자신의 몸 일부분이 떨어져 나간 느낌이라고 했다.

나는 방을 나와 작은아들 방으로 갔다. 작은아들 방은 출가한 지 얼마 되지 않아서인지 고등학교 때 쓰던 과목별 수능 문제집이 그대로 책장에 꽂혀 있었다. 책상이랑 책장도 예전 그 자리에 버티고 서 있었다. 다만 달라진 게 있다면 일인용 침대 옆에 있는 옷걸이에 아들의 옷이 걸린 게 아니라 아내의 옷이 걸려 있다는 점이었다. 침대에는 작은아들이 덮던 이불이 깔려 있었다. 마치 방금 전까지 작은아들이 누워 있었던 듯 했다. 물론 지금은 아내가 쓰고 있었다. 아내는 큰아들이 출가한 후에는 큰아들 방에서 가끔 자더니 작은아들이 출가 후에는 작은아들 방에서 몇 번 잠을 자다 아예 그대로 눌러앉았다. 나의 불만스런 기미엔 머리카락을 귀 뒤로 넘기며 쓸쓸한 웃음으로 대신했다.

나는 침대에 걸터앉았다. 아내가 여행을 떠나길 잘 했다는 생각이 들었다. 여행은 전에도 내가 몇 번이나 권하던 것이었다. 바람이라도 쐬고 오면 좀 나아지지 않을까 하는 바람이었다. 나는 손바닥으로 침대 위에 떨어진 머리카락을 집어 들었다. 짙은 검은색 직모였다.

염색 좀 하고 파마도 좀 해봐.

내 목소리가 귀에서 웅웅거렸다. 아들들이 출가 전에는 항상 밝던 얼굴이 출가 후에는 짙은 어둠의 그늘이 가실 날이 없을 때 어느 날 아침 한 말이었다. 60살 가까운 나이에 아직도 생머리를 하고 있다는 게 왠지 가슴을 아리게 했다.

그때였다. 또다시 예의 그리움과 불안감이 덮쳐왔다. 머리카락을 들고 있던 손이 떨렸다. 이게 마지막이지 싶었다. 다시는 아내를 못 볼 것 같다는 방정맞은 생각이 들었다. 아내가 여행에서 영원히 돌아오지 않을 것 같은 참담한 느낌도 들었다. 거실로 나와서도 여전히 가슴은 쿵닥쿵닥 뛰었다. 실체가 없는 불안감에 나는 어이없어 하면서도 두 다리에 힘이 스르르 풀려 그 자리에 주저앉았다.

전화를 해 볼까.

나는 방으로 들어가 휴대폰을 들고 망설였다. 잘 여행하고 있는지, 어디 몸 아픈 데는 없는지 정도는 물어볼 수 있지 않느냐고 내 스스로 타일렀다. 아내가 여행을 떠난 후 여태껏 전화 한 통 없었다는 생각에 미치자 나는 더욱 더 초조해졌다. 예전 같으면 아내는 몇 번이나 전화를 했을 터였다. 밥은 안 굶고 잘 먹고 있느냐는 등 미안한 목소리로 그렇게 안부를 물었을 터인데 어제 새벽에 집을 떠난 후 지금껏 전화 한 통 없었다. 나는 휴대폰 폴더를 열었다가 닫길 여러 번 반복했다. 그러고 보니 나는 아내가 어디를 여행하고 있는지조차 모르고 있었다. 단지 여행한다는 사실만 알고 있을 뿐이었다. 아내는 어디로 간다는 말을 하지 않았고 나는 묻지 않았다. 지금까지 그런 일은 없었다. 내가 어디 먼데라도 가면 꼬치꼬치 캐물었고 나 또한 상세하게 일러 주었듯 아내도 마찬가지였다. 근데 아내의 여행에 대해 아는 게 아무것도 없다니. 혼자 갔는지. 누구랑 동행했는지. 여행사를 통해 갔는지. 바다로 갔는지 산으로 갔는지. 기가 막혔다.

나는 부리나케 아내에게 전화를 걸었다. 따지거나 화를 낼 작정은 아니었다. 그냥 여행 잘 하고 있는지, 어딘지만 물어 보려고 했다.

반야바라밀다심경관자제보살행심바라밀다……

어이없게도 아내의 휴대폰 벨소리인 반야심경이 작은아들의 방에서 흘러나왔다. 나는 내 귀를 의심하며 방으로 들어갔다. 반야심경 벨소리는 책상서랍에서 흘러나오고 있었다. 서랍을 열었다. 하얀색의 휴대폰은 나 여기 있소 하는 표정으로 나를 바라보았다.

음.

나는 가벼운 신음소리를 뱉으며 휴대폰 폴더를 닫았다. 배신당한 기분이었다. 거실로 나와 한동안 소파에 앉아 있었다.

이제 누구한테 물어보지?

좀 더 시간을 갖고 냉정하게 생각하자 싶었다. 눈을 감았다. 휴대폰을 일부러 가져가지 않은 게 분명하다는 생각이 들었다. 혹 실수로 가져가지 않았다면 먼저 연락이라도 했을 것이 아닌가. 갑자기 아들 생각이 났다. 아이들이 보고 싶었다. 아이들이 출가를 한 후 아내와 달리 나는 예상보다 크게 보고 싶다는 생각이 들지 않았다. 본인들이 너무 좋아서 선택한 일이고 속세에 있는 것보다는 몸과 마음이 더 편하지 않겠냐는 생각이었다. 그런데 갑자기 미칠 듯이 보고 싶다니. 아들들에게 전화를 할까 싶어 휴대폰 폴더를 열었다가 다시 닫았다. 출가한 아들들은 조심스러웠다. 큰아들은 교무로서 P교당에 있고 작은아들은 부교무로서 S교당에 있었다. 출가를 했다고 해서 본가와 인연을 끊는 게 아니었다. 적어도 일주일에 한 번씩은 전화가 왔다. 5년 전 결혼을 한 큰아들은 일 년에 한두 번은 집에 다녀갔고 결혼을 한 지 2년이 채 되지 않는 둘째아들은 전화는 자주 왔지만 집에는 잘 다녀가지 않았다. 하지만 특별한 일이 없는 한 이쪽에서 전화를 하지 않는 게 도리이다 싶어 전화를 먼저 하지는 않았다.

나는 휴대폰을 들었다. 작은아들에게 문자를 넣을 생각이었다. 아무래도 큰아들보다는 작은아들이 만만했다. 단축번호 3번을 누르고 문자를 넣었다.

시간 나면 전화해. 아버지 합장.

아무래도 일요일 오후라 오전 법회가 끝나면 오후엔 시간이 있을 것 같았지만 전화 걸기가 껄끄러웠다. 전화는 금방 왔다. 대뜸 무슨 일이냐고 물었다. 아빠의 문자는 처음 받아봤다고 웃으며 내 무안한 마음을 헤아려 주었다. 어느 교도와 사십구재 문제로 상담하고 있는데 바쁘긴 하지만 통화할 시간은 있다고 했다. 나는 빨리 말해야겠다고 생각하며 심호흡을 했다.

"혹 네 엄마한테 연락 있었니?"

"어머니요? 어머니한테 무슨 일이 있어요?"

작은아들은 대뜸 제 어머니 걱정을 했다. 큰아들이 출가할 때보다 작은아들이 출가할 때 더 유난을 떨었으니 그럴 만도 했다.

"일은 무슨. 그냥 엄마가 너한테 전화했었나 싶어서 그렇지."

"전화 안 왔어요. 어머니 집에 안 계세요?"

작은아들은 무슨 눈치를 챘는지 걱정스럽게 물었다. 나는 아무 일 없다고 했다. 나는 그쯤에서 아쉬움을 접고 전화를 끊었다. 큰아들한테 전화를 해볼까 하다가 그만두었다. 어차피 작은아들한테 전화하지 않았다면 그 쪽도 하지 않았을 가능성이 컸고 괜히 분란만 일으킬 것 같았다. 이제는 아내한테서 전화오기를 기다리는 수밖에 없었다.

가슴이 쿵, 내려앉는 기분이었어요.

아내는 큰아들이 교무가 되겠다고 했다면서 막연히 천장만 바라보며 한 말이었다. 큰아들이 고1 겨울 방학 때였다.

교무?

나는 전혀 예상치 못했던지라 어이없다는 생각을 했다. 큰아들은 미대를 가기 위해 학교에서 전 학년이 다하는 야간자율학습을 하지 않고 따로 미술 학원에 다니고 있었다.

글쎄 애가 말하는데, 하늘이 무너지는 느낌이었다니까.

아내는 팔을 베고 반대편으로 돌아누웠다.

미대는 안 가고? 왜?

나는 뒤통수를 얻어맞은 기분이었다. 비록 난 바쁘다는 핑계로 원불교를 다니지 않지만 교무의 생활은 대충 알고 있었다.

글쎄 모르겠어요.

아내는 돌아누운 채 나지막이 말했다. 마음이 심란해 더 이상 말하고 싶지 않은 눈치였다. 그때 나는 치기어린 호기심에서 그랬으리라 생각하곤 깊이 마음에 두지 않았고 하루를 끝낸 피로로 곧장 잠이 들었다. 지금 와서 생각 해 보면 아내는 찬성도 반대도 할 수 없는 어정쩡한 상태였던 것 같았다. 원 불교 교무란 결혼은 하지만 스님에 가까운 성직자였다. 결혼을 하더라도 사 가(私家)라는, 아내가 있는 집에는 일주일에 한 번밖에 가지 못했다. 또한 가 족이 있다 하여 가정생활을 꾸릴만한 봉급을 받는 것도 아니었다. 용금이라 하여 60여만 원을 받는 게 고작이었다. 그나마 결혼을 하지 않는 교무가 30 여만 원을 받는 것에 비하면 많이 받는 셈이었다. 그러니 교무 부인인 정토 가 전적으로 가정경제를 책임져야 했고 교무는 교당에서 혼자 생활하는 것이었다. 또한 6년마다 교당을 옮기니 평생을 가정과 멀리 떨어져 살아야 했다. 신앙과 함께 수행을 강조하는 종교라 교무는 선을 통한 수행을 많이 했다. 교무 자체로 봐서는 수행만 정진할 수 있어 가정과 멀리 떨어져 있다는 게 좋을지 몰랐다.

그 주인가 아님 그 다음 주인가 아들을 방으로 불렀다.

미술학원은 다니니?

곧장 교무 얘기를 꺼내기 무엇해서 미술학원부터 얘길 꺼냈다. 미술학원은 초등학교 6학년 때부터 다니고 있던 거였다.

지금은 안 다녀요.

아들은 단호하게 말했다.

중차대한 인생의 진로를 아비와 상의 한마디 없이 결정하다니, 괘씸한 생각이 들었다.

"마음 굳힌 거냐?"

"예."

"쉬운 길은 아닐 텐데."

"보람 있는 길이잖아요."

아들의 말에는 확신이 있었다.

"어떻게 해서 교무가 되려고 마음먹은 거니?"

아들은 원불교를 다닌 지도 2여 년밖에 지나지 않았다. 아내의 친구 소개로 아내와 두 아이들은 원불교에 다니게 되었는데 아이들이 너무나 좋아한 나는 얘기를 들었다. 토요일 오후 학생 법회에는 무슨 일이 있어도 꼭 참석했고 일요일 오전의 일반 법회에도 참석하였다. 아무래도 전생에 부처님하고 무슨 인연이 있는 것 같다고 교당 교도들이 말한다고 아내가 말했다. 교무가 되는 길은 쉽지 않았다. 원광대학교 원불교학과에 합격하고도 2년 동안 간사 근무를 마쳐야 대학교를 다닐 수 있었다. 간사 근무는 원불교 교당이나 복지기관 등에서 허드렛일을 하며 먹고 자며 교무들로부터 공부를 배우는 생활인데 한마디로 신앙심을 키우는 과정이었다.

"우선 교무님들의 당당한 모습이 보기 좋고요. 얼굴을 한번 보세요. 교무님들의 얼굴이 얼마나 밝은지요. 티끌 하나 없잖아요. 얼굴은 살아온 세월을 보여준다는데 교무님들의 삶이 좋다는 뜻 아니겠어요? 일반 사람들의 얼굴과는 많이 비교되잖아요."

신앙적으로 아직 미진한 아들은 단지 교무의 생활을 동경하고 있었다. 저렇게 살아야지 싶다고 했다. 또한 큰아들은 이미 자신의 미래에 대하여 나보다 더 많이 생각하고 있었다. 대학 과정도 자유분방한 일반 대학과 달리 철저하게 계획되고 통제되는 생활로 신앙심을 키우고 수행을 하는 과정으로 짜여 있는 것도 알고 있었다.

아들은 이미 확고하게 마음을 굳힌 것 같았다. 나 또한 결코 아들의 진로에 반대하거나 하는 그런 입장은 아니었다. 요즘처럼 취직도 잘 안 되는 세상에 평생 먹고 사는 걱정도 없겠다는 안일한 생각도 들었고, 물질욕이나 승진 그런 것에 목을 매느니 세속의 일을 초월하여 평생 수행하며 사는 것도 괜찮겠다는 생각도 들었던 것이 사실이었다. 하지만 나는 그 길이 결코 평범한, 쉬운 길이 아니었기에 좀 더 생각해 보자고 했다.

고2의 큰아들은 학과 공부보다는 원불교 교전을 읽고 토요일엔 어린이 법회에 보조 교사로 참여하며 더 열심히 다녔다.

"아들 뜻에 따라야겠어요."

아내는 그해 겨울이 다가올 무렵 결심을 굳힌 듯 했다. 교당에 열심히 다니기도 했지만 주임교무와 상의한 결과 아들은 성직자의 길로 가기에 모든 조건을 충족하고 있다고 했다. 나는 그 조건이 무엇인지 알 수 없었지만 뭔가 아들을 원불교에 빼앗긴다는 생각을 떨쳐버릴 수 없었다. 하지만 아내는 굳이 기쁜 표정을 숨기지 않았다. 처음엔 하늘이 무너지는 느낌이었다는 아내는 웃으며 아들의 진로 선택을 축하해 주었다.

교당에서 아들의 서원(誓願) 행사가 있었다. 교무를 희망하는 사람들은 정식으로 서원을 세우고 법신불사은님께 봉고한다고 했다. 서원 행사라 해서 큰 행사는 아니고 일원상 앞으로 다가가 교무가 되기로 결심했다는 것을 주위에 밝히고 절을 네 번하는 것이었다. 교무의 간곡한 부탁으로 그날은 나도 교당에 갔다. 주임교무는 나에게 큰일을 하셨다고 했고 설법을 통해 집안의 영광이라고 했지만 크게 감흥이 일어나지 않았다. 하지만 아내는 무척 기뻐했고 떡과 과일을 준비했다. 아들이 기뻐하고 우선 아내가 흡족해 하니 마음이 안심되는 건 사실이었다. 큰아들은 고3 겨울 방학이 되자마자 P교구청으로 간사 근무를 위해 떠났다.

간사근무를 한다고 해서 출가한 것은 아니었다. 간사 근무 2년을 마치고 대학과 대학원을 다니고 교무고시를 통과해야만 했다. 그러면 정식으로 출가식을 하고 부교무가 되어 교당이나 원불교 소속 복지기관 등에 발령받아 가는 것이었다. 그러나 실제론 출가했을 때보다 간사 근무 때가 오히려 제약이 많이 따랐다. 준 성직자나 다름없었기에 출가한 것이나 진배없었다.

큰아들이 서원을 세운 날 중학교 1학년인 작은아들이 제 형을 따라 덩달아 교무가 되겠다고 했을 때 그냥 웃으며 그래 그래라, 했다. 제 나이에 알면서 말하겠냐 싶었다. 하지만 작은아들은 고3이 되도록 큰 갈등이 없었다. 생각해 보면 꿈같은 시절이었다. 주위 사람들이 작은아들까지 교무가 되면 서

운하지 않겠냐고 했지만 정말이지 그때는 서운한 감정은 들지 않았고 오히려 확고한 신념을 가지고 살아가는 두 아들이 자랑스럽기까지 했다. 이제 부모 걱정 끼치지 않고 저희끼리 잘 살아갈 것이라는 믿음이 강했다. 부모의 몫을 다 했다는 안도감까지 들 정도였다.

이틀째가 되었지만 아내한테는 전화가 없었다. 모레면 이제 집으로 온다는 점 때문에 나는 자포자기한 심정으로 아내를 기다렸다. 퇴근을 정시에 하고 집으로 왔다. 아내가 없는 집은 썰렁했다. 생소한 느낌이었다. 마치 남의 집에 들어온 느낌이었다. 직장에 다니지 않아 퇴근 때마다 반갑게 맞아 주었던 아내의 자리가 이렇게 클 줄은 몰랐다. 라면으로 저녁 끼니를 때우고 텔레비전을 켰지만 평소에 보지 않던 터라 관심을 끌 만한 프로는 없었다. 텔레비전을 껐다. 갑자기 삶의 의욕이 떨어진 것 같았다. 아들들이 모두 떠나고 아내조차 자릴 비우니 이렇게 외롭다니, 생각해보니 코웃음 칠 일이지만 실상은 그렇지 않았다. 이 집은 내가 태어난 집이었다. 이제껏 이 집에서 이런 외로움을 느낀 적이 없었다. 이 집은 내가 태어나기 2년 전에 아버지가 지었으니 나와 함께 살아온 셈이었다. 대학 다닐 때와 군대 갔을 때 몇 년 집을 떠났을 뿐 내 생과 함께 해온 집이었다. 또한 아이 둘이 태어난 집이기도 했다. 그동안 몇 번의 수리는 했지만 골격은 그대로였다. 이런 집에서 생경한 느낌을 받다니. 참 어이없는 일이었다. 나는 아이들이 출가하기 전까지는 아이들이 커서 이 집에 살 줄 알았다. 아니 그렇게 되길 바랐다. 내가 태어나서 쭉 이 집에서 자랐듯 아이들이 그렇게 살길 바랐는지도 몰랐다.

나는 냉장고로 가 캔맥주를 가지고 와 뚜껑을 땄다. 두 번 벌컥 마시니 동이 났다. 명치께가 싸하니 신호가 왔다. 또다시 냉장고로 가서 캔맥주를 가지고 왔다. 집에서 혼자 마시는 건 처음이었다.

아내도 이런 생경한 느낌을 받았을까. 손꼽아 보니 아내도 이 집에서 30여 년을 살아온 셈이었다. 아내는 큰 욕심도 야망도 없는 사람이었다. 집에서도 없는 듯 있는 사람이었다. 없으면 불편하고 있으면 있구나 싶은 그런 사람이었다. 나는 아내에게 당신도 뭔가 취미 생활을 해보라고 권했지만 딱히 하고 싶은 게 없다고 했다.

애들이 다 나가면 당신 어떻게 살려고. 뭔가 취미 생활을 하든지 특기를 살리든지 해야지 원.

내게 퉁바리맞아도 아내는 손사래를 쳤다. 이대로가 좋다고 했다. 이만하면 좋은데 일부러 무슨 취미네 특기를 살리네 하느냐고 했다. 아내는 천생 청소하고 요리하는 전형적인 주부였다.

추억거리를 만들어야 해.

아내는 작은아들이 대학에 합격했을 때 과도한 애정 표현을 하였다. 큰아들이 대학을 합격하고 간사근무를 떠났을 때만 해도 덤덤하게 받아들이던 아내였다. 밑으로 작은아들이 있었기 때문일까. 큰아들이 원불교학과에 합격했을 때에는 레스토랑에 가서 큰아들이 좋아하는 돈가스를 먹었을 뿐이었다. 하지만 작은아들이 합격했을 때는 달랐다. 우선 교당 대각전의 일원상 앞에 있는 경상을 새 것으로 교체했다. 가죽나무로 만든 경상은 헌공함이 딸려 있는 고급이었다. 주임교무에겐 따로 법복을 사 입으라고 돈봉투를 드리기도 했고 교도들에겐 법회 후 식당으로 초대해 점심을 대접하기도 했다. 아이가 학생회 출신이라 학생회 학생들에게도 따로 점심을 사 주었다.

너무 돈 많이 쓰는 거 아냐

나는 아내의 행동에 염려를 드러냈다.

할 도리는 하고 살아야지. 그리고.

그리고?

큰애땐 후회되더라고. 아무것도 안 해서. 교무님께 점심밖에 안 샀잖아. 이젠 아들 둘을 원불교에 희사(喜捨)했는데 좀 더 교무님이랑 교당에 잘 해야지.

아내는 들떠서 말했다. 하지만 지금 곰곰이 생각해보면 아내는 필요 이상으로 마음이 들떠 있었고 뭔가 어디에 정신이 빼앗겼던 것 같았다. 그때 아내의 심정은 어땠을까.

아내는 작은아들에게도 한우전문식당에 데려가서 배불리 고기를 사주었고 틈틈이 질릴 정도로 집에서도 고기 요리를 해 주었다.

간사 가면 어디 고기라도 제대로 먹겠어? 교무님들 식사야 풀밖에 안 나올 텐데.

그때 이미 아내의 불안한 마음을 헤아려야 했을까. 간사 가는 날은 달력에 빨간 표시를 해 놓았다. 뭔가 아내의 얼굴엔 초조한 기색이 언뜻언뜻 드러났다.

하지만 아내는 교당에 더 열심히 다녔다. 사람들이 교무 엄마라고 할 텐데 열심히 안 다니면 뭐라 하겠어, 라며 일요일의 정기 법회 뿐 아니라 좌선과 독경을 위주로 하던 화요일의 선방, 목요일의 교리 반에도 열심히 다녔다. 교당일이라면 물불을 가리지 않았다. 집에서도 틈틈이 500배를 하고 좌선과 독경을 열심히 하는 것 같았다. 무릎과 허리가 평소 좋지 않았는데 하루에 500배씩 하고부터는 무릎 관절이 많이 나아졌다고 좋아하던 모습이 눈에 선했다. 나에게도 일요일 아침에 잠만 자지 말고 교당에 다니라고 강권하곤 했다. 남들 눈에 보기 안 좋다는 거였다.

　아들 둘이나 교무가 됐는데.

　아내는 이 말을 입에 달고 살았다. 교당일이나 집안일이나 더 적극적이고 열심히 하려고 했다.

　처처불상 사사불공(處處佛像 事事佛供)이라고. 사람을 비롯한 모든 사물을 부처라고 여겨야 하고 일을 할 때에는 불공드리듯이 해야 한다고.

　아내는 실제로 살아가는 일을 불공드리듯 했다. 원불교에 열심히 다닐수록 아내의 얼굴엔 평온한 미소가 항상 깃들어 있었다.

　그러나 지금 곰곰이 생각해 보면 아내는 작은아들이 원광대학교 원불교학과에 합격을 하고 나자 조금씩 초조한 기색을 보이기 시작했던 것 같았다. 고 2 겨울 방학 때 서원을 세웠을 때만 해도 기쁜 감정을 굳이 숨기지 않았던 모습과 다른 점이 많았다. 그러다가 작은아들이 막상 간사근무를 떠나고 나니 마음이 크게 흔들리는 것 같았다. 주임교무는 자식을 놓아주는 연습을 하라고 했다. 큰일을 하기 위해선 사사로운 감정을 버려야 한다고. 아내는 선선히 동의했다. 큰아들 때 이미 겪은 일이었고 각오한 일이었다.

　이제 더욱 열심히 살아야지. 건강도 챙기고. 이제 자식을 위해 사는 것이 아니라 우리 자신을 위해 살아야지.

　아내는 그동안 못 챙긴 건강도 챙기고 여행도 자주 다니자고 했다. 당장 워킹화와 트레이닝복을 나와 커플로 샀다. 자식 둘이 그냥 떠난 게 아니라 출가나 다름없는 길로 갔고 나중에 출가를 할 것이니 교무 말처럼 미리미리 아들들에게 미련을 버리고 우리 부부의 생활을 더 충만하게 해야겠다고 했다. 하지만 왜 서운한 감정이 없었겠는가. 아내는 저녁을 먹다가도 밥은 잘 먹고 있으려나, 하며 멍하니 허공을 바라보았고 나 또한 갑작스런 아들들의 그리움에 묵묵히 밥을 떠먹었다. 그렇지만 참기 힘들다거나 그런 정도는 아니었다.

활기찬 생활을 하자고 했지만 큰아들이 떠난 때와는 판이하게 달랐다. 큰아들이 떠났을 때는 집에 작은아들이라도 있었다. 하지만 작은아들이 떠났을 때는 그야말로 집이 횅하니 빈 것 같았다. 나는 되도록 퇴근을 일찍 했다. 밤에는 커플트레이닝복을 입고 공원으로 산책을 가기도 했고 일요일엔 교당에 나갔다. 모두 아내를 위한 것이었다. 일요일 오후엔 주로 가까운 산에라도 갔는데 산에서 만나는 아는 사람들은 신혼으로 돌아왔다고 놀렸다.

밤에 신랑이 잘 해주는가봐. 진수 엄마 얼굴을 확 피었어.

어떤 이의 농담에 아내는 얼굴이 붉히기도 했다.

아내는 작은아들이 집을 떠난 초기에는 나름대로 열심히 한 덕택에 아들들의 빈자리를 이겨가고 있었다. 아내는 매사에 적극적으로 행동한 것처럼 잠자리에서도 적극적이었다. 나보다도 아내 쪽에서 먼저 요구해 놀란 적이 한두 번이 아니었다.

작은아들이 간사근무를 무사히 마치고 대학에 들어가고 대학원을 다닐 때까지만 해도 그런대로 아내와 나는 생활을 잘 보냈다. 하지만 정식으로 출가를 하고 2년째 되던 해에 결혼까지 하자 눈물짓는 일이 잦아졌다. 결혼을 하자 큰아들이 그랬듯 작은아들도 집으로 오지 않고 아내인 정토가 있는 사가(私家)로 일주일에 한 번씩 다녀갔다. 어쩌면 큰아들 때 이미 겪은 일이라 좀 더 나아질 듯도 하건만 아내는 공허감을 못 이겨했다. 어쩌다 아들에게 전화라도 오면 삼십 분이고 한 시간이고 전화기를 붙들고 놓아주지 않았다. 내가 오히려 무안해 전화를 그만 끊으라고 독촉하기도 했다. 전화를 한 날은 그나마 생기를 찾는 날이었다. 일요일 오후에 S시나 P시까지 아들을 만나러 가기도 했다. 하지만 아무래도 며느리의 눈치가 보여 오래 있을 수도 없었다. 아들은 일요일 오후와 월요일에 잠깐 사가에 있을 뿐 멀리 떨어진 교당에서 생활하기 때문에 그나마 둘이 있는 시간을 뺏는 것 같아 눈치가 보였다.

아내는 점점 좌선에도 500배에도 흥미를 잃기 시작했다.

하물며 절을 하면서도 정신을 놓는데…….

아내는 좌선에도 정신집중이 안 된다고 했다. 어떨 땐 하루에 1000배를 하기도 했는데 마치 자기 자신의 몸을 혹사시킴으로써 고통을 잊으려 하는 것같아 곁에서 보기가 민망할 정도였다.

아내는 점점 작은아들이 거처하던 방에서 잠을 자기 시작했다. 어쩌다 큰아들 방에서도 잠을 잤지만 점점 작은아들 방에서 잠을 자는 횟수가 늘어났다. 안방으로 잘 건너오지 않았다. 나는 안방에서 혼자 자는 날이 많아졌다. 그것이 아내의 마음을 편하게 하는 일이라면 괜찮다고 내 스스로에게 최면을 걸기도 했다.

그러다 아내는 여행을 떠났다. 점점 작은아들 방에서 자는 횟수가 늘어나는가 싶더니 아예 그 방에서 둥지를 틀 때였다. 아내는 방에서 잘 나오지 않으려 했다.

아내는 집에 돌아오기로 한 예정일이 하루가 지났는데도 돌아오지 않았다. 나는 이틀 전 KT에 집전화에 착신번호 서비스를 신청하여 집으로 걸려오는 모든 전화를 내 휴대폰으로 오도록 해 놓았지만 낯선 전화번호는 뜨지 않았다.

또 하루가 흘렀다. 나는 무기력했다. 아내를 찾을 방법이 없었다. 그렇다고 이제 예정일에서 이틀밖에 지나지 않았는데 실종신고나 가출신고를 할 수도 없었다. 하려면야 할 수도 있겠지만 사실 나는 아내의 의도적인 행위에 자꾸 의심이 갔다. 그러니까 아내는 무슨 사고를 당한 게 아니라 의도적으로 집으로 돌아오지 않는 게 아닌가 하는 생각이 들었다. 그렇다는 말이다. 애초에 여행 자체가 없었을 수도 있겠다는 생각이 들었다. 아내는 가출한 것이다. 그러니까 고의로 가출한 것이 아닐까.

나는 작은아들의 방에 들어갔다. 무슨 물증을 찾으려 한 것이 아니었다. 아내가 하루 종일 처박혀 나오려 하지 않았던 방이기에, 그냥 아내가 그리워서 방에 들어온 것이었다. 나는 침대에 앉아 팔짱을 꼈다. 지금 어디에 있을까. 외로워서 어디를 헤매고 다니는 것은 아닐까. 아내는 그동안 얼마나 외로웠을까. 500배를 하고 1000배를 해도, 몇 시간씩 좌선을 하고 독경을 해도 결국은 그 외로움을 이기지 못 했구나. 교전을 들고 웃으며 열심히 교당을 다니던 아내의 모습이 무슨 고행을 하는 것처럼 애처롭게 느껴졌다. 생각해 볼수록 가슴을 칠 일이었다. 갑자기 불안감이 몰려왔다. 소름이 돋으면서 피가 정수리로 몰려들었다. 숨이 가빠 왔다. 땀이 삐질 났다.

여보.

나의 입에서 신음이 흘러나왔다. 아내도 아들이 출가한 후 이런 느낌이었을까. 세상에 홀로 남겨진 느낌. 몸의 일부가 떨어져 나간 느낌이라더니.

바지에서 음악 소리가 들려왔다. 혹 걸려온 전화를 받지 못 할까봐 집에 와서도 항상 바지에 넣고 다녔고 진동으로 하지 않고 벨소리로 해 놓았다. 나는 얼른 꺼내 액정화면을 바라보았다. 모르는 번호였다. 054로 시작하는 번호였다. 휴대폰을 귀에 댔을 때 멀리서 왁자지껄 시끄러운 소리가 났다.

"혹 이혜영씨 댁인가요?"

굵직한 남자의 사무적인 목소리였다. 나는 얼른 그렇다고, 내 아내라고 했다.

"그러니까 주민등록번호가 오이공구이칠에……"

"예, 맞습니다. 맞다니까요. 근데 어딥니까. 거기."

나는 침을 꿀꺽 삼켰다.

"아, 찾았구만. 여기요. 김천경찰서인데요."

"김천이요?"

나는 낯선 지명에 잠시 멍해졌다. 어디 지구 끝 먼 나라의 지명처럼 느껴졌다.

"거기가 어디죠?"

"경북입니다. 경북 김천. 이혜영씨 집에 안계시죠? 지금."

"여행을 떠났는데 아직 안 들어왔습니다. 근데 왜 그러시죠? 무슨 일이 있나요?"

"실종 신고가 들어왔습니다. 직지사에서 실종됐다고 여행사가 실종 신고를 했는데 연고자를 찾을 수가 있어야지요."

"실종이요? 혼자요? 거긴 왜 갔는데요? 아직도 못 찾았단 말입니까?"

"못 찾았으니까 전화한 거 아닙니까? 그러니까 주위에 좀 찾아보시고 혹 연락되면 이 번호로 전화주세요. 저희들도 찾는 데까지 찾아볼게요. 저는 여인구입니다."

"혹 무슨 여행사인지 알 수 있습니까?"

나는 끊으려는 경찰관의 말을 낚아챘다.

"세한여행사요. 담당자가…… 적으세요. 임천수. 공일공에 이칠칠팔에……."

전화번호를 적는 손이 파르르 떨렸다.

나는 여행사 직원에게 곧장 전화를 걸었다. 여행사 직원은 미안하다고 거듭 사과했다. 여행은 아내의 말처럼 3박4일이 맞았다. 밀양 표충사에서 1박, 대구 동화사에서 1박, 김천 직지사에서 1박하는 주로 불교 신자들이 가는 여행이었다고 했다. 실종된 날은 김천 직지사에서 1박한 아침이었다고 했다. 직지사에 도착해 대웅전에서 108배를 하고 저녁을 먹고 주지 스님께 설법 들을 때까지는 여행객들과 함께 있었다고 했다. 그날 배정된 방에 함께 들어가는 것을 본 사람도 있었다. 하지만 아침에 식사를 하는데 아내가 보이질 않더라는 것이었다.

근데 이상하다고 여행사 직원은 말했다. 여행 신청서에 적힌 모든 게 이름만 빼고 다르게 적었다는 것이었다. 주소랑 주민등록번호, 심지어 집 전화까지 다르게 적어 할 수 없이 집으로 연락 못 하고 가까운 경찰서로 신고를 했다는 것이었다. 실종 되고 나서 여행보험에 든 서류를 보고서야 정확한 주민등록번호와 주소를 알 수 있었노라고, 찾느라 다른 여행객들조차 제대로 마지막 여행을 못 했다고 했다. 거듭 미안하다는 여행사 직원의 말을 자르며 나는 전화를 끊었다. 애초에 품었던 불길한 예감은 맞아떨어졌다.

나는 침대에 엎드려 누웠다. 아내의 향긋한 냄새가 났다. 아내의 무릎을 베고 누우면 나던 냄새였다.

애초부터 아내는 자신이 완벽하게 실종되기를 바랐고 또한 아무도 찾지 못 할 곳으로 가기를 원했는지도 모른다는 생각이 들었다. 그렇다면 내일 김천에 가더라도 찾을 수 없을 것 같은 생각이 들었다.

아내는 어디로 간 걸까.

나는 애벌레처럼 등을 한껏 꾸부렸다. ✿

2008년, 초여름날의 초상화

나는 간판도 없는 선술집에서 두 시간째 자리를 죽치고 있었다. 군데군데 찌그러진 양은 주전자는 이미 바닥을 드러낸 지 오래였다. 엉덩이가 무거웠다. 이미 예상은 했지만 347명 중에 1명이 될 수 없었다. 언론에서는 공무원 시험 역사상 가장 응시율이 높았다고 했다. 다행히, 응시율이 높았기 때문에 조금은 덜 창피하였다. 하지만 덜 창피하다고 해서 시험에서 떨어진 내 인생이 달라진 게 없었다. 없었기 때문에 나는 일어서지도 못 하고 두 시간째 자리를 죽치고 앉아 있었다.

아버지는 어디로 가신 걸까.

그 나이에 어디로 홀쩍 떠날 수 있다는 게 신기했다. 그 나이라면, 떠나고 싶어도 참아야했다. 그럴 나이였다. 그런데 아버지는 어디론가 떠났다. 아침에 테레비를 보다가 글쎄, 밖으로 나가더니 돌아오시지 않는구나. 어머니는 전화기 너머에서 허참, 했다. 나는 내참, 했다.

무슨 테레비 보고 있었는데요?

나는 심드렁하게 물었다.

그 머시다야. 촛불 시원가 하는 그거 보다가 어어, 하시더니 밖으로 나가셨지 머야.

어머니도 심드렁하게 말했다. 오늘 아침의 일이었다. 시험 결과가 발표되는 날 용케도 아버지는 집을 나갔고 나는 예상은 했지만 떨리는 손으로 전화기를 잡았다. 역시 꽝,이었다.

술집에는 서른 후반이 되었을까, 얼굴이 거무튀튀하고 광대뼈가 유난히 크게 튀어나온 사내가 옆 탁자에서 혼자 술을 마시고 있었다. 술집은 탁자 세 개에 등받이가 없는 의자 예닐곱 개가 있고 손님이 오면 주인은 김치 한 보시기와 사발을 내려놓고 손님 스스로 구석진 곳에 있는 플라스틱 상자에서 막걸리를 가져와 마시는, 그런 선술집이었다.

"그 날씨 성깔 한번 되게 드럽구만."

누구에게랄 것도 없이 사내는 창밖을 보며 지껄였고 나는 그런 사내의 말을 좇아 창밖으로 눈길을 돌렸다. 빗줄기는 선술집에 들어올 때보다 더 굵어졌고 맹렬히 낙하하고 있었다. 제법 많이 올 기세였다.

"완전히 홍수나겠는걸."

라는 나의 혼잣말에 사내는 대답을 기다렸다는 듯,

"그렇죠? 큰물지겠죠?"

하며 얼굴을 내 쪽으로 내밀었다. 나는 고개를 끄덕이며 빈 사발을 내려다보았다. 언제나 술이 떨어진 빈 사발은 허전했다. 외롭고 뭔가 간절해지는 것이었다. 그런 마음을 내 표정에서 읽었는지 사내는 자신의 주전자를 들고 와 내 잔에 술을 쿨쿨, 따랐다.

"한 잔 더 하슈."

나는 순간 낭패스러운 기분이 들었다. 이런 선술집은 원래 옆자리나 앞자리의 생판 모르는 사람과도 자연스레 말문을 트는 곳이었다. 하지만 나는 그만 일어설까 말까 망설이고 있던 참이었다. 그만 일어서자니 아쉬운 마음이 들지 않은 건 아니었지만 그렇다고 꼭 마시고 싶은 생각 또한 없었다. 지금쯤 나는 일어서서 집으로 가야했다. 어쨌든 아버지는 집을 나갔다. 아들인 나는 아버지를 찾아야 했다.

오늘 아침 뉴스라면 최대 규모라던 어젯밤 광우병쇠고기수입반대 광화문 집회를 보셨을까. 아버지는 그 장면을 보고 어떤 생각을 하셨을까. 나는, 고시원 사무실에 있는 텔레비전으로 집회 장면을 보다가 사무실을 나와버렸다. 내가 공무원이 되는 것과 아무 상관도 없는 일이었기 때문이었다. 아버지는 상관있었을까? 상관있을 수도 있었다. 아버지는 한우를 수십 마리 키우다 쫄딱 망했기 때문에. 어머니한테는 허참, 이었고 나에겐 내참, 이었다.

나는 사내가 따라준 술을 한 모금 마셨다. 사내는 연신 출입문의 유리를 통해 바깥의 동정을 살폈다. 뭔가 불안한 기색이었다. 나는 개의치 않고 묵묵히 비 내리는 것을 바라보았다. 비는 나뭇가지나 전깃줄에 부딪히며 맹렬히 내리고 있었다. 나는 그만 일어설까 하다가 사내에게 술 한 잔 얻어먹은 것도 있고 해서 막걸리 한 병을 가져왔다. 주전자에 부어 먼저 사내의 잔에 따랐다.

"안즉 남았는데, 이거."

사내는 두 손으로 사발을 움켜쥐었다. 순간 나를 바라보는 사내의 눈빛이 반짝 빛났다.

"형씨, 우리나라 법이 공평하다고 생각하시오?"

너무나 진지한 사내의 목소리에 나는 그만 술을 잔에 넘치게 따를 뻔했다.

너무나 진지했으므로, 그리고 분노인지 억울함인지 모를 그림자가 사내의 얼굴을 스치고 지나갔기에 나는 쉽게 대답하지 못 하고 사내를 멀뚱히 바라보았다. 사내는 고개를 숙이고 뭔가 생각하는 눈치였다.

사내와 나 사이엔 무거운 침묵이 흘렀다. 사내의 표정은 점점 어두워졌고 어느새 주전자의 술은 떨어졌다. 나는 그만 일어서야겠다고 생각하며 엉덩이를 들썩였다.

"자, 잠깐만요."

사내는 내 행동에 갑자기 놀란 표정을 짓더니 자리에서 벌떡 일어섰다. 그러더니 재빨리 막걸리 한 병을 가져왔다. 나는 난감한 표정을 지으며 마실수록 맨송맨송해지는 얼굴을 두 손바닥으로 마른세수를 했다. 사내는 내 사발에 술을 따르더니 점퍼 안주머니에서 편지 봉투를 꺼냈다.

"이것 좀 읽어 보시오. 어제 친구에게 온 편지요."

나는 얼떨결에 편지를 받았다. 하지만 봉투 안의 내용물은 꺼내지 않고 왜 이런 걸 주느냐는 눈빛으로 사내를 바라보았다. 사내는 내 눈길을 외면하고 잔을 들더니 순식간에 잔을 비웠다. 목구멍으로 넘어가는 막걸리 소리가 유난히 컸다.

그때 출입문이 열리더니 한 무리의 사내들이 머리와 어깨에 비를 흠뻑 뒤집어 쓴 채 들어왔다. 오십대로 보이는 대여섯 명의 사내들이었다. 사내들은 자리에 앉지 않고 탁자 주위에 섰다. 한 사내가 소주 세 병을 가져왔고 한 사내는 이빨로 뚜껑을 땄다.

"씨팔, 비는 왜 이리 많이 내리는 거야."

이빨로 병마개를 딴 사내가 거칠게 말했다. 이런 싸구려 술집에 오는 손님들의 목소리는 큰 법이었다. 사내의 목소리가 천장에 울렸다. 주인 노파가 김치 한 보시기와 맥주잔 여러 개를 탁자에 놓고 갔다. 한 사내가 맥주잔에 소주를 가득 따랐다. 한 잔씩 따르자 세 병의 소주병은 금방 비었다.

"오늘은 기필코 받아내는 거야."

"그럼, 오늘 못 받으면 그 집에서 아예 한 발짝도 나오지 말자고."

"멱을 따야해. 씨발."

사내들은 단숨에 잔을 비우고 손으로 김치 한 조각씩 입으로 가져갔다. 사내들의 목소리가 천장의 먼지를 뒤집어쓴 거미줄에 한동안 매달려 있었다. 아마 공사가 끝났는데 아직 노임을 못 받은 모양이었다.

"쓰발, 한 잔씩 더 마시자구."

한 사내의 말에 다른 사내가 역시 소주 세 병을 들고 왔다. 다른 사내가 이빨로 병마개를 땄다. 사내들의 목구멍으로 넘어가는 독한 소주 기운이 내게도 퍼지는 듯 했다. 나는 마른침을 꿀꺽 삼켰다. 사내들이 천 원짜리 몇 장을 주인에게 건네고 밖으로 나갈 때까지도 나는 난감하게 편지를 들고 있었다. 나는 읽고 싶은 생각이 없었다. 사내의 표정으로 보아 절박하거나 억울한 무슨 사연이 있을 듯한데 나는 사내의 그런 심정을 헤아려 주고 할 마음의 여유가 없었다. 나는 편지를 사내에게 도로 내밀었다.

"미안합니다. 지금 내 처지가……."

사내는 적잖이 당황한 표정을 지었다. 사내는 앞에 있는 잔을 들어 단숨에 쭉 들이마셨다. 그러더니 다시 막걸리 한 병을 가져와 주전자에 부었다.

"지금 감옥에 있는 친구가 보내온 편지외다. 근데 하도 억울한 일이라 탄원서 작성해서 며칠 동안 도장 받으러 다녔다오."

사내는 말하고 나서 또 한 잔을 쭉 들이켰다. 술 마시는 속도가 빨라졌다. 나는 어떻게 할까 망설이다 잔을 비우고 일어섰다. 이런 싸구려 술집에선 옆 사람의 일에 너무 깊이 관여하는 것은 깊은 늪에 빠지는 것과 같은 것이었다. 이런 저런 하소연을 들어주다 보면 빠져나갈 순간을 놓쳐버리게 되고 그렇게 되면 상대방이 정신을 잃고 탁자에 이마를 찧을 때까지 같이 술을 마셔야 했다. 하지만 사내가 재빨리 주전자를 들어 내 잔에 술을 따랐다.

"아뇨, 전 이만 됐습니다. 가 볼 데가 있어서."

나는 목소리에 힘을 주고 단호하게 말했다. 사내는 내 말에 아랑곳하지 않고 술을 가득 따랐다.

"좆같은 세상입니다. 거 왜 이런 말 있잖습니까. 무전유죄, 유전무죄. 정말이지 돈이 없으면 우리 같은 사람……."

그때 출입문이 열리며 양복 차림의 사십대 중반 사내와 후줄근한 삼십대 후반의 사내 두 명이 들어왔다. 후줄근한 사내가 막걸리 두병을 가져오는데 휘청거렸다. 전작이 있는 모양이었다.

"내가 몇 번이나 전활했는지 아슈."

후줄근한 사내가 막걸리를 탁자에 탁 놓으며 도발적으로 말했다. 목소리가 천장에서 울려 퍼졌다.

"네가 전화했을 때 난 바빴다고 했잖아."

양복 차림의 사내가 후줄근한 사내에게 술을 따르며 달래듯 말했다.

"그러니까 성님이 날 왜 피하느냐 이거요. 시방."

"넌 왜 만사를 그렇게 삐딱하게 보냐. 내가 널 왜 피하겠어."

"난 성님이 자꾸 피하길래 한번 생각해 봤슈. 하, 내가 인생을 잘못 살았나. 내가 시방 주위 사람들한테 이 정도밖에 안 되는가 하고. 하."

"내 참. 이 사람. 그게 아니래두. 자 한잔하고 맘 풀어."

잔이 부딪치는 소리가 우리가 앉은 자리로 들려왔다. 나는 잔을 들었다.

마실수록 정신이 맨송맨송해지는 것, 한번에 잔을 비웠다. 사내가 말없이 술을 따랐다.

"그러니까 왜 나를 무시하냐구요. 나를."

후줄근한 사내는 생떼를 썼고 양복 차림의 사내는 그런 사내를 달래느라 진땀을 빼고 있었다. 나는 앞에 앉은 사내를 바라보았다. 사내는 고개를 푹 숙이고 편지를 만지작거렸다. 나는 후줄근한 사내를 생각하며 자리에서 일어나 막걸리 두 병을 가져왔다. 아무래도 그냥 가면 안 될 것 같았다. 사내의 눈이 반짝 빛났다. 나는 두 병을 주전자에 비우고 나서 사내에게 말했다.

"무슨 편지요."

"친구가, 구치소에 있는 친구가 너무 억울하다면서 보낸 편지요."

사내는 얼른 봉투를 내밀었다. 나는 봉투를 받아 편지를 꺼내 펼쳤다. 그때 옷에 묻은 비를 뚝뚝 떨어뜨리며 한 남자가 가게 안으로 들어와 사내가 앉은 식탁 옆 끝자락에 앉았다. 나는 고개를 들기 귀찮아 읽던 편지를 계속 읽었다. 편지는, 폭행죄로 1심에서 2년6개월을 선고받고 2심 재판을 기다리는 사내의 친구가 자신의 억울함을 호소하는 내용이었다. 나는 편지를 읽고 나서 딱히 무어라 할 말이 없어 잔을 들어 술만 한 모금 마셨다. 잠시 사내와 나 사이에 어색한 침묵이 흘렀다.

그때 나는 아버지를 보았다. 아버지는 사내의 식탁 옆 끝자락에 앉아 창밖을 바라보며 막걸리를 마시고 있었다. 나는 엉거주춤 일어서려는데 창밖을 바라보다 술잔을 들던 사내가 말을 걸었다.

"며칠 후에 2차 공판인데요. 내일 아침 일찍 변호사한테 탄원서를 줘야 하는데."

나는 든 엉덩이를 다시 내려 앉히고 아무 말 없이 술을 마셨다. 어찌된 일인가. 옷은 완전히 비에 젖어 있었다. 아버지는 나를 못 본 듯 했다. 하루종일 무얼 하고 지냈는지 얼굴이 많이 말라 있었고 눈은 초점이 풀려 있었다. 아버지는 한 주전자를 다 마시고 또 한 병을 가져와 주전자에 따랐다. 아버지에게 갈까 망설이고 있는데 사내가 빈 잔에 술을 따랐다. 사내의 친구는, 자신은 여기 오기 전 노부모를 모시고 있었고 농업경영인(농어민후계자)으로 열심히 농사를 지었으며 아내와는 일 년 전 이혼해 중학교 일 학년에 다니는 딸애와 초등학교 4학년인 아들을 돌보아야 하기 때문에 가정으로 돌아와야 한다는 취지로 탄원서를 재판부에 제출해 달라는 내용이었다. 나는 도울 일도 도울 마음도 없었다. 사내의 일에 말려들기 싫었다. 내 마음이 그런 데까지 개입할 여유가 없었다.

어색한 침묵이 흘렀고 나는 일어설 마땅한 이유를 찾고 있는데 사내가 말을 했다.

"어떻습니까? 억울하지 않습니까?"

"폭행은 어떻게?"

"하, 말도 마이소. 그 친구가 농사도 지으면서 사료 배달하는 친구인데 요새 소값이 똥값이 아닙니까. 사료값은 갑절로 뛰었고요. 소주인하고 싸운 거지요. 소를 수십 마리 키우던 사람인데 사료값을 안 주니까 사료 대리점 사장은 월급에서 제했고 몇 개월 돈 못 받으니까 확 돌아버린 거죠."

"그렇다고 사람을."

"예 맞습니다. 실수한 거죠."

나는 아버지에게로 고개를 돌렸다. 아버지는 고개를 숙인 채 있었고 여전히 나를 못 알아보는 듯 했다. 나는 좀 더 아버지를 지켜보다 사내를 따돌리고 아버지를 모시고 집으로 갈 생각이었다.

"근데 말이요, 이건 완전히 돈 뜯어낼 수작이란 말이요. 합의금조로 일 억 내놓으라는 게 말이 됩니까?"

"일 억씩이나요?"

"우리 친구들이 몇 번이나 찾아가 중재를 했지만 겨우 오천만원 깎았습니다. 소는 망했고 이 참에 돈이나 한 몫 쥐어보자는 속셈 아닙니까?"

사내는 다시 일어나 막걸리를 두 병 가져왔다. 나는 잔을 비웠다. 술은 내 의지와 상관없이 술술 넘어갔다. 사내가 내 잔에 술을 따르고 자신의 잔에도 따랐다. 빌어먹을, 나도 모르게 속에서 욕이 튀어나왔다.

"그런 걸 갖고 2년6개월이나 때리다니 그 판사 새끼도 개새끼 아닙니까? 돈만 있으면 합의되고 그러면 구속되지 않는 것 아닙니까? 그러니까 돈이 없고 힘이 없으니게 지금 구치소에 있는 것 아닙니까?"

"공탁금은 안 걸었습니까?"

사내가 아까 무전유죄니 유전무죄니 하는 이유를 이제야 알 것 같았다. 사내의 말을 요약하면, 친구는 불구속상태에서 조사를 받았기에 공탁금을 300만원 걸었고, 재판하는 날 친구는 2년6개월 선고받고 법정구속 되었다. 판사는 합의도 안 본 상태에서 공탁금도 적게 걸었다며 개정의 의지가 없다며 그렇게 판결했다. 친구가 불구속상태에서 재판을 받았기 때문에 최소한 집행유예로 풀려날 것이라고 생각했던 게 실수를 한 것이라고 했다. 미리 잘 나가는 변호사를 선임하고 공탁금도 많이 걸었다면 지금 감옥에 있을 필요가 없는데 결국은 돈이 없어 지금 감옥살이한다는 것이었다.

"돈이 문제지요. 농사짓는 놈이 무슨 돈이 있습니까? 그걸 갖고 공탁금이 적다고 실형을 빵빵 때리면 우리 같은 서민들은 뭐란 말입니까? 돈 있고 백 있는 놈들은 그 보다 더한 죄도 잘도 풀려나던데요."

사내는 침을 튀겨가며 말하다 술을 단숨에 들이켰다. 다 맞는 말이다. 나는 사내의 잔에 술을 천천히 따라주었다. 진짜 개좆같은 날이다, 나는 속으로 생각하며 술을 들이켰다. 그 친구 새끼도 판사 새끼도, 바로 앞에 앉은 사내 새끼도 모두 미친놈들이라는 생각이 들었다.

"이게 낼 보낼 탄원서입니다."

사내는 역시 점퍼 안주머니에서 두툼한 봉투를 꺼냈다. 나는 내용물을 꺼내 대충 훑어보았다. 탄원서란 게 그렇듯, 또한 그 친구가 구치소의 다른 동료들한테 들고 써달라고 한 것처럼, 노모 얘기며 이혼한 얘기 자식 돌보아야 하는 얘기 등등이 적혀 있었다. 어디서 받았는지 탄원서 뒷장에 사람들의 이름과 도장이 찍혀 있었다. 나는 그냥 도로 줄까 하다가 맨 뒷장에 내 이름을 적고 사인을 했다.

"고맙습니다."

사내는 내가 사인하는 걸 보며 진정 고마워하는 표정을 지었다. 나는 한마디 툭 내뱉었다.

"좆같은 세상입니다."

"그렇죠? 좆같은 세상입니다."

사내의 말이 메아리가 되어 돌아왔다. 나는 일어섰다. 순간 다리가 휘청거렸고 손으로 탁자를 짚었다. 앉아 있을 땐 몰랐는데 일어서니 취기가 확 오르는 느낌이었다. 탁자 위의 막걸리 병들이 흔들렸고 일부는 바닥으로 떨어졌다.

"취하셨군요."

사내는 나의 팔을 부축하려고 옆으로 다가왔다.

"아뇨. 괜찮소."

나는 자꾸 풀리는 다리에 힘을 주고 막걸리 두 병을 가져왔다. 사내가 막걸리를 받더니 걱정스런 눈으로 나를 바라보았다.

"우리 한 잔 더 합시다."

나는 잔을 사내의 잔에 호기롭게 부딪쳤다. 그러자 사내의 입가가 찢어지더니 사내의 잔이 내 잔에 쨍그랑 하고 큰소리를 내며 부딪쳤다. 순간 사내의 친구가 불쌍했고 사내가 불쌍했고 아버지가 불쌍한 생각이 들었던 것이었다. 우리는 한 배를 타고 있다. 동지애를 느끼는 순간만큼 더 큰 위안을 얻는 게 또 있을까. 나는 잔을 단숨에 비우고 잔을 사내에게 건넸다. 사내도 한 방울도 남김없이 잔을 비우고 나서 내게로 건넸다.

출입문이 열리면서 사내 두 명이 들어왔다. 사십대 후반으로 보이는 사내와 삼십대 초반으로 보이는 사내였다. 사내들은 소주를 가져와 이빨로 뚜껑을 땄다. 주인 노파는 김치 한 보시기와 맥주잔을 가져다주었다. 주인 노파는 손님을 보면 막걸리 손님인지 소주 손님인지 단번에 알아보았다.

"내 일당이 칠 만원밖에 안 간다 이 말입니까?"

꿀꺽, 술이 목구멍으로 넘어가는 소리와 동시에 시비조로 삼십대 사내가 말했다.

"내가 미리 말 했잖아. 일반 노임으로 계산한다고."

"그건 저하고 같이 간 사람한테 그랬죠. 내가 그래 칠만 원짜리 인생으로 보입니까? 그래도 명색이 미장인데."

"알아, 안다고. 하지만 어디 그게 미장일인가? 삽질하고 찜통지면 다 똑같잖아."

"어째 똑 같아요. 같은 삽을 쥐도 미장은 미장이니께. 씨발 나 이 돈 못 받아."

삼십대 초반의 사내가 주머니에서 만 원권 지폐를 꺼내 바닥에 팽개쳤다. 미처 사십대 남자가 손 쓸 틈도 없었다. 만 원권 지폐가 바닥에 흩어졌고 바람에 나폴나폴거렸다. 한 장이 내 신발 옆으로 날아왔지만 나는 주울 생각 없이 바라보기만 했다. 이 사람이, 사십대 사내가 삼십대의 사내 멱살을 잡았다.

"이거 놔, 씨발."

삼십대가 반항을 했지만 사십대의 힘에 밀렸다. 삼십대는 술에 많이 취한 듯 했다.

"일을 준 것만 해도 고마워해야지. 이게 어디 앞에서 행패야, 행패를."

사십대는 삼십대를 의자를 향해 밀었다. 삼십대는 그대로 털썩 의자에 쓰러지듯 앉았다. 기세가 많이 꺾이었다.

"요새 세상에 일이 어디 있다고 그래 임마. 시방 세상에 찬밥 더운밥 가릴 때냐고."

사십대는 바닥에 떨어진 지폐를 주워 삼십대의 탁자 앞에 놓았다. 삼십대는 고개를 푹 숙이고 묵묵히 있었다. 오늘 있었던 일은 없었던 걸로 할 테니까 전화하면 일이나 꼬박꼬박 잘 나와 자꾸 농띠 부리지 말고."

사십대는 소주 한 병을 가져와 이빨로 뚜껑을 뻥, 소리 나게 땄다. 그러곤 소주를 자신의 맥주잔과 삼십대의 맥주잔에 따르더니 자신의 잔을 들어 냉수 마시듯 단숨에 마셨다. 사십대는 천 원짜리 몇 장을 주인 노파에게 던져주곤 아무 말 없이 나갔다. 삼십대는 사십대가 나갈 때까지 고개를 푹 숙이고 있었다.

나와 사내는 아무 말 없이 술만 마셨다. 이런 싸구려 술집에선 싸움도 매일 일어났다. 주위에서 말리는 경우도 있지만 대부분 말리지 않고 각자 마시던 술만 마셨다. 싸움을 말리면 더 크게 일어나는 경우가 많았다. 이런 싸구려 술집에 오는 손님들은 이 술집 안에서만 목소리가 컸고 상대방에게 하고 싶은 얘기도 다 했다.

한동안 사내와 나 사이에 침묵이 흘렀다. 나는 시계를 보았다. 열 시 삼십오 분이 넘어가고 있었다. 이런, 나도 모르게 말이 툭 튕겨 나왔다. 벌써 이렇게 밤이 늦어지다니. 시간은 성큼 가슴으로 다가온 듯 했다. 순간 정신이 번쩍 들었다. 아버지는? 나는 주위를 둘러보았다. 아버지가 없었다. 나는 주위를 두리번거렸다. 두 사내의 모습만 눈에 어른거릴 뿐 아버지의 모습은 보이지 않았다. 좀 전에 들어온 양복 차림의 사내와 후줄근한 사내도 보이지 않았다. 귀신에게 홀린 기분이었다.

"저, 저기 혼자 앉았던 분 혹 못 보셨나요?"

사내는 내 손가락을 따라 옆을 돌아보았다.

"저기에 누가 있었단 말이요?"

"혼자 누군가 술 마시지 않았소? 혼자서."

"전 못 봤는데."

사내는 고개를 갸우뚱했다. 나는 그만 집에 가봐야 한다는 생각에 자리에서 일어서다 발밑에 뭔가 펄럭이는 게 보였다. 나는 고개를 숙여 그것을 집어 들었다. 옆자리의 삼십대가 팽개친 만 원권 지폐였다. 나는 옆자리를 돌아보았다. 삼십대는 아무것도 걸려 있지 않은 벽을 뚫어지게 바라보고 있었다. 잔은 비었고 만 원짜리 몇 장이 잔 옆에 뒹굴고 있었다. 짱구에 밑으로 빠진 턱 때문이었을까 삼십대는 퍽이나 우울해 보였다. 나는 삼십대에게 다가가 만 원짜리를 탁자에 놓았다. 삼십대는 게슴츠레 눈을 뜨고 나를 바라보았다. 내가 바닥에서 주웠다고 말하곤 내 자리로 왔을 때 삼십대는 내 쪽으로 상체를 틀고 큰소리로 말했다.

"내 커피 한잔 사지요."

말릴 틈도 없이 삼십대는 휴대폰을 꺼내 번호를 눌렀다. 하지만 전화를 아예 받지 않거나 받더라도 배달이 안 된다는 것 같았다. 지금 시간에 다방에 아가씨가 있을리 없었다. 모두 티켓 끊고 나갔을 시간이었다. 삼십대는 하, 숨을 크게 내 쉬며 몇 군데 더 전화를 했을 때에야 용케 제대로 연결되었는지 술집 위치를 더듬더듬 말했다. 커피 넉 잔, 하고 호기롭게 말하며 나를 돌아보고 싱긋 웃었다. 나대신 사내가 고맙슈다, 한잔 하슈. 주전자를 들고 말하자 삼십대는 기다렸다는 듯 맥주잔을 들고 사내 옆자리로 왔다. 사내가 삼십대의 맥주잔에 막걸리를 따르자 단숨에 잔을 비우고 사내에게 잔을 내밀었다. 사내와 삼십대는 한잔 더 하라는둥 고맙다는 둥 얘기를 나누며 술을 주거니 받거니 했다. 이런 싸구려 술집은 옆자리 사람과 동지애 비슷한 걸 쉽게 느끼는 곳이었다. 삼십대 사내는 자신은 분명 기술자인데 막노동꾼 취급한다고 조금 전에 나간 사십대를 욕했고 사내는 세상살이가 참 무서워졌다고 했다. 삼십대는 전라도 무주 출신인데 아파트 공사장에 일하러 왔다가 눌러 앉았다고 했다. 아직 결혼도 안 했다고 했다. 아마 자신 꼴에 결혼하기는 글렀다고 자조 섞인 말을 했다. 10여 년을 사십대를 따라 다니며 미장 기술을 익혔지만 사십대는 번번이 약속을 깨고 막노동 노임을 준다고 했다.

"참 더러븐 세상이요, 안 그렇소?"

삼십대가 나를 돌아보며 말했을 때 나는 동의한다고 고개를 끄덕거려 주었다. 삼십대가 억울하다며 이제 독립해야겠다고 굳은 결심을 드러냈을 때 짧은 치마를 입은 다방 아가씨가 차가방을 들고 들어왔다. 비 때문에 늦었다고 아가씨는 변명을 했다.

"야 근데 넌 이런 치마 입어 거시기가 시원하겠다."

삼십대는 금방 얼굴빛이 환하게 변하며 아가씨에게 농짓거리를 했다. 아마 삼십대는 아가씨에게 몇 번 차를 시켜먹은 듯 했다. 커피 잔이 우리 셋 앞에 놓여졌고 한 잔은 주인 노파에게 갔다가 되돌려왔다. 커피 먹으면 잠이 안 온다며 노파가 거절했기 때문이었다. 그럼 네가 마시라는 삼십대의 말에 아가씨는 고개를 저었고 주인을 못 찾은 커피는 한 쪽 구석에 밀쳐졌다. 나는 천천히 식어가는 커피를 바라보며 아버지를 떠올렸다. 아버지는 집에 가셨을까 아님 또 이 비 오는 거리를 떠돌고 계실까. 아버지는 평생을 소만 키워왔다. 전두환 정권 시절인 84년 소값 파동 때도 잘 견뎌왔던 아버지였다.

사내와 아가씨가 농짓거리를 하는 동안 나는 창밖을 바라보았다. 새끼손가락만한 빗줄기가 맹렬히 떨어지고 있었다. 밤새도록 내릴 기세였다. 눈을 감았다. 그러자 취기가 확 오르는 것 같았다.

"왜 그러슈. 야, 한잔 따라 드러라."

사내의 말에 나는 밑으로 추락하는 몸을 부리나케 중심을 잡았다. 아가씨가 잔에 술을 따랐다. 마신 기억이 없는데 잔이 비었는 것을 보니 많이 취한 모양이었다.

"근데 무슨 일이 있소?"

사내가 근심스러운 눈빛으로 물었다. 아버지가, 아버지가 집을 나갔는데, 오늘밤 찾아봐야 하는데, 내 의지와 상관없이 말이 입 밖으로 튀어나왔다. 내 목소리가 귀에서 윙윙거렸다.

"집을 나갔소? 무슨 일이라도 있소?"

삼십대가 물었고, 울음이 목구멍을 치고 올라 왔기에 나는 황급히 술잔을 들어 입으로 가져갔다. 사내와 삼십대는 쯧쯧, 하며 혀를 찼다.

"자, 한잔 더 하슈."

삼십대가 잔을 내려놓기가 무섭게 술을 따랐다. 나는 먹먹해 오는 머리를 옆으로 흔들었다. 벽이 한쪽으로 기우뚱거렸다. 에이, 사내가 술을 더 가져왔고 삼십대가 잔을 챙기는 아가씨를 붙잡았다. 같이 술 마시자고 했다. 아가씨는 배달하러 가야 한다고 자리에서 일어섰다. 따블로 주면 될 거 아니여. 삼십대의 말에 아가씨의 표정이 바뀌었다.

"내 오늘 이 더러븐 돈 다 써버릴 거여."

삼십대는 주머니에서 헝클어진 돈을 꺼내 만 원짜리 대여섯 장을 아가씨에게 내밀었다. 딱 두 시간이야. 기분 좋으면 더 줄 수도 있으니께. 삼십대는 일어서더니 휘청거리며 구석진 곳으로 가 맥주를 두 병 가져왔다. 아가씨는 맥주를 마셨고 우리들은 막걸리를 마셨다.

"근데 아버지는 뭐하던 분이요?"

사내가 물었다.

"소를 키웠지요."

내가 말했다. 사내와 삼십대는 알만하다는 듯 고개를 주억거렸다.

"망했군요."

"예, 망했지요. 쇠고기 수입하면 …… 농민들은…… 다 망하는데 그건 상관없다는 건가, 씨발."

나는 더 이상 말을 잇지 못하고 술을 벌컥벌컥 마셨다.

"그러게 말입니다. 쓰발. 지들만 살겠다, 이거 아닙니까."

사내와 삼십대는 제기랄, 하며 술잔을 단숨에 비웠다.

"없는 사람은 이래저래 죽는다오."

사내는 삼십대에게 구치소에 있는 친구 얘기를 횡설수설 말했다.

"갑시다. 내 술 한 잔 살 테니."

삼십대가 일어섰고 우리도 따라 일어섰다. 다리가 휘청거려 벽을 짚었다. 내가 사내 것까지 계산하려는 것을 삼십대가 화를 내며 막고 자신이 계산을 하였다.

밖으로 나오니 비는 계속해서 내리고 있었지만 빗줄기는 많이 가늘어졌다. 우리는 멍하니 내리는 비를 바라보았다. 야, 멋있다. 아가씨가 두 손으로 비를 받으며 길로 뛰어 갔다. 미친 년. 사내가 가래를 뱉으며 말했다.

"어디로 갈까요?"

삼십대가 물었고 나는 대답 대신 휴대폰을 꺼내 시간을 확인했다. 2시 57분이었다. 일단 가 봅시다. 삼십대가 비를 맞으며 앞장섰다. 사내와 내가 그 뒤를 따랐다. 아가씨가 간 주택지역과 반대 방향이었다. 뒤늦게 아가씨가 뛰어왔다. 이년아 강아지 마냥 그러지 말고 얌전히 있어. 삼십대가 아가씨에게 윽박질렀다. 혀를 쭉 내밀던 아가씨는 내 표정을 흘깃 살피다 고개를 숙였다. 잠깐 상황 파악을 못 한 것이 미안한 듯 했다. 나는 아무 말 없이 걸었다. 옷은 금방 젖었다.

건물은 모두 불이 꺼져 있었다. 불이 꺼진 건물은 차갑도록 낯설게 느껴졌다. 거리엔 사람들의 발길이 뚝 끊겼고 차도 다니지 않아 전혀 낯선 세상에 온 것 같았다. 옷가게나 약국 등은 셔터가 내려진 채 간판에만 불이 켜져 있었다. 한 시간여를 돌아 다녔지만 우리는 우리가 들어갈 만한 술집을 찾지 못했다. 고급 술집들만 휘황찬란한 불빛을 내뿜고 있을 뿐이었다. 우리의 주머니는 허전했고 마음도 허했다.

우리는 결국은 다시 간판도 없는 싸구려 술집으로 돌아왔다. 하지만 이미 싸구려 술집에도 불이 꺼져 있었다. 삼십대가 문을 두드렸다. 사내가 두드렸다. 안에서는 아무 기척도 없었다. 내가 두드렸다. 유리창이 깨질 정도로 두드렸다. 그래도 안에서 아무 기척이 없자 아가씨가 문을 두드렸다. 삼십대가 다시 문을 두드렸고 사내도 문을 두드렸다. 계속 두드렸다. ⓔ

꽃 피고 바람 불어

"살살 다루야 한데이."

덕만은 두 이랑 건너에서 오디를 줍고 있는 아들과 며느리한테 이르고 또 이른 말을 습관처럼 내뱉고 만다. 아기의 속살처럼 여린 오디는 익을 대로 익어 손가락에 조금만 힘을 주어도 알맹이가 터져 검은 물기가 번져 나왔다. 장사꾼은 처음 오디가 나올 땐 좀 물러도, 좀 빨간 기색이 있는 덜 익은 오디도 두꺼비 파리 잡아먹듯 잘도 받아 주더니 요즘 들어 한창 오디가 쏟아져 나오니 여간 까다롭지가 않았다. 오디 재배농민들 역시 장사꾼이 까다롭게 굴수록 여간 신경 쓰이지 않았다. 오디 나무 밑에 처 놓은 그물에 나무를 흔들어 떨어진 오디를 바구니에 담아 한꺼번에 스티로폼 상자에 담으면 일이 한결 수월하겠는데 한 번 만지고 두 번 만질수록 오디는 물러 물기가 스며 나왔고 장사꾼은 너무 무르다 하여 받아주질 않았다. 그러니 오디를 일일이 하나씩 주워 4kg짜리 스티로폼 상자에 곧장 담으니 일손이 더디기는 배는 더 더뎠다. 그러나 어찌하겠는가. 장사꾼이 가져가지 않으면 다른 판로가 없으니 상전도 그런 상전이 따로 없다.

"알아요. 맨날 하는 일 뭐 그거."

예, 하면 좀 좋은가. 아들은 퉁명스럽게 뒤도 돌아보지 않고 말한다. 덕만은 하지만 에이, 하고 자리를 박차고 나가지 않는 것만 해도 감지덕지했다. 하루 종일 쪼그리고 앉아 오디를 줍는 일이 한창 기운 쓸 젊은이에게 어울리지 않는 일이었다. 조금만 쪼그리고 있어도 무릎이 아프고 허리 등 근육이 당겨왔다. 다행히 며느리는 재미있어 했다. 태어나서 처음 딴다고 했다. 역시 남자에겐 여자가 있어야 한다. 며느리가 새로 들어오고부터 아들이 그나마 마음을 잡고 일을 한다. 복이 넝쿨째 들어온 것이나 다름없다.

"아직 시간 많이 남았으니께 좀 쉬다 하거래이."

덕만은 자리에 앉아 담배를 꺼내 물며 혼자 쉬기도 뭣 하여 덕담처럼 한마디 했다. 그럽시다. 아내가 먼저 앉았고,

"우린 괜찮아요. 아빠하고 엄마나 좀 쉬세요."

며느리의 대답이 냉큼 달려왔다. 아빠? 흐흐흐. 들을수록 또 듣고 싶은 말이다. 시아버지한테 아빠가 뭐여. 아내는 궁시렁거렸지만 덕만은 듣기가 좋았다. 며느리는 시집을 오자마자 아빠 아빠하며 살갑게 굴었다. 하기야 아는 말이 몇 안 되는 줄은 알았지만 아버님보다야 얼마나 듣기 좋단 말인가. 흐흐흐.

"이 양반은 메눌 아이만 보면 사족을 못 쓴다니께."

아내는 덕만을 보며 질투를 한다. 질투. 그렇다. 덕만의 눈엔 그렇게 느껴졌다. 하지만 질투 또한 싫지가 않았다. 한여름 일을 마치고 집에 오면 어쩌다 들른 며느리가 있을 땐 남우세스럽게 덕만에게 달려들어 등목을 하자고 웃통을 벗겼다.

"야가 왜 이런다야."

처음엔 덕만은 기겁을 했다.

"아빠. 덥잖아요. 제가 물 끼얹어드릴게요."

며느리는 반 강제로 웃통을 벗기곤 수돗가에 엎드려뻗쳐를 시켰다. 웃통을 벗은 채 또다시 옷을 입기도 뭣 하여 옛날 군대갔을 때처럼 엎드려뻗쳐를 하니 시원한 물과 함께 보드라운 손길이 등과 옆구리를 살살 문질러 왔다.

"아가 대충 해뿌러라. 차갑다카이."

겉으로야 퉁명스럽게 말했지만 속으로야 좋아서 미치고 팔짝 뛸 지경이었다.

"등목 하는 거 너들 나라에서도 하든?"

필리핀에서도 이런 풍습이 있나 했더니 한국에 와서 배웠단다.

복덩이야. 덕만은 며느리의 뒷모습을 보며 속으로 생각했다. 겉으로 말하면 복이 달아날 것 같았다. 지금도 생각해 보면 아들이 며느리와 결혼한 게 꿈만 같았다. 구미 공장에 다니던 아들은 반도체 공장이라고 하던 직장이 경기도 파주로 이전해 가면서 강제로 명퇴를 당했다. 직장을 잃으니 부부 싸움이 곧잘 일어나고 기어코 며느리가 짐을 쌌다. 큰애가 다섯 살 작은애가 세 살 때였다. 아들보다 저 손자들을 어떻게 하나 자면서도 꿈에서도 걱정이 이만저만 아니었는데 일여 년 지날 무렵 아내가 지나가는 투로 요즘 국제결혼도 잘 하던데, 하였다. 국제결혼? 덕만은 오랫동안 그 말을 곱씹었다. 한 동네 사람이 읍내에 있는 결혼업체에 다니다 보니 이 근방엔 일찍 그쪽 방면으로 눈을 떠 며느리가 외국인인 집이 여럿 되었다. 아나나 다를까 아내의 저녁 마실이 잦다 했더니 천만 원을 내놓으라고 했고 덕만은 못 이기는 척 내놓았다. 불같은 성격을 가진 아들을 어떻게 구워삶았는지 아들이 필리핀에 군말 없이 다녀왔다. 저도 아내 없이 애들 둘이나 키우려니 자신 없었던 모양이었다. 아무리 못 사는 외국에서 온다고 해도 자식이 둘이나 있는 홀아비한테 누가 시집오려나 했더니 신기하게도 필리핀에서 색시가 왔다. 처음엔 색시는 못 살겠다고 사기 결혼이라고 울고불고 지랄했다. 뜻도 모르는 영어로 말했지만 덕만은 그게 무슨 말인지 다 알아들었다. 자식이 없는 줄 알았단다. 속았다는 말이었다. 그러나 결혼이 애들 장난도 아니고 파하기가 쉬운가. 아내 또한 근 1년 동안 아들네 집에 가 살다시피 했으나 이내 저들끼리 정도 붙고 애도 낳으니 둘이 떨어질 줄 몰랐다. 그때는 아들도 마음을 잡아 구미 생활을 청산하고 고향으로 내려와 읍내에 방을 장만한 후 본격적으로 논농사를 지었다. 200여 마지기. 3만 평. 소리만 들어도 억, 하고 뒤로 나자빠질 지경이었다. 평생 농사를 지었지만 아직까지 그렇게 많은 논을 소유한 사람을 듣도 보도 못 했다. 물론 남의 땅이었지만 트랙터며 이앙기 등 모든 논 기계를 장만하여 농사를 지으니 옛날 다섯 마지기 논일거리도 되지 않았다.

"내년부터는 짓지 말아요."

아들은 오디가 든 스티로폼 상자를 한쪽으로 쌓으며 말했다. 덕만은 오디 상자를 세었다. 22개. 얼추 잡아도 44만원이다.

"왜. 내가 할 테니 어여 집에 들어가."

덕만은 이 녀석이 왜 또 이러나 은근히 신경이 쓰였다.

"왜 이딴 걸 짓는다고 사람을 오라 가라 해요."

"그럼 오디 따러 오지 말든가."

덕만은 녀석의 아픈 점을 찔러 보았다. 아들은 10여 일 전 오디 따러 오라니까 대뜸 그 돈도 안 되는 오디를 뭐 할라고 심어가꼬, 했다. 그럼 오기 싫으면 오지 말든지 했더니 트럭에 며느리를 태우고 와 매일 오디를 땄다. 아마도 며느리가 또 잘 구슬린 것 같았다.

덕만은 집 옆에 딸린 500여 평에 2년 전 오디 나무 400주를 심었다. 다시는 아들이 그 땅에 가타부타 말하지 못하기 위한 것도 그랬고 일손이 적게 들면서 수익이 괜찮은 게 오디였기 때문이었다. 그 땅은 조상 대대로 내려온 땅이었다. 덕만도 그 땅에서 농사를 배웠다. 그런 땅에 아들은 팔고 돈을 은행에 집어넣으면 이자도 안 되는 농사를 짓는다고 퉁을 주었다. 땅을 팔아서 읍내에 작은 가게라도 내고 싶다고 타령을 부르더니 그 땅만 보면 시비를 걸었다. 땅이 동네에 있으니 집터로 값이 제법 나갔다. 요즘 전원주택이다 하여 읍내 사람들이 변두리에 있는 땅을 많이 구하는 모양이었다. 하지만 덕만은 그 땅만은 팔 수가 없었다. 땅 판 사람치고 잘 된 사람을 보지 못 했다. 어디 땅만한 게 있는가.

"아버지는 이 오디 농사가 인건비는 고사하고 이자라도 나오는 줄 아시는 가배."

"농사를 어디 이윤타산만 보고 짓는다더냐."

"이윤을 따지야지요. 이젠 농사도 기업처럼 경영해야 한다고요."

"그냥 짓는 거여. 이윤 좇다가 땅 팔고 사업하다 망한 사람 한 둘이 아니다."

"망한 사람보다 서울에서 집 사 놔서 수십 억 번 사람은 아버지는 듣도 보도 못 했소."

"아, 그만 하소."

아내가 나섰다. 이러다 또 아버지와 아들 사이에 뭔 불상사라도 일어나지 싶었던 모양이었다.

덕만은 오디 상자를 두 개씩 들고 마을회관 앞으로 날랐다. 장사꾼이 오디를 가지러 오는 곳이 마을회관 앞이었다. 오디 농사를 처음 시작한 곳이 이 동네라 나이 든 사람들이 오디나무를 많이 심었다. 그러니 작목반을 구성했을 때 어디에 오디를 모아두고 장사꾼을 오게 할 것인가 의견이 분분할 때 마을 이장이 강력하게 주장했다. 이 동네가 가장 많은 사람들이(사실 수만 많았지 양으로 치면 얼마 안 되었다.) 오디 농사를 짓고 또한 나이가 많아 차로 다른 지역으로 운반할 수 없으니 이 동네로 오디를 모두 가지고 와야 한다, 고 했다. 다른 동네서 짓는 사람들은 젊은이들이라 차도 있고 제법 오디 짓는 평수도 넓었다. 차를 가진 젊은이들이 양보를 해서 이 동네 마을회관 앞으로 결정되었다.

덕만은 오디를 다 옮긴 후 수돗가에 가서 오디 물이 든 손을 씻고 세수를 했다.

"저도 갈게요."

며느리가 뒤를 따라나섰다.

"집에 안 가?"

"그이가 잠깐 이장 좀 만나고 온대요. 내년 영농자금 대출 좀 알아본다고."

"그 이자 싸다고 영농자금 탐내다가 큰코 다친다. 그게 다 빚이여. 빚."

"저도 알아여. 아빠."

며느리는 덕만과 팔짱을 끼었다.

"아그들 밥은?"

"학원 갔다가 오니까 일곱 시 넘어서 올 거예요."

며느리는 이제 제법 한국말을 또렷이 했다. 큰손자가 중 2. 작은손자가 초등학교 6학년이다. 이 며느리가 낳은 막내 손자가 초등 3학년이다. 며느리가 들어온 지 벌써 10여 년이 다 되어 간다. 이젠 시골 아낙이 다 된 것 같다. 며느리는 다른 시골 아낙처럼 챙이 큰 모자에 수건을 두르지 않았다. 무엇보다 더위를 잘 타지 않았고 피부가 그을릴까봐 걱정도 하지 않았다. 챙을 내리면 꼭 외계인처럼 보이는 햇빛 차단용 모자만 썼다.

"안즉 나이가 멧살인데 학원 보내여. 생고생 시키지 말고 맘껏 뛰놀게 해여."

덕만은 나잇살 훈시를 했다.

"요샌 걸음마만 배우면 학원 다 보내는 걸요. 그래도 우린 영어 학원은 안 보내잖아요."

며느리는 또한 애들이 학원에 있다가 와야지 낮에 일을 거들 수 있다는 말을 보탰다. 며느리는 아들 뒤를 따라다니며 자질구레한 일을 도맡아 했다. 덕만이 생각하기에도 며느리는 똑똑했다. 필리핀에서 대학물까지 먹었다는데 오히려 덕만은 그것이 걸렸다. 마누라는 자고로 서방보다 못 해야 집안이 편하다는 지론을 가지고 있었다. 아내도 처음엔 그것이 걸린다고 했지만 애들이 크자 애들에게 영어를 가르치는데 덕만이 보기에도 영락없는 '선생님'이다. 올해 안으로 어떻게 하든 친정에 보내줘야 할낀데. 덕만은 속으로 단단히 마음먹고 있었다.

마을회관 앞 공터에는 5톤 트럭에 하얀 스티로폼 상자가 사람 키 높이보다 더 높게 반 이상이 실려 있고 사람들은 무리지어 무슨 얘기를 나누고 있었다.

"아, 이런 걸 가져오면 어떡해요. 내 참."

5톤 트럭 짐칸 위에서 장사꾼이 큰소리로 말했다. 트럭 뒤에는 최영감네 할멈이 어쩔 줄 모르며 장사꾼에게 사정을 했다. 몇 년 전에 최영감이 암으로 죽고 난 뒤 혼자 산다.

"담엔 잘 선별해 가꼬 올끼니께 이번만 봐줘요."

할멈은 애절하게 말했고

"이렇게 무른 것은 사람들이 안 사간다니까요. 저 쪽으로 치워요."

장사꾼은 트럭 위에서 호령했다. 덕만이 보기에 아직 마흔 살도 되지 않은 젊은이이다. 객지에 사는 자식들도 넉넉지 않아 할멈이 오디를 팔고 옥수수나 채소 같은 걸 시장에 팔아 겨우 살아가는 형편이다.

한쪽에선 사람들이 모여 성토를 하고 있다. 스티로폼 상자가 모자란다고 했다. 스티로폼상자는 장사꾼이 10여 일 전 일주일치 분량이라며 4000여 개를 마을회관 앞에 갖다 놓은 것인데 너도나도 할 것 없이 서로 많이 가져가 스치로폼 상자가 턱없이 부족했다. 많이 따지 않은 사람도 공짜니까 넉넉하게 12개짜리 한 뭉치를 몇 개씩 더 가져가 스티로폼 상자가 부족하다고 다들 난리였다.

"그런 사람은 작목반에서 제명해야 돼."

"전화를 하면 받지도 안 해여."

몇몇이 화가 나서 그런 말을 했다.

"알았어요. 다음 회의 때 제명할게요."

작목반 회장이 모여든 사람에게 말하곤 장사꾼에게 다가갔다. 한참이나 뭔가를 설명하는가 싶더니 모여든 사람들에게 다가왔다.

"그 사람 오디는 장사꾼도 안 받기로 했어요."

"잘 했어. 어려울수록 잘 협조를 해야지."

사람들은 수군거렸다. 아직 오디를 따지 않는 품종을 가진 사람이 스티로폼 상자 300개를 가져갔다고 했다. 그러니 스티로폼이 모자라 회장이 왜 상자를 그렇게 많이 가져갔느냐. 당신은 지금 따지 않고 나중에 따지 않느냐. 그러니 우선 상자가 모자라는 사람에게 주고 나중에 상자가 더 도착하면 그때 가져가라, 했더니 처음엔 바쁘다고 갖다 줄 시간이 없다고 했다가 아예 이젠 전화를 받지도 않는다고 했다.

"저 사람이 스티로폼 상자를 많이 갖다 주면 되잖아요."

며느리가 안타깝다는 듯이 장사꾼을 가리키며 말했다.

"저 사람도 살 만큼만 상자를 주문했겠지만 어쨌든 상자 때문에 서로 맘 상하는 건 경우에 맞지 않다. 하지만 서로 꼭 그것 때문이겠냐."

덕만은 사람들 표정에 서려 있는 악의를 느끼며 그렇게 말했다. 그렇다. 사람들이 진작에 느끼고 있는 것은 스티로폼 상자에 있지 않았다. 상자야 모자라서 아우성을 쳤지만 몇 개씩이라도 장사꾼이 매일 가져와 그러저럭 아쉬운 대로 사용하고 있었다. 사람들이 상자를 많이 가져간 사람을 성토하면서도 장사꾼과 최씨네 할멈이 실랑이를 벌이고 있는 상황을 곁눈길로 관찰하고 있다는 것이다. 처음 출하할 때 한 상자에 25,000원, 1kg에 6,250원 하던 오디가 어제부터 한 상자에 20,000원으로 내렸다. 그러니까 1kg에 5,000원으로 수매했다. 오디가 많이 나올수록 가격이 내려가는 데에야 어쩔 수 없다 손 치더라도 가격이 너무 많이 내렸다고 뒤에서 수군거렸다. 거기다 조금이라도 무르거나 붉은 기가 도는 덜 익은 오디도 엄격하게 재단하여 받지 않았다. 그러니 오디를 팔지 못 하고 도로 가져가는 사람들이 속출했다.

결국 최씨네 할멈은 꾸부정한 허리로 오디 상자를 한 쪽으로 치우고 있었다. 누가 봐도 힘겹게 옮기고 있는데도 아무도 도와주는 사람이 없었다. 덕만의 팔을 잡고 있던 며느리가 트럭으로 다가가 상자 두 개를 들더니 마을회관 옆 수돗가에 있는 그늘로 옮겼다. 나머지 두 개도 옮겨놓더니 두 손을 탁탁 털었다. 할멈은 고맙다는 말도 없이 어기적어기적 상자가 있는 곳으로 걸어갔다.

"저기 봐요."

"아. 나도 눈 있어."

"정말 보고만 있을 거요?"

모여든 사람들은 회장을 바라보았다.

"너무 무르거나 덜 익은 오디는 저 사람도 팔아먹지 못 한다는데 어떡하겠어요."

회장도 난감하다는 표정을 지었다.

"그래도 이건 너무 하잖아. 며칠 전까진 다 받아주더니 말이야."

"양이 많이 나오니까 자기도 최상품만 가져가겠다는 것이지."

"젊은 사람이 너무 겁대가리가 없어."

말은 말을 이은 채 무수히 쏟아졌다. 하지만 트럭 위에서 호령하는 장사꾼에게 어찌할 방도가 없었다. 마을회관이 있는 동네에서 오디 농사를 짓는 노인네들은 그나마 장사꾼과 흥정을 잘 했다.

"내일부텀 잘 해 올 테니까 잘 봐줘바여."

"빨갛잖아요. 이러면 안 돼요."

"담부터 잘 선별 할 팅께"

넉살좋은 노인과 장사꾼이 입씨름하는 것을 사람들은 지켜보았다.

"그럼 사천오백에 합시다."

1kg에 500원 깎겠다는 의사였다.

"그래여."

그렇게 거래는 이루어졌다. 그러나 가끔 젊은 사람들과는 마찰이 일었다. 노인네들은 오디가 적고 젊은이들은 오디가 많기도 했다. kg당 몇 백 원이 100kg가 넘으면 총 금액은 많이 달라졌다. 매일 따는 오디라 가격에 민감할 수밖에 없었다.

"저 후레자식 같은 놈."

젊은 누군가가 말을 했고.

"듣겠네 이 사람아."

나이 많은 사람이 뒤를 받았다.

"순 도둑놈이랑께."

"날강도여."

저마다 사람들은 수군거렸고,

"그렇다고 저 사람이 안 사가면 어쩌겠나."

누군가의 말에 사람들은 침묵했다. 사람들은 발밑을 바라보았다. 누군가 담배를 꺼내 물었고 누구는 가래침을 뱉었다.

"우리도 걱정인데요."

며느리가 덕만에게 다가오며 걱정스런 표정을 지었다.

"좀 무른 편이제? 그 정도는 괜찮을 끼다."

덕만은 속으론 걱정이 되었지만 겉으론 태연한 척 했다. 어제도 좀 무르다고 장사꾼에게 핀잔을 들었지만 잘 구슬러 팔지 않았던가.

"원래 이래요?"

"원래 그래."

덕만은 쪼그리고 앉으며 말을 받았다.

"정말 너무 하네요."

"그려, 너무 하지."

옆에 앉은 며느리의 말에 덕만은 추렴을 넣었다.

"그만 집에 가 봐여."

"파는 거 보고요. 뒤빠꾸하면 어쩌려구요."

"너들 있다고 뒤빠꾸가 뒤빠꾸 안 할 꺼 같으냐?"

덕만은 오히려 며느리가 있는 게 신경 쓰였다.

"가져가서 소나 먹여야겠네."

산모퉁이에 사는 차영감이 덕만의 옆으로 오며 퉁명스럽게 말했다.

"왜 잘 익었는데."

멀리서 보기엔 알맞게 거무스름했다.

"덜 익었다야. 내 참. 이 정도면 최상품이지."

잘 익은 오디는 장사꾼에게 팔고 좀 덜 익거나 무른 건 소가 있는 집에서 소에게 주었다.

"소가 횡재하겠구만. 그 몸에 좋다는 오디를 소가 다 먹으니."

"소나마 잘 키우면 어디 더 나을 수도 있어."

덕만은 차영감에게 위로한답시고 말을 했지만 영 개운치가 않았다. 사람 먹는 것을 짐승에게 주다니.

"작목반에서 뭔 대책을 안 세우는가?"

"오늘 뭔 얘기를 한다는구만."

차영감은 담배를 꺼내 물었다.

"담뱃값은 올라가고."

"이 참에 끊어. 오디 따서 담뱃값도 못하려고."

"아무래도 그래야겠네."

담배연기가 차영감의 머리 위로 솟아올랐다.

"그래도 오디만한 효자가 없는데 말이야."

"그려. 오디 따고 나믄 전지하고 거름 주믄 올해 일은 끝이 아닌가."

다른 과수에 비해 오디농사가 일손이 많이 안 가 노인들에게 인기가 좋았다. 초겨울부터 전지하고 거름하고 약 치고 봉지 씌우고 1년 내내 일을 해야 하는 다른 과수에 비하면 오디 딸 때 15일 정도 바쁜 거 외에는 거의 일이 없었다. 오디 따는 시기도 모심기가 끝나고 난 뒤인 6월 초부터다. 오디 나무

가꾸는 거야 노인들이 선수였다. 예전에 뽕나무를 많이 키워봤기 때문이다. 덕만도 아들이 팔라고 통 사정하는 집 옆 밭을 안 팔고 오디 나무를 심은 것도 이 정도면 죽을 때까지 가용으로는 요긴하게 쓰겠다 싶어서이다. 읍내에서 가까운 스무 마지기는 이미 아들에게 넘겨준 지 오래되었다. 새로 며느리가 들어오고 아들이 마음을 잡자 단단히 단도리를 할 겸 넘겨주었던 것이다. 이제 딴 생각 품지 말고 열심히 농사를 지어 일가를 잘 이끌어 가라는 뜻이었다. 그러나 한동안 열심히 농사짓던 아들은 자꾸 땅 팔 생각을 한다. 오이 하우스를 크게 지을까 곶감 하우스를 지을까 궁리하는 듯 한데 어느 것 하나 만만한 게 없는 모양이었다.

"애들도 크고 학원비도 많이 드는데."

"곧 있으면 애들 대학 갈 낀데."

곧잘 사투리를 쓰는 며느리도 이젠 한국 사람이 다 되어 교육열이 높았다. 이번 겨울 방학 때는 중 2짜리 큰애를 필리핀 친정에 있게 할 작정이란다.

"지금 쌀값이 얼만지 알아요?"

덕만이 웬만하면 그대로 논농사를 짓지, 하면 아들은 음성을 높였다. 요 몇 년 사이 쌀값이 폭락했다는 것이다. 농산물 가격이야 오를 때도 있고 내릴 때도 있다고 했더니 아들은 전망이 없다고 했다. 언제 농사꾼이 전망 보고 농살 지었냐. 오를 때가 되면 오르겠지, 했더니.

"쌀이 시방 정부가 가지고 있는 것만 해도 얼만지 알아요? 얼마나 남아돌면 가축 사료로 쓸 계획이라고 해요."

저런 처죽일놈들. 쌀을. 말이 목구멍으로 올라왔다. 아무리 그래도 쌀을 가축 사료로? 이 정도면 무슨 수를 쓰더라도 아들을 설득시키지 못 할 것 같았다.

"북한에 보내야 해요. 저 쪽 사람들 굶어 죽는다잖아요."

며느리가 전망 있게 얘기했다.

"인도적 차원에서라도 지원을 했어야 했는데."

아들이 나름대로 원인을 내놓았다. 아들이 원인 분석했고 며느리가 전망을 내놓았으니 추렴만 넣어주면 될 걸,

"그 쌀을 군량미로 쓰면 어쩐다야. 핵무기를 만들면."

덕만은 기어코 하지 말아야 될 말을 했다.

"그러니까 안 돼요, 우리나라 사람들은."

아들은 어이없다는 표정을 지었다.

"인도적으로다 굶는 사람은 도와줘야제."

집을 나서는 아들 내외에게 담배를 물며 겨우 그 말을 했을 뿐이었다.

이제 몇 년 안에 물려준 스무 마지기 논을 팔고 무슨 수작을 꾸밀 것 같은데 어떻게 막을 도리가 없다는 게 덕만으로서는 답답했다. 쌀이 남아돌아 사료로 쓴다는데 쌀농사를 계속 지으라고 할 수는 없었다. 하지만 몇 억이 드는 곶감 농장이나 하우스 시설을 하라고 하기엔 돈이 없었고 대출을 내어 짓는다 해도 매년 대출 이자 갚고 나면 남는 것도 크게 없을 듯 싶었다. 그러다 망하면? 생각만 해도 가슴이 덜컥 내려앉았다. 많은 빚을 내어 오이 하우스나 곶감 농장을 하다가 망한 사람이 한두 사람이 아니었다. 돈을 많이 번 사람이 있으면 망한 사람도 있는 법이었다.

"그래서 이대로 하잖 말이요?"

덕만은 생각에 잠겼다가 큰소리에 깜짝 놀랐다.

장사꾼에게 오디를 파는 사람들은 주로 노인네들이었고 젊은이들과 오디를 다 판 사람들이 살구나무 그늘 아래 모여 난상토론을 벌이고 있었다.

"그렇잖으면 어쩌잔 말이여?"

두 사람 다 답답하다는 듯 음성을 높였다.

"내 말은 이참에 본때를 보여주잔 말이여."

"어떻게? 모두들 팔지 말자는 말이여?"

"그래야지요. 모두 다 팔지 말아 봐요. 장사꾼 저도 뭐로 장사할거여?"

"그 뒤론?"

"가격이랑 까다롭게 선별하는 거 홍정을 해야지요."

"맞아요. 그렇게라도 해야지"

"맞아."

몇몇 사람들이 동의를 했다. 하지만 반대편도 지지 않았다.

"그럼 저 사람이 오디를 안사겠다면?"

"안 살 리가 있어요? 여기만 많이 나오는데."

"그럴 수도 있잖아. 만약 안 사믄? 이 많은 모든 오디 다 버리자고?"

사람들은 두 패로 갈라졌다. 오디 농사를 많이 짓는 사람과 나이 많은 사람들은 이대로 참고 그냥 팔자는 쪽이고 젊은 사람들과 오디가 적은 사람들은 하루 이틀 오디를 못 파는 한이 있더라도 장사꾼과 협상을 해야 한다는 입장이었다. 나이가 많은 사람들은 가격이 좀 내려간다고 해도 다른 작물에 비해 일손이 적게 들어 괜찮은 편이었다. 오디 농사를 몇 천 평 짓는 사람들은 올해는 그냥 넘어가고 내년에 어떻게 해 보자고 했다.

"그러니까 애초에 한 사람에게만 팔믄 안 된다고 얼매나 그랬어? 그런데 회장단에선 내 말을 무시하더니만."

이젠 작목반의 집행부에게로 화살이 돌아갔다.

"판로를 여러 군데로 해 놔야지 장사꾼도 지 멋대로 못 한다카께."

연 초에 작목반 총회를 하면서 지금의 장사꾼에게 팔겠다고 한 게 화근이었다. 몇몇 사람들이 이의를 제기했지만 회장단에서 묵살했다. 이제 와서 장사꾼을 찾지도 못 할 뿐더러 찾는다 해도 이미 다른 지역에서 사고 있어 가격 흥정에 약점이 있었다.

덕만은 사람들 틈에 끼어 있는 아들을 보았다. 이 녀석이 여기는 왜 왔냐. 볼일 다 봤으면 집으로 곧장 가든지. 여긴 왜 왔냐. 그는 불만스럽게 아들을 노려보았다. 아들은 작목반원이 아니라 그런지 묵묵히 있었다. 다행이었다. 모난 돌이 정 맞는다고. 이럴 때 다수의 결정에 따라가는 게 상책이었다. 장사꾼도 눈치를 챘는지 이미 많이 너그러워져 있었다. 가재 눈을 뜨고 회의를 하는 사람들을 곁눈질하며 오디를 사던 장사꾼은 말도 많이 부드러워졌다. 이젠 됐다 고마 해라. 덕만은 이쯤에서 회의를 끝내기를 바랐다. 장사꾼도 이 정도면 이쪽의 뜻을 이해했으리라 믿었다. 최상품으로만 가져가고 싶은 게 장사꾼의 심정 아니겠는가. 그 또한 나무랄 일이 못 된다는 생각이 들었다. 몇몇은 돌아가 오디가 실린 자신의 차 꽁무니를 장사꾼 차에 붙이고 오디를 팔았고 아직 팔지 않은 사람들도 자신의 차례가 돌아오기를 기다리고 있었다. 몇몇은 집으로 돌아갔다. 살구나무 아래 그늘엔 회장단을 비롯해 몇몇의 젊은이들만이 얘기를 나누고 있었다.

덕만이 오디 상자를 실을 차례가 오자 아들이 먼저 알고 다가왔다.

"왜 집으로 가지."

"이것만 실어주고요."

"아직 이 팔다리 쓸만 해."

"나중에 약값이 너 들어요."

"일 안해도 약은 먹어야 혀."

"저리로 가소."

아들은 오디 상자를 들고 차로 날랐다. 덕만은 뒤로 나앉았다. 막상 뒤로 나앉고 보니 그리 싫지는 않았다. 곰곰이 생각해보니 자신이 하던 일이 하나둘 아들에게 넘어가고 있었다. 그려. 이제 니들의 세상이여. 덕만은 길 옆 담벼락 그늘에 앉았다.

며느리가 아들이 오디 상자를 장사꾼 트럭으로 옮기고 있는 것을 도우러 갔다 왔다. 트럭에는 상자가 거의 다 실어갔다. 아직 기다리고 있는 사람도 몇 되지 않았다.

"결론 난 게 뭐 있다야?"

덕만은 며느리에게 물었다. 뭘 바라고 물은 것은 아니었다.

"결론난 게 뭐 있겠어요."

뻔한 대답이 돌아왔다.

"어제도 그렇고 아레께도 그렇고 맨날 회의해도 뾰쪽한 수가 없다."

"오디 많은 사람들이 좀 나서야 하는데……."

"그 사람들은 하루 이틀만 빠져도 손해가 막심하다."

"그래도 장사꾼이 그런 사람을 제일 무서워하는데요."

며느리는 고개를 살래살래 흔들었다. 덕만은 그런 며느리가 맘에 들면서도 불안했다. 농사꾼은 너무 많이 생각해도 안 되었다. 아들과 며느리는 생각이 너무 많았다.

"쟈가 왜 저런다야?"

덕만은 눈을 휘둥그레 떴다. 며느리와 얘기하며 눈길은 아들에게 두고 있었는데 아들은 장사꾼과 싸우고 있었다. 처음 몇 상자는 잘 싣더니 장사꾼이 몇 개를 옆으로 밀쳐놓았다. 바닥에 있는 상자는 몇 되지 않았다. 밀쳐놓은 게 어림잡아도 다섯 상자는 되는 듯 했다. 아들은 장사꾼에게 따지는 듯 했다.

"저걸 어째."

며느리가 눈을 동그랗게 떴다.

"내가 좀 가야겠다."

덕만은 아들보다는 자신이 직접 가서 얘기하는 게 나을 듯 했다. 어제도 두 상자를 얘기 잘 하여 kg당 500원 적은 가격으로 팔았다.

"좀 기다려 봐요."

일어서는 덕만의 팔을 며느리가 잡았다. 아녀 가서 내가 얘기해야 혀, 하고 덕만이 일어서려는 찰나, 아들은 오디 상자를 내동댕이쳤다.

어.

주위 사람들 입에서 탄성이 흘러나왔다.

"아니 저 놈이."

덕만은 어이가 없어 엉거주춤한 자세로 아들을 노려보았다. 그때 아들의 목소리가 들렸다.

"오늘 딴 건데 이게 무르면."

아들은 장사꾼을 노려보았다.

"이것 봐요. 무르잖아요."

"이 정도는 다 물러. 그 위에 있는 거 내려 봐. 한번 비교해 보란 말이야."

"함 보세요."

장사꾼도 트럭 위에서 지지 않고 맞고함 쳤다.

"씨발, 오디 안 팔아."

아들은 장사꾼이 밀쳐놓았던 상자 또 하나를 내동댕이쳤다. 사람들이 트럭 주위에 모여들었다.

"저, 저런 놈이."

덕만은 팔을 부르르 떨었다. 곧장 아들에게 달려들 기세인데 며느리가 덕만의 팔을 잡았다.

"잠깐만요."

"아이고 저러다 오디 다 박살내겠다. 저 놈이 미쳤지."

"잠깐만 기다려 봐요."

며느리는 덕만의 허리를 잡았다.

"네가 가서 좀 말리든지."

며느리도 뚜렷한 판단이 서지 않는지 덕만의 허리춤만 잡고 어쩔 줄 몰라 한다.

"괜찮은데 뭘."

"이 정도도 안 받어?"

"너무 하구만."

"어, 씨발."

모여든 사람들이 한 마디씩 했고 누구는 욕을 내뱉었다.

"내꺼 빨리 내려. 씨발."

아들은 장사꾼을 보며 악을 썼고 장사꾼은 어쩔 줄 몰라 했다.

"이 정도도 안 받으면 어떡해요?"

회장이 나섰다.

"이 정도면 양호하지 않나요?"

총무가 거들었다.

"왜 안 받는 줄 알아?"

아들은 잡혀 있는 팔을 뿌리치며 말했다.

"트럭을 봐. 다 찼잖아. 그러니까 이젠 아주 최상품만 가져가겠다는 심보

아냐."

아들은 트럭의 짐칸을 가리켰다. 짐칸에는 빈자리가 없고 뒷자리가 조금 낮게 쌓여 있을 뿐이었다.

"그러니까 여기 남은 오디 중에 좋은 것만 가져갈라고. 우리 농사꾼들은 어떻게 되든 상관없고. 에이……."

아들은 또다시 밀쳐놓았던 오디 상자를 집어 들었고 사람들은 팔을 잡았다.

"아조 박살을 내라, 내."

덕만은 어찌할 줄 몰라 며느리에게 허리춤을 잡힌 채 악을 썼다. 아들은 마을회관 뒤로 사람들에게 끌려갔다.

"정말 그러요?

회장이 나섰다. 모여든 사람들은 일제히 장사꾼을 바라보았다.

"그게 아니고,……"

장사꾼은 난감하다는 듯 아직 팔리기를 기다리고 있는 오디를 훑어보았다.

"그게 아니믄."

"그럼 안 되지."

"오디 많이 나왔다꼬 또 값 내릴라고 그러는 거 아니여?"

사람들은 중구난방으로 말을 했다. 덕만은 며느리의 팔을 뿌리치고 트럭 가까이 다가왔다. 며느리가 옆에 섰다.

"그거 내려놓으라고."

덕만은 턱으로 트럭 위에 올려져 있는 팔린 오디를 가리켰다.

"예?"

장사꾼은 덕만을 바라보았고

"안 판다니께. 내 꺼 다 내려놔!"

덕만은 단호하게 말했다.

"아빠!"

며느리가 울상을 지었다.

그때 회장이 장사꾼에게 다가가 귓속말로 무어라 중얼거렸다. 장사꾼은 한참 뭔가를 생각하는 듯하다가

"그럼 다 살게요. 대신 담부턴 좀 좋은 것만 잘 선별해서 가져오셔요."

"이만하면 최상품이여."

덕만은 호기롭게 말했다. 그럼. 최상품 중에서도 최상품이지. 주위 사람들도 한마디씩 거들었다.

"자 실어요."

회장이 덕만을 밀어내고 남은 오디를 다 실었다. 장사꾼이 밀쳐놓은 상자까지 트럭에 쌓았다. 장사꾼이 돈주머니에서 돈을 내어 세었다.

"사십만 원이요."

덕만은 돈을 받았다.

"버린 두 상자 값은 안 줘?"

"맞아 줘야지."

사람들은 장사꾼에게 독촉했다.

"이 사람들아 뭔 소리여. 그건 경우가 아니여."

덕만은 큰소리로 말했다. 아들이 다가왔다. 덕만은 아들과 며느리를 살구나무 아래로 끌었다.

"너 성질 좀 죽여라. 이놈아."

"어떻게 그래요. 눈 뻔히 뜨고 당할 판인데."

"그래도 먹는 거 갖고 그러는 거 아니여."

"그래도 아버지가 주운 거는 하나도 손 안 댔어요."

"오디에 이름 붙어 났던?"

"보믄 알아요."

아들은 꼬박꼬박 대꾸했다.

"저도 아빠가 주운 거 아니라믄 엎고 싶었어요."

며느리가 말했다. 기가 막혔다. 이것들이 아주 쌍으로 놀고 있구나 싶었다.

"남자가 그러더라도 여자는 그러면 안 되제."

덕만은 이쯤에서 끝내는 게 체면 살린다 싶어 그만 마무리 하였다.

"자 받어."

며느리에게 오디 판 돈을 내밀었다.

"이걸 왜요?"

며느리가 뜨악하게 바라보았다.

"옷도 사 입고 맛있는 거 사 먹어."

"됐어요."

아들이 말했다.

"너 주는 거 아니여. 우리 며느리 주는 거여. 어른이 주믄 고맙습니다, 하고 받는 거여."

"고맙습니다. 아빠."

며느리는 낼름 받았다.

"허허."

덕만은 웃음을 지었다. 며느리의 얼굴을 보니 꽃 피고 바람 부는 날이었다. ℮

자 화 상

그림을 그리기 시작할 때면, 착상 단계에서는 전혀 예상치 못한 과거의 어느 한 상황에 대해 강하게 끌린다. 그러니까 현재의 그림을 통해 과거 어느 지점의 나를 느낀다는 것이다.

"네 그림은 자의식이 강해서 그럴 거야."

선배는 풍경화 같은 객관적 사실을 그리는 것보다 그리는 이의 자의식이 강한 인간의 내면 문제에 천착을 하니까 그런 게 아닐까 했다. 그럴 수도 있겠다 싶었다. 내가 아는 사람들은 단박에 내 그림을 알아보듯이 내 그림은 개성이 강할 뿐만 아니라 나 또한 인간의 내면 문제에 깊은 관심을 가지고 있었다. 그러다 보니 구상이 끝나고 그림을 그리기 시작하면 과거에 내가 경험을 했다는 어떤 기시감에 빠지곤 했다.

특히 이번 개인전을 준비하면서 그런 경향이 강했는데 아마도 이번 그림의 경향을 '아카데미의 규범을 거부하는', '예술가들의 감정과 내적 체험이 예술창작의 동기가 되는' 표현주의로 단정 짓는 미술평론가인 선배의 그 말

때문인지도 몰랐다. 선배는 '일그러진 영혼,' '절망에 대한 일종의 신경증적인 반응' 혹은 '금지된 것에 대한 욕망' 이라고 했다. 나는 이 선배의 말에 어느 정도 동의를 했다. 전시회를 준비하는 중간에 들러 그동안 그린 그림과 그룹전에 출품했던 그림들을 보고 조언을 한답시고 한마디 한 것인데, 특히 '일그러진 영혼' 이라는 말에 주목했고 또한 그 말에 꼬리를 물고 물어 과거 어느 한 지점에 끌리는 '일그러진 영혼' 에 대해 천착하게 되었다.

"기시감이라기보다, 그러니까 겪지 않았다기 보다 겪은 건데 잊고 있다가 어떤 계기를 통해 의식하게 된 것이 아닐까요?"

"그럴 수도 있지. 특히 자네 같은 경우는 말이야."

그리고 선배는 덧붙였다.

"모든 작품은 개인의 무의식의 발로야. 그러니 과거의 어느 일이 어쨌든 현재의 작품에 영향을 미치는 것은 사실이지."

그 후 나는 그 어느 지점에 대해 계속 생각하게 되었다.

개인전은 근래 몇 년 동안 그룹전에 출품한 '자화상' 이라는 작품에 대해 주위 사람들로부터 호평을 얻었고 그 소재를 계속 확장시켜 새 작품을 더 그려 개인전을 열면 어떠냐는 주위의 권유를 받고 준비하던 참이었다. 그룹전에 출품한 그림들은 깨진 거울에 비친 내 얼굴을 30호 정도의 캔버스에 유화로 그린 자화상 연작이었다. 깨진 거울 속에 비친 내 얼굴은 눈이 여러 개이고 코는 비틀리고 입술은 찢어지고 잘린, 해괴한 모습이었는데 나는 그 모습을 빨간색과 파란색의 보색을 이용해 섬뜩한 느낌이 나도록 그렸다. 전시회에 온 사람들은 내 그림을 보고 인상을 찌푸렸고 불편해 했다. 주위 사람들은 현대인들의 분열된 자아를 잘 표현했다며 개인전까지 운운했다. 나는 그런 그림을 여러 각도에서 몇 점을 더 그렸고 자화상이라는 제목을 붙였다.

그러다 나는 개인전을 하자고 마음 먹고 준비를 했는데 그림 전부를 거울을 이용해 그리기로 했다. 그룹전에 낸 작품들이 깨진 거울 속의 모습을 그렸던 것이라면 개인전을 준비하면서 그린 작품은 거울에 직접 그린 것이었다. 내 얼굴 혹은 전라의 모습을 거울에 그리고 난 뒤 그림을 깨트리기도 했다. 그러다 앞서 얘기한 것처럼 나는 어렴풋이 내 과거의 어느 지점과 그림을 통해 만난다는 느낌을 받았고 주위 사람들이 얘기하는 분열된 자아의 모습을 한때가 언제인지를 곰곰이 생각하게 되었다. 과거 어느 생의 한 지점이 그림을 통해 나에게 불쑥 다가온 것일까. 그러다 그림을 그리는 도중에 문득 내 과거의 어느 한 지점이 떠올랐다.

공무원 생활.

내 생의 첫 직장생활이기도 했던 공무원 생활이 떠올랐고 3여 년 동안의 악몽이 느껴졌다. 그러나 그 뿐이었다. 비록 3여 년 동안 했던 공무원 생활의 악몽이 그림에 어느 정도 영향을 미치기도 했겠다는 생각을 잠깐 했을 뿐이었다.

그러나 그게 다가 아니었다. 그 뒤로 그림을 그릴 때마다 나는 긴장이 되었다. 나도 모를 일이었다. 이런 적은 한 번도 없었기에 나는 적잖이 당황하였다. 그림을 그리다 갑자기 뒷목이 뻣뻣하게 굳는다는 느낌을 받았고 그 느낌을 의식하기 시작하면 팔도 뻣뻣해졌다. 도저히 그림을 그릴 수가 없었다. 나는 고개를 좌우상하로 돌리기도 했고 손을 겨드랑이에 넣고 어깨를 둥글게 돌리면서 풀어주기도 했다. 하지만 뻣뻣한 뒷목은 쉽게 풀어지지가 않았다. 나는 그만 붓을 놓는 일이 잦았다.

"피곤해서 그래요."

아내는 집에서 며칠 동안 휴식을 취하라고 했다. 화실에서 밤을 지새우는 날이 많아질 때였다. 나는 그림은 잊고 며칠 동안 집에서 쉬고 싶기도 했다. 하지만 그럴수록 가슴 속에서 맹렬한 어떤 것이 솟아올랐다. 한번 부딪쳐 보고 싶다는 생각이 들었다. 그것이 내 어두운 과거라도 내가 껴안아야할 '내' 과거였다. 나는 아내의 걱정스런 눈빛을 외면하고 화실에 남기로 했다.

전시회를 세 달여 남겨둔 6월의 어느 날이었다. 나는 어떤 모임에 나가게 되었고 거기서 어느 여자를 만나게 되면서 그림을 통해 어렴풋이 느꼈던 내 과거의 어느 지점이 갑자기 해일처럼 나를 덮쳤다. 역설적이게도 나는 거기서 내 작품을 이해했다고나 할까. 처음 개인전을 통해 내가 말하고자 했던 것은 표면에 드러난, 선배의 표현을 빌리자면 내 자신의 무의식적인 검열을 통해 드러난, 현대인의 분열된 자아라는 좀 구태의연한 주제였는데 그 모임을 다녀오고 그 여자를 만나게 되면서 내 자신의 무의식 속에 자리 잡은 또 다른 나에 대한 고백이라는 사실을 나는 느꼈다.

만약에 그 모임에 나가지 않았더라면, 나가더라도 그 여자를 만나지 않았더라면. 아니 아니, 그러니까 그 여자가 내 화실로 찾아오는 일이 없었다면 어떻게 됐을까. 막연히 과거의 어느 지점에 대한 갈구로 끝났을까.

그 모임의 총무를 맡고 있는 재윤이로부터 모임에 참석해 달라는 말에 나는 늘 그래왔듯 처음엔 머뭇거렸다. 엄격히 따지면 난 그 모임이 내 개인의 취향에 맞지 않을뿐더러 그 모임 일원의 자격조차 없는 셈이었다.

"꼭 참석해라. 어디 자주 만나는 것도 아니고."

재윤은 내 마음을 읽었는지 수화기 저 너머에서 재차 강조했다.

"이젠 좀 빼줘라. 내가 공무원한 지가 언젠데."

나는 여전히 여차 하면 뒤로 다리를 뺄 참이었다.

"예전엔 자격 기준이 있었지만 지금이야 그냥 친목으로 만나는 거 아니야. 오랜만에 친구 얼굴 좀 보자. 6월 27일 금요일. 장어촌이야."

뒤의 날짜와 장소는 휴대폰 문자로 며칠 전에 받은 내용이었다. 그러니까 문자를 보내놓고 혹 내가 나오지 않을까봐 전화를 한 것이었다. 나는 확답을 않고 그냥 알았다고 하곤 전화를 끊었다. 알았다는 말은 가겠다는 말이 아니었다. 물론 안 가겠다는 말도 아니었다. 재윤도 눈치를 챘는지 알긴 뭘 알아. 꼭 나와라. 재차 강조했다.

그 모임이란 게 특별한 것은 아니고 공무원 생활하는 사람 중에 나이가 같은 동기들의 모임이었다. 주위에 알려진 모임의 공식 명칭은 '진용회'였지만 실질적으론 ''00년생 공무원 동기회'였다. 진용회란 것도 진은 갑진년이요 용은 띠를 의미했다. 얼핏 보면 그게 대수로운 모임이냐 하겠지만 시골임을 감안하고 구성원들을 보면 달랐다. 시골엔 공무원이 제일 좋은 직장이었고 소위 엘리트 집단이었다. 시골엔 대기업은커녕 그 계열사조차 없으니 교사를 포함해 공무원이라면 보통 사람들의 선망을 받기 일쑤였다. 14명의 구성원들 또한 S시의 여러 기관에 근무하는 이들이었다. 시청에 근무하는 이는 세 명이나 됐고 경찰 검찰수사관 우체국 교육지원청 선관위 학교 등등 여러 기관에 골고루 근무했다. 전부 그 기관의 과장이나 계장으로 근무하고 있으니 다른 사람들이 보기엔 부러운 모임인 것만은 분명했다.

S시에서 태어나 타지로 나가지 않고 고향에 남아 있는 사람들을 보면 대충 세 부류로 나눌 수 있는데, 한 부류는 학교 다닐 때 공부를 잘 해 공무원이 된 부류이고 또 한 부류는 장사를 하는 이들인데 그들 대부분은 부모로부터 물려받은 재산이 많은 부자였다. 한 부류는 앞의 어느 부류에도 끼지 않는, 학교 다닐 때 공부도 못 했고 물려 받은 재산도 없는 이들이었다. 그러니

그 공무원 모임은 동기들에겐 선망의 모임이었다.

나는 예전에, 그러니까 20여 년 전에 공무원 생활을 잠깐 했을 뿐인데도 그 모임을 아직도 하고 있는 셈이었다. 내가 공무원 생활할 때 그 모임이 만들어졌는데 나는 3여 년의 공무원 생활을 하다 사표를 냈는데도 동기들의 강권으로 지금까지 그 모임에 발을 못 빼고 있었다.

나는 그 모임에 대해 별로 달갑게 생각하지 않고 있었다. 지금은 내가 공무원도 아닌데 나가는 것도 그렇고 또한 모임 자체가 먹고 마시는 모임이었다. 또한 인사철이 되면 서로서로에게 연줄이 되어 선후배를 동원하기도 했다. 그러니 그림을 그리는 내겐 영 아니올시다, 였다. 그런데도 그 모임에 드문드문이나마 나간 것은 나 또한 알게 모르게 그 모임의 구성원들과 인연을 계속 이어갔기 때문이었다.

몇 년 전에 어머니가 돌아가셨을 때에는 그 모임 구성원들이 모두 와서 다들 밤샘을 해 주었고 또한 그때 산소로 쓸 땅이 밭이었는데 산으로 지목을 신속히 변경해 준 것도 시청에 다니던 모임 멤버 중의 한 명이었다. 또한 한 번은 음주 운전을 하다 단속에 걸린 적이 있었는데 역시 모임 멤버 중의 한 명인 경찰관의 도움을 받은 적도 있었다. 작년의 일이었는데 시 외곽에 위치한 예술촌에서 열린 잘 아는 화가의 개인전 오프닝에 다녀오던 길이었다. 그날 나는 차를 가져왔기에 술을 조금 마신다고 조심하던 참이었다. 주인공 화가가 건네주는 맥주를 한 잔 마시고 함께 그림 그리는 동료들이 따라주는 맥주는 입에 대는 시늉만 하다가 그만 두었다. 그러나 막상 단속에 걸리고 보니 그게 아니었다. 종이컵에 후 불어보라고 하던 경찰관이 몇 잔 마셨냐고 물었고 나는 맥주 한두 잔, 이라고 대답했을 때 경찰관은 측정을 한번 해 보자고 했다. 나는 그러자고 했다. 기억에 남는 것은 많이 마셔봤댔자 맥주 두 잔이었다. 두 명이 음주단속을 하고 있었는데 어쩐 일인지 음주단속기를 안 가져온 듯 했다. 한 경찰관은 무전기로 어딘가로 무전을 때렸고 나는 길 가에 차를 주차시켜놓고 서 있었다. 그러자 지나가던 사람들의 시선이 따가웠다. 그럴 리가 없었겠지만 차를 타고 지나가는 사람들이 나만 쳐다보는 것 같았다. 나는 경찰관이 빨리 음주측정기를 가져왔으면 싶었다. 그러다 곰곰이 생각해보니 두 잔을 더 마셨던 것 같았고 나는 점점 초조해졌다. 두 잔쯤 마신 건 확실한데 더 마신 것 같기도 하고 기분이 요상했다. 나는 길을 등지고 한참을 서 있다가 차가 오는 기척에 뒤돌아 봤다. 경찰차 두 대가 내가 있는 쪽으로 오더니 길옆에 섰다. 나는 잘 됐다 싶었다. 걸리거나 말거나 빨리 이 자리를 피하고 싶었다. 경찰차에서 각각 두 명의 경찰관이 내렸는데 그 중의 한 명이 나를 보더니 어? 했고 나도 그 경찰관을 보고는 어, 했다. 바로 모임의 멤버였다. 김태식. 평소에 이름 대신 별칭으로 김동팔이라고 부르던 친구였다.

"어? 네가 웬일이냐?"

친구는 내게 다가오며 놀란 표정을 지었고 나는 나도 모르게 똥파리! 하고 평소에 부르던 대로 부를 뻔했다. 동팔을 빨리 부르면 똥파리가 되는데 내가 지어준 별명이었다. 나는 얼굴을 붉힌 채 그냥 씩 웃고 말았다.

"너도 다 술 먹고 운전하냐."

친구는 의외라는 듯 말했다.

"몇 잔 마셨는데?"

"맥주 두어 잔?"

"더 이상은 안 마셨고?"

"그래. 빨리 불고 가자. 이거 원 창피해서."

나는 빨리 이 자리를 벗어나고 싶어서 말했지만 친구는 고개를 흔들었다.

"아냐. 그 정도라도 혹 나올지도 몰라."

친구는 잠깐 뭔가 생각하더니 차에서 2ℓ짜리 물통을 가져왔다.

"마셔."

"됐다."

"마시라니까."

친구는 사정하는 투로 말했다.

"이 정도도 정말 나오나?"

나는 이 친구가 더 마셨다고 단정하는 게 아닌가 하는 의구심이 들었다.

"사람에 따라 나오는 경우도 있어."

"야 그래도 빨리 불고 가자. 이거 원."

나는 재촉했고 친구는 뭔가 생각하는 듯 하다가 잠깐 기다리라고 하곤 다른 경찰관에게로 갔다. 단속을 하는 경찰관들에게 나지막한 소리로 뭔가 수군대더니 내게 다가왔다.

"그만 집에 가."

"왜 안 불고."

속으로 말하는 내가 우습다는 생각이 들었다. 물론 이제 됐구나 하는 안도감이 들었기에 그렇게 말했는지도 몰랐다.

"됐어. 빨리 가."

친구는 한 번 더 재촉했다. 나는 그쯤에서 그럼 수고해라, 하곤 차를 몰고 집으로 왔다. 그 뒤로 그 친구는 나를 만났을 때 그때 일에 대해선 일체 입도 벙긋하지 않았다. 나중에 알고 보니 대부분이 그 친구에게 도움을 받은 적이 있었다. 나는 오히려 약과였다. 대취한 상태에서 만나 그냥 보내기가 참 어려웠다는 얘기도 들렸다.

그들과의 교류는 그뿐만이 아니었다. 내가 그룹전이나 개인전을 할 때면 꼭 참석하여 꽃 화분이나 얼마간의 찬조금을 내놓아 공개적으로 친분을 과시하기도 했다. 그런 일이 있으면 나 또한 다음 모임엔 나가지 않을 수가 없었다.

어차피 갈 거라면 모임에 일찍 가서 일찍 나오자 싶어 좀 서둘렀는데도 시 외곽에 위치한 장어촌에 도착했을 때는 시간이 좀 지나 있었다. 장어촌은 인근 도시에 꽤 알려져 있어 타지에서도 먹으러 오는 손님이 꽤 있는 고급 음식점이었다. 그만큼 비싸기도 했다.

홀에 들어서서 서빙 아주머니의 안내로 내실로 들어서는데 누군가 어깨를 툭 쳤다. 돌아보니 경찰관인 태식이었다.

"어? 오랜만이다. 똥파리."

"그래. 잘 지냈냐? 화가 선생."

인사를 나누며 바라보니 제복을 입고 있었다. 어깨에 달린 배지가 빛에 반짝 빛났다. 몇 년 전에 경위로 승진하면서 강력계 쪽 팀장으로 갔다는 얘기를 들은 적이 있었다. 그때는 제복을 입지 않고 낮에도 사복을 입고 다녔다.

"야, 제복이 멋지다."

나는 어디로 옮겼는지를 그렇게 우회로 물었고.

"오늘 근무라서."

똥파리는 그렇게 부서를 밝혔다. 밤에 제복 입고 근무 선다면 아마도 지구대로 옮긴 듯 했다.

"안 들어오고 뭐 하냐"

장미라고 쓰인 문이 열리더니 총무인 재윤이가 모습을 드러냈다. 문 앞 신발장엔 신발이 가득했다.

"어 그래."

똥파리가 손을 흔드는 것으로 대답했고 재윤이는 나에게만 손을 내밀었다. 아마도 똥파리하곤 자주 만나는 듯 했다.

"그러니까 우리 고향에서 대통령이 나와야 된다고."

방으로 들어서는데 시청에 다니는 윤수의 목소리가 흘러나왔다.

"무슨 얘긴데 대통령까지 나오냐."

나는 들어서며 재윤에게 물었다.

"영포회 얘기야."

아무 것도 아니라는 듯 말했다. 아무래도 공무원에게는 민감한 얘기 같았다. 내가 들어가자 얘기는 뚝 그쳤다.

"그래도 요즘 화가 선생이 제일 좋은 거 아냐?"

"그럼. 팔자가 제일 좋지."

다들 돌아가며 한마디씩 했다.

"그래. 아주 악담을 해라, 해."

나 또한 웃으며 화답했다. 가까이 있는 친구와는 악수를 나누었고 먼데 있는 친구에게는 손을 흔드는 것으로 인사를 대신했다.

"개인전 준비로 바쁘다며?"

옆에 앉은 검찰청 S지청에 근무하는 광현이가 물었다. 언젠가 개인전을 열었을 때 50호짜리 두 점을 S지청에서 구입해 청사 로비에 걸도록 알선해 준 적이 있었나. 또한 그의 주선으로 내가 속한 그룹의 전시회도 두어 번 지청 로비에서 열리기도 했다. 그래서 개인적으로 우호감을 가진 친구였다. 그 친구 또한 문화 쪽으로 관심이 많았다.

"좀. 넌 어떠냐?"

"나도 그저 그래. 내부에서는 피 터지는 일이 있어도 겉으로 보기엔 멀쩡한 곳이니까."

"요즘 박연차 문제로 말들이 많던데."

"그건 따로 하는 데가 있으니까. 여기 같은 시골과는 상관없어."

광현이와 난 소주를 주고받으며 몇 마디 더 건네는데 윤수가 말을 가로 막았다.

"그러니까 아까도 얘기했지만 S출신 대통령이 나와야 한다고. 영포회 보라고 다 해 먹잖아."

"영포회가 어디 거기만 있냐?"

윤수와 함께 시청 계장으로 있는 용호가 말했다. 아마도 S시청에 있는 S고등학교 출신 모임을 두고 하는 모양이었다. 윤수는 S고등학교를 나왔고 용호는 면에 있는 고등학교를 나왔다. 시청에서는 S고등학교 출신들이 많고 또 모임이 있다 보니 인사이동 때면 말들이 많은 것 같았다. 그 모임에 윤수가 총무를 맡고 있다고 했다. 용호는 그런 모임에 인사상 불이익을 받는지 모일 때마다 윤수에게 으르렁거렸다.

"그럼 어디에 또 있냐?"

윤수의 말에 태식이가 나섰다.

"어째 니들은 만나면 맨날 싸울라 하나."

"그래도 예전에 S농고 출신만은 못 하지."

누군가의 말에

"그 모임 대단했지. S시 요직 곳곳에 다 있잖아, 그 출신들."

"이제야 좀 덜 하지. 다들 퇴직했으니."

용호가 고소하다는 듯이 말했다.

S시에는 일제 강점기에 세운 S농잠고등학교가 있었는데 그 출신들을 얘기하는 모양이었다. 아무래도 하나밖에 없던 고등학교라 S시의 인재들이 그 학교로 몰렸고 당연히 그 출신들이 공무원이나 다른 기관을 장악했다고 했다. 그 후 그 학교는 전문대학으로 바뀌면서 그 명성이 떨어졌다.

그러는 동안 철판에 구워진 장어구이가 불이 붙은 번개탄과 함께 들어왔다. 4개의 탁자에 하나씩 놓아졌다.

장어구이가 들어오자 잠시 조용해졌다.

"그래도 넌 이런 꼴 안 당하니까 좋긴 하겠다. 나오길 잘 했어."

검찰청의 광현이가 내 잔에 잔을 부딪치며 말했다. 나는 광현이의 말에 술잔을 들어 올리며 씩 웃었다.

하지만 내가 공무원할 때 어려웠던 건 인사 문제 같은 건 아니었다. 첫 직장 생활이라 인사 같은 데 신경 쓸 겨를이 없었다. 내가 정작 힘들었던 건 20대의 자괴감이었고 또한 비리였다. 동기들은 대학 생활을 하는데 나는 이 감옥 같은 사무실에 앉아 무얼 하나, 하는 허망한 생각이 끊임없이 나를 괴롭혔다.

처음 내가 공무원 생활을 한 곳은 우체국이었다. 대학교를 중도에 그만두고 군대에 가려고 했지만 군대마저 면제가 되어 궁여지책으로 들어갔던 곳이었다. 처음 들어가니 직책이 차석이었다. 국장 다음이라는 뜻이었다. 행정직은 국장과 차석뿐이었고 나머지 직원들은 모두 기능직이었다. 호칭은 주임으로, 사람들은 나를 박주임이라고 불렀다. 호칭만큼이나 나는 생소하게 느껴졌다. 담당 업무는 예산이 주 업무였다. 내가 발령 받은 곳은 K도에서도 오지인 C군에 속해 있는 어느 면이었는데 조그마한 우체국에서 할 일이라고는 별로 없었다. 직원이래야 나를 포함해 국장이 있고 예금 담당 여직원 우편 담당 남자 직원, 그리고 집배원 4명이 전부였다.

"젊은이가 출세했네."

농사를 짓거나 조그마한 가게를 하는 사람들은 내가 차석이라는 것을 알고는 그렇게 말했다. 그건 헛말이 아니라 사실이었다. 그들에겐 내가 부러움의 대상이었다. 하지만 나는 하루하루 사는 게 지옥 같았다. 처음엔 우체국이 무슨 업무를 하는지 잘 모르고 들어왔다. 우체국은 우표를 팔고 편지 배달만 하는 곳으로 알았다. 발령 받기 전 받았던 교육에서 앞으로 얼마나 고난한 삶을 살아야 하는지 어렴풋한 불안을 느꼈다. 교육은 정신교육 1주 직무 교육 4주였는데 서울에 있는 체신공무원 교육원이라는 데서 받았다. 교육원 입소생들은 누런색의 죄수복 같은 옷을 똑 같이 입고 아침저녁으로 점호를 받았다. 저녁때가 되면 8명이 자는 방별로 점호가 이루어졌는데 군대와 다를 바가 없었다. 저녁 9시쯤이면 조교가 방에 나타났고 두 줄로 미리 서 있던 교육생들은 부동자세를 취했다. 그러면 반장이 총원 몇 명 현원 몇 명 결원 몇 명. 이상무! 하며 거수경례를 붙이면 조교는 방을 한 바퀴 돈 뒤 간단한 지침을 알리고 나갔다. 반 별로 점호가 끝나면 곧 소등이 되었고 교육생들은 지친 몸을 딱딱한 나무 침상에 뉘었다. 아침엔 6시면 기상해 전체별로 점호를 받았다. 그리곤 군가를 부르며 운동장을 다섯 바퀴 도는 것으로 하루를 시작했다. 정신교육은 주로 5공화국의 국정지표에 대해 이루어졌다. 지금도 그때 교육이 끝나고 수료한 날 단체로 찍은 기념사진을 보면 모두들 딱딱한 표정으로 앞을 바라보는 교육생들의 표정에서 나는 어둠 같은 막막한 심정을 느끼곤 했다.

나는 공무원 생활하는 동안 매일 술을 마셨다. 하는 일도 성에 차지 않았고 그러는 내 자신에게 화가 났다. 새벽까지 마신 술에 출근할 때면 파란 위액을 토해내곤 했다. 토할 때면 눈에서 찔끔 눈물이 떨어지기도 했다.

"몸조심하게."

고작 국장이란 사람에게 그 말을 들었을 뿐 나의 방탕한 생활에 제지를 가하는 사람은 없었다. 면 소재지에서 하숙을 하였는데 하숙집 분위기 또한 그런 분위기였다. 주로 면사무소 공무원들과 교사들이 많았는데 다들 총각들이라 밤에 고스톱을 치는 경우가 많았다. 노름을 한다기보다 시간을 때우는 작업이었다. 고스톱을 치며 떼어놓은 돈으로 술을 마셨다. 지금 생각해보면 면사무소 직원이나 교사들이나 그렇게 전쟁을 치르듯 술을 마신 시절은 그 후로 없었던 것 같다. 다들 이제 막 군대를 제대했거나 학교를 갓 졸업한 이들이었다. 나 또한 20대 초반의 나이였다. 그런 나이에 기관의 차석이라는 굴레에 얽매어 있었으니 얼마나 답답했을까. 술은 몸을 혹사시키면서 삶을 견디게 하는 힘이 있었다. 그 힘에 나는 스스로 노예를 자청했다.

차석이라는 직책이 국장이 자리를 비우면 국장이 하는 결재를 해 주고 목요회라는 기관장들의 모임에도 나가야 했다. 또한 저축추진위원회라는, 우체국 차석을 비롯하여 부면장 지서의 차석 그리고 농협의 상무 학교의 교감들로 구성되어 있는 모임이 있어 매월 그런 모임에도 나가야 했다. 아버지뻘이 되는 이들과 함께 어울려야 했다. 그런 지옥이 없었다.

업무도 업무였지만 나를 더욱 힘들게 했던 것은 일종의 비리였다. 어느 날 국장은 우체국 앞이 허전하니 향나무를 좀 가꾸어 보자고 했다. 국장은 직접 시내로 나가 향나무 열 몇 그루를 주문했고 집배원들에게는 배달이 끝나면 곧장 들어오라고 했다. 그때 우체국에서 보험 업무도 했기에 집배원들에게 보험 모집 할당을 내리고 배달이 끝나면 보험 모집에 매달리게 했다. 집배원들과 향나무를 심고 났을 때 국장은 식육식당에 돼지고기 두루치기를 시켰다. 직원들이 고생했다고 국장이 인심 쓰는구나 싶었다. 그러나 그게 아니었다. 다음날 국장은 영수증 한 장을 내밀었다. 영수증에는 향나무 22그루가 적혀 있었고 잡부 2명이 포함되어 있었다. 심은 향나무는 15그루였다.

"이게 뭡니까?"

"뭐긴, 어제 심은 향나무 영수증이지. 오늘 지출 서류 꾸미게."

"틀리는데요. 개수가."

그 말을 들었을 때 국장은 뭐라 생각했을까. 지금 내가 생각해도 참 얼뜨기 같은 질문이었다.

"어제 먹은 술이랑 돼지고기 값도 포함됐잖아."

국장은 한심하다는 표정을 지었다. 나는 영수증대로 서류를 꾸미고 국장에게 결재를 맡았다. 향나무 값과 음식 값을 제하고 하니 10만원이 남았다. 그 당시로서는 내 봉급의 30~40%에 해당하는 큰돈이었다. 국장은 음식 값을 내게 주라고 돈을 건네더니 내 앞에 앉은 여직원이 잠시 자리를 비운 사이 내게로 와서 책상에 흰 봉투를 집어넣었다. 나는 국장을 올려다보았고 국장은 아무 일도 없었다는 듯 제 자리로 돌아갔다. 나는 책상 서랍을 열고 봉투를 꺼내보았다. 돈 4만원이 들어 있었다. 나는 국장을 바라보았다.

"왜, 적어서?"

국장은 마뜩찮은 표정을 지었다.

"그게 아니고……."

"넣어둬."

국장은 서류를 보며 말했다. 6:4의 비율. 국장 6 차석 4의 비율이었다. 하긴 향나무도 국장이 직접 사 왔기에 정확한 가격을 몰랐다. 나는 그날 저녁 직원들에게 크게 한턱을 쏘았고 직원들은 내가 최고라고 했다. 거기서 끝나지 않았다. 상급 기관인 C우체국에서 국장이 나오면 국장은 나에게 얼마의 돈을 달라고 했다. 돈을 주면 국장은 흰 봉투에 돈을 넣었다. 상급기관 국장뿐만 아니라 계장이나 직원들이 나와도 돈을 달라고 했고 더 상급기관인 도체신청에서 나와도 마찬가지였다. 직급이 높을수록 금액은 올라갔다. 그러면 나는 나대로 사지도 않은 물건을 샀다고 서류를 꾸며야 했다. 그때는 아직 내가 초보라 국장이 영수증을 구해 와서 건네주었다. 꼭 이렇게 해야 하나. 그런 일을 할 때마다 얼굴이 화끈거리고 가슴이 두근거렸다. 직원들의 얼굴도 제대로 못 보았다. 감사가 나오면 또한 금액이 많아졌다. 감사를 받을 때면 나는 가슴이 조마조마했는데 국장은 느긋했다. 감사 나오는 사람들이 대부분 국장과 같은 직급이었고 아는 사람들이었다. 행정직 공무원끼리는 다 아는 것 같았다. 그들에게 국장은 나를 소개시키며 앞으로 잘 키워달라고 했다.

"당연하지요. 젊고 유능한 거 같은데."

그들은 웃었고 나는 그 말에 치욕을 느꼈다. 그런 날은 밤새 술을 마셨다. 술 마실 건수는 더 없이 많았다.

한 때 상급기관인 C우체국장이 며칠 사이로 자주 찾아와 국장과 둘이서 면 소재지를 둘러보고는 했다. 국장은 면 소재지에 사는 집배원 한 명에게 요즘 땅 시세를 묻기도 했다. 그러던 어느 날 C우체국장이 도로 옆에 있는 땅을 샀다. 그때에는 왜 땅을 사는지 나는 몰랐다. 우체국을 사표 낸 몇 년 후 그 지역을 우연히 지나다 그곳에 우체국이 2층 건물로 들어선 것을 보았다. 나는 씁쓸하게 웃었다. 그 땅을 다시 우체국에 되팔 때 엄청난 차액을 벌지 않았을까 싶었다.

친구들의 얘기는 6 · 2지방 선거가 끝나고 있었던 시청의 첫 인사이동을 두고 신임 시장에게로 돌아갔다. 선거 때 자신을 안 도와주었던 인사는 한직으로 내보내고 도와준 인사는 시청 요직에 앉혔다는 것이 주 내용이었다.

"보은 인사잖아. 그렇게 깨끗한 척 하더니만."

"누구라도 안 그러겠냐. 또 나쁘게만 볼 게 아니잖아. 자기와 손발이 맞는 사람을 써야 제대로 일할 수 있을 거 같고."

"예전 노무현 때는 코드인사라 해서 말들이 많았지만 원래 코드인사하는 거야. 노무현만 욕 얻어먹었지만. 낄낄낄."

신임 시장의 얘기에서 이번엔 S고등학교 얘기로 넘어왔다.

"교장이 퇴직을 하면 그 욕쟁이가 교장 되냐?"

누군가 S고등학교에 재직하는 준성이에게 물었다. 나는 그 얘기에 귀가 번쩍 띄었다. 고등학교 다닐 때 수학 선생이었는데 선생이 학생에게 질문해서 모르면 이 거지같은 새끼, 하고 인상을 팍팍 쓰던 이였다. 그런 선생이 교감이 된 것도 부당하다 싶었는데 교장 운운하다니.

"정말 그런 거야?"

"그렇겠네. 교장이 나가면 교감이 교장 되는 거 아냐?"

누군가의 말에 준성은 손을 내저었다.

"꼭 그렇지도 않아. 이사회에서 하는데 아마 되긴 힘들 거 같아."

"그럼 누가 되는가?"

"글쎄. 인사는 뚜껑을 열어봐야 아는데, 아마 외부영입 되지 않을까 싶다."

"외부 영입이라니?"

이번엔 윤수가 관심을 나타냈다. 윤수는 S고 총동창회에서 감투를 쓰고 있기도 했다.

"같은 재단에서 선생들은 왔다 갔다 하는데 아마 대구에 있는 고등학교에서 올 듯도 하고."

"그럼 S고 출신이 아니잖아."

윤수의 말에

"아니겠지."

다른 이가 말을 받았다. 나는 현 교감이 안 된다는 말에만 안도를 느꼈는데 다른 이들은 S고 출신을 잡고 늘어졌다.

"그럼 전통이 깨지는데. 총동창회에서 가만히 있을까?"

윤수가 다시 준성을 보고 말했다.

"지금 학교 내에서는 교장 할 만한 사람이 없어."

"어, 지랄. 대S고에 교장 할 사람이 없다니. 그 치욕 아니냐?"

"교장이야 아무 출신이나 하면 어때. 능력 있는 사람이 해야지."

아까 윤수와 공무원내 S고등학교 출신 모임을 갖고 설전을 벌었던 용호가 딴죽을 걸었다. 윤수도 지지 않았다.

"넌 임마 네 학교 아니라고 함부로 말하면 안 돼. 전통이란 게 있잖아. 매번 모교 출신이 교장을 했는데 이번엔 왜 안 하느냐 이거야. 차라리 교감을 승진시키든지."

대체로 S고 출신과 아닌 사람들 두 패로 갈라지자 총무인 재윤이가 나섰다.

"자자. 회비부터 내고."

"아, 저 새끼는 한참 얘기하는데 말을 끊어."

윤수가 불쾌한 기색을 드러냈다.

회비는 10만원이었다. 분기별로 모이는데 비싼 음식점에서 먹고 2차까지 가니 돈을 많이 거둘 수밖에 없었다.

"오늘은 누가 낸다며?"

"그래? 그럼 회비를 왜 거둬?"

여기저기서 얘기가 나왔다. 나는 금시초문이라 지갑에서 10만원을 꺼내 총무에게 주었다. 가끔 누군가 식비를 대신 내 주는 경우가 있었다. 아무래 도 회원들이 시청이나 경찰 검찰에 있으니 이해관계에 있는 사람이 슬쩍 돈 을 내고 가는 경우가 있었다.

"아냐. 그런 거. 내긴 누가 내."

재윤이가 말을 끊었다.

"참 화가 선생, 그림 한 점 줘라. 거실에 걸어 놓게. 바다 사진 그거 너무 오 래 보니까 지겹다 지겨워."

선관위에 계장으로 있는 연수가 말했다. S시에서 제법 알려진 사진작가로 부터 사진을 한 점 얻었다고 자랑할 때가 2~3년 전인가 그랬다.

"야 돈 주고 사라. 화가 선생은 땅 파 먹고 사는 줄 아냐."

"우리 애 몇 년 동안 보냈잖아."

연수 애가 아내가 운영하는 학원에 몇 년째 다니고 있다는 얘기를 들은 적 은 있었다. 이럴 때가 참 난감했다. 친한 사람으로부터 그림을 한 점 달라고 했을 때 나는 어쩔 줄 몰라 했다. 아내는 그런 내 모습을 보고는 딱 끊으라고 했지만 그게 말처럼 쉬운 게 아니었다. 어느 동료 화가는 이런 적이 있었다 고 했다. 갤러리에서 전시회가 끝나고 그림을 철거하는데 어떤 양복을 입은 이가 다가오더니 그림을 줄 수 없냐고 물었단다. 그래서 그는 팔렸다고 얘기하자 그 신사분은 그럼 똑같이 그림을 그려줄 수 없냐고 진지하게 얘기하더라며 동료 화가는 씁쓰레 웃었다. 그 신사분이 그림을 줄 수 있느냐고 물은 것은 사겠다는 의사 표시가 아니라 공짜로 얻겠다는 표시였다고 했다. 일반 사람들의 문화수준을 알겠다며 불쾌감조차도 들지 않더라고 했다.

"이 화가 선생 그림은 거실에 안 어울린다. 그림이 좀 칙칙하지 않냐?"

"맞아 좀 어두워."

"차라리 한 점 사서 선관위에 걸어놓으면 되잖아."

광현이가 중구난방으로 떠드는 말을 정리했다.

"좀 산뜻한 걸로 그려주면 안 되냐? 친구 좋다는 게 뭐야?"

연수는 미련을 못 버린 듯 말했다.

"그래. 언제 그런 그림 그리면 제일 먼저 너를 줄게."

나는 내가 화제의 중심이 되는 게 껄끄러워 얼른 마무리 짓고 화제를 다른 데로 돌렸다.

"참, 윤수 너."

"왜? 화가 양반."

"문화회관에 있는 그림 말이야. 겨울 논을 그린 풍경화 말이야."

"그건 왜?"

"그거 시청에서 돈 주고 산거야?"

"그럼 돈 주고 샀겠지. 그건 왜?"

"혹 기증받은 게 아니고?"

그림을 그린 화가에게 확인은 안 했지만 기증을 했다는 소문을 들은 터였다.

"기증받은 거 같기도 하고."

"네가 문화계장으로 있을 때 건 그림 아냐?"

"저 새끼는 무슨 취조하는 것 같냐?"

윤수는 불쾌한 기색을 드러냈다. 시청 같은 관공서조차도 그림을 사지 않고 기증받아서 걸어놓았다고 생각하니 나도 모르게 열이 올랐던 모양이었다.

"미안. 그렇게 생각했다면. 근데 만약 그게 기증받았다면 문화를 사장시키는 건 알겠지?"

"설마 시청에서 기증받았겠냐. 샀겠지. 문화 예산이 엄연히 있을 텐데."

검찰청에서 그림을 사도록 주선한 경험이 있는 광현이가 말했다. 그러나 나는 말은 안 했지만 생각이 달랐다. 기증받을 수도 있다. 소문도 그렇게 났다. 그럼 실제로 서류상으로도 그렇게 기증받은 거로 했을까, 하는 의구심이 생겼다. 내가 예전 공무원 생활할 때 사지도 않은 물건을 샀다고 가짜 서류를 얼마나 많이 꾸몄던가. 어쩌면 내가 과잉 반응을 한다고 생각하면서도 여전히 뒤끝이 좋지 않았다.

또한 예전에 시청 문화계와 안 좋은 기억도 있어 더욱 그랬다. 윤수가 문화계장으로 있을 때 미술을 비롯해 풍물 음악 등 여러 단체에서 연합 행사를 기획한 적이 있었다. 6~7개 단체가 동의를 해 언제 재래시장을 살리자는 취지로 공연 및 전시를 가지기로 했는데 아무래도 걸리는 건 돈이 문제였다. 조그마한 행사를 치를래도 돈이 생각보다 꽤 들어갔다. 그래서 누군가 스폰서를 받자고 했고 시청에 도움을 청해 보자고도 했다. 그 일을 내가 맡기로 했다. 문화계에 내 친구가 있다는 사실이 그 역할을 맡는 데 컸다.

"그 좋지. 좋은 기획인데 되도록 할게."

윤수는 대뜸 좋은 쪽으로 얘기했다. 나는 그런 윤수가 고마웠다. 며칠 뒤

전화가 왔는데 위에서도 좋다는 반응이니 기획안을 올려 달라고 했다. 나는 추진하는 몇몇과 상의를 해서 기획안을 올렸고 윤수는 반응이 좋다고 했다. 다음날인가 윤수한테서 전화가 왔다.

"지원하기로 했는데."

"고맙다."

나는 시청 간부들이 문화예술을 이해를 하는 거 같아 진정으로 고마워했다.

"근데 오프닝할 때 시장님 축사 넣어 줄 수 있지?"

"시장님이 오시면 우리도 좋지."

시장의 축사가 맘에 걸리기도 했지만 그쯤은 해줄 수 있다는 생각이었다. 그런 행사에 민선 시장은 민감하다는 걸 이해해줘야 한다고 생각했다. 시청과 사이가 좋아야 매번 지원도 받을 수 있겠다는 생각도 했다. 그러나 그 다음이 문제였다.

"내일 저녁에 만나자. 과장님 모시고 담당자와 나갈게. 경옥당에서 보자."

장소를 일방적으로 정해 말했다. 나는 어이가 없었다.

"왜? 식사는?"

그 식당은 고급식당으로 알려진 곳이라 식사 한 끼하는 데 돈이 꽤 들어간다고 들은 적이 있었다.

"몰라서 묻냐? 그리고 지원해주면 나중에 인사하는 거 잊지 말고?"

"인사? 고맙다고 하면 되는 거야?"

"너 왜 그래. 공무원까지 해 봤으면서."

"오래 됐으니까 그렇지."

"관례가 있으니까. 하여튼 내일 저녁에 보자."

나는 전화를 끊고 나서도 분이 풀리지 않았다. 지원을 받으면 그 금액의 10~20% 정도를 돌려 주는 게 관례라고 들었다. 그걸 요구하는 것이었다. 또한 거기다 고급 식당에서 밥까지 사야하고. 그날 밤 기획단에서 회의를 열었는데 나는 결사코 반대를 하였다. 하지만 다른 사람들은 울며 겨자 먹기로 그대로 따르자고 했다. 대의를 위해 그쯤은 우리가 지자고 했다.

"우리가 어차피 고맙다고 인사를 해야 하고요. 사실 고마운 일이고요. 다음에 또 예산을 얻을라면 그렇게 해야 하고요."

당연한 것처럼 얘기하는 사람도 있었다.

"그렇지만 그렇게 해서 행사를 치른다면 무슨 의미가 있겠습니까?"

누군가 내 편에서 말했다.

"만약 그쪽에서 돈을 안 준다고 하면 어떡할 거요?"

"그럼 돈이 적은대로 행사를 축소해서 치러야지요."

"누이 좋고 매부 좋고 그쪽에 따릅시다."

다수가 그러자고 했고 나를 포함해 몇몇이 반대를 했다. 결국 나는 기획단에서 빠지기로 했다. 그래서 다음날 저녁 다른 이들이 그들을 접대했다는 얘기를 들었다. 심지어 2차까지 갔다는 얘기를 들었다. 나중에 소문을 들은 바 그건 관례라고 했다.

나는 내가 특별하다고 생각하지 않는다. 도움을 받으면 고맙다고 술 한잔 살 수도 있다. 그러나 그런 일에 과잉 반응을 보이는 건 내가 직접 그런 일을 했었기에 그 악몽이 다시 살아나서 괴로웠기 때문이었다. 20 초반의 나이에 했던 공무원 생활. 난 지금도 우체국에 가지 않는다. 나쁜 감정이 있어서라기보다 아는 사람을 만날까 두려워서 그렇다. 아는 사람을 만나면 제대로 얼굴을 볼 수 없을 것 같아서이다.

우체국뿐만 아니라 학교에 근무할 때도 마찬가지였다. 앞서 애기했듯이 나는 우체국에 들어간 지 1년이 조금 넘었을 때 사표를 제출했다. 국장은 사표를 수리하지 않고 교육지원청으로 전직을 하면 어떠냐고 했다. 나는 안 가겠다고 했지만 국장은 나를 설득시켰다. 나는 그해 교육지원청으로 전직을 했고 교육지원청에서 6개월 근무하다 시골의 초등학교에 행정실장으로 나가게 되었다. 교육지원청에 있을 때는 예산 업무를 보지 않아 다행이었다. 하지만 일선 학교로 나가니 또 예산을 담당하게 되었다. 그래도 학교는 좀 다르지 않겠냐는 기대감을 가졌다. 그러나 그런 기대감은 얼마 지나지 않아 산산조각이 났다. 1월 1일자로 발령받아갔는데 그때는 방학이라 좀 한가해서 특별한 일은 일어나지 않았다. 담당이 예산 관련이기 때문에 업무 파악하고 시간나면 당직 교사들과 테니스를 주로 치며 지냈다. 퇴근 뒤에는 숙직실에서 고스톱을 치고 술을 마셨다. 예전에 우체국에 다닐 때처럼 여전히 공무원 생활 자체는 큰 변화가 없었다. 하숙집에 오면 함께 하숙하던 다른 학교 교사나 면사무소 직원들이랑 또 고스톱을 치고 술을 마셨다. 단순한 업무에 20대의 황금 같은 나이를 무의미하게 보낸다는 자괴감에 나는 스스로 내 몸을 혹사시켰다. 봉급을 받으면 외상 술값을 갚기에 바빴고 또다시 외상으로 술을 마셨다.

3월 2일 신학기가 되자마자 교장하고 부딪쳤다. 학교 예산이 들어있는 통장이 행정실장 명의로 되어 있어 교장도 행정실장은 껄끄러운 존재였다. 어떤 학교는 교장과 행정실장이 항상 긴장관계에 있다고 했다.

신학기 첫날이었다. 교장이 나를 찾았다.

"귀빈 식당에 얘기해 놓았으니 직원들 거기서 식사하고 나면 돈 내도록 하세요."

이건 완전히 일방적 통보였다. 환장할 일이었다. 학교라고 해서 다를 줄 알았더니. 나는 단칼에 거절했다.

"무슨 돈을 내란 말입니까?"

"학교에 들어온 지 얼마 안 되어서 잘 모르는 모양인데 항상 신학기가 되거나 끝나면 학교에서 밥을 샀어요."

"그건 불법이지 않습니까?"

"맨 그 돈이 그 돈이지 않나요? 맨 학교 선생들이 먹는데."

"아이들 공부에 쓰라고 나온 돈인데 밥 사 먹으면 안 되는 걸로 알고 있는데요."

나는 계속 어깃장을 놓았다.

"그러지 말고 매 년 해왔던 대로 밥 사세요. 실장 개인 돈 내는 것도 아니고."

교장은 설득하려고 했다.

"안 됩니다."

나는 단호하게 말했다. 한번 밀리면 계속 그럴 것 같았다.

"안 된다니요? 관례인데 뭘 그게 그렇게 어렵다고."

마침내 교장은 언성을 높였다.

"못 합니다."

나는 한 번 더 단호하게 말했다. 점심 때가 되자 직원들은 교장이 지정해 놓은 식당으로 갔고 나는 하숙집으로 갔다. 점심값은 교장이 내지 않고 직원들 모두 얼마씩 거두어서 냈다고 했다. 나이 많은 교사들은 불평을 터뜨렸다고 했다. 젊은 교사들은 아무 말이 없었다. 나는 고소한 생각이 들기도 했지만 한편으론 걱정도 되었다. 앞으로도 계속 그런 일로 부딪칠 것 같았다. 나는 각오를 단단히 했다. 그 일로 나는 교육지원청에 안 좋은 소문이 났다. 교장하고 예산문제로 싸웠는데 성격이 지랄 같다는 소문이었다. 교육지원청의 일반직 직원들은 나를 옹호하는 사람들이 몇 있었지만 교육지원과 장학사들을 비롯해 비판하는 사람이 꽤 있었다.

아무리 정당하게 예산을 지출하려 해도 한계가 있기 마련이었다. 관례라는 게 있기 때문이었다. 그리고 그 관례를 깨뜨리면 내가 아닌 사람들까지 피해를 본다는 게 문제가 있었다. 지금이야 그렇지 않겠지만 20여 년 전 그때는 관례대로 교육지원청에서 누가 학교로 나오면 돈을 주었다. 교육장이 나오면 얼마, 교육지원과장이나 관리과장이 나오면 얼마, 장학사나 관리과 계장이 나오면 얼마, 하는 식이었다. 처음에는 나는 버텨보았다.

"그럼 교육지원청에서 특별예산을 하나도 안 주면 박실장이 책임질텐가."

"그리고. 감사 나오면 더 까다롭게 굴 텐데, 그럼 선생들이 지적을 많이 당하면 시말서도 써야 하고 그러면 인사이동에 불이익이 올 텐데 그건 어떡하고."

교장은 엄포를 놓았다. 그랬다. 예산과 인사를 쥐고 있는 교육지원청이기에 평소에 잘 보여야 했다. 나 하나쯤이야 불이익을 감수하더라도 다른 교사나 직원들에게 불이익이 닥쳐선 안 되었다. 그 점이 나를 괴롭혔다. 어느 정도의 타협이 불가피했다. 그러면 그럴수록 나 자신에게는 술로 자학을 했다. 새벽까지 술을 마시고 아침에 잠깐 출근했다가 숙직실에 뻗은 적이 한두 번이 아니었다. 그런 나를 두고도 교장이나 교감은 아무 제지를 하지 않았다. 교장은 결혼을 하라고 했다. 결혼을 해야지 세상일을 많이 배운다는, 묘한 말을 했다.

그러다 결정적으로 교장과 맞닥뜨렸다. 그때는 기본 경비만 학교 예산으로 나오고 큰 공사나 금액이 큰 물건을 살 때는 교육지원청으로 특별예산을 요청해야 했다. 건물을 짓거나 하는 규모가 큰 공사는 교육지원청에서 직접 했다.

어느 날 교장은 테니스장을 만들면 어떠냐고 간부회의에서 말하였다. 지금 사용하고 있는 테니스장은 임시로 만든 것에 불과해 철망도 제대로 되어 있지 않고 바닥도 좋지 않아 불편한 점이 많았다. 부장 교사들을 비롯해 다들 좋다고 했다. 며칠 뒤 교장은 교육지원청에서 예산을 주기로 했다면서 특별예산 요청서를 교육지원청에 보내라고 했다. 그 당시만 해도 특별예산을 많이 따오는 교장이 유능한 교장으로 인식되던 시절이었다.

나는 테니스장 건립 전문 업체를 알아내어 얼마의 돈이 드는가를 알아보았다. 그것을 근거로 견적서를 뽑아 결제를 내었다. 교장은 그 금액에서 20% 정도 더 보태라고 했다. 다른 업체도 알아보았는데 다들 비슷하다며 견적 금액을 올리기 힘들다고 했다.

"공사하고 나면 교육지원청에 인사를 해야지요. 담당자 하고 계장, 과장 교육장까지 해야 하는데."

그러니까 공사비를 20% 더 청구해서 나머지는 교육지원청에 상납하자는 말이었다. 내 팔자야, 했다. 아마도 여기서도 오래 못 버티겠구나 싶었다. 교장은 그게 관례라고 했다. 특별예산의 20% 상납. 테니스장을 지으려면 할 수 없었다. 나는 인건비를 늘이고 모래량을 늘여 특별예산을 청구하였다. 예산은 곧장 내려왔다. 나는 여러 전문 업체의 가격을 비교한 서류를 교장에게 보여주었다.

"직접 하지요. 그게 싸게 먹힐 텐데요."

교장은 애초와 다르게 전문 업체에 맡기지 않고 학교에서 직접 하자고 했다. 교장은 자신이 직접 만들어본 경험이 있다고 했다. 나는 머뭇거렸다. 그렇게 하면 나는 죽어날 판이었다. 공사를 잘 모르는 내가 사람 구하고 물건 사고 또한 일일이 다 감독해야 할 판이었다. 그러나 교장이 예산이 적게 든다고 직접 하자고 하는데 어쩔 수 없었다. 또 무슨 꿍꿍이 속이냐, 했다.

교장은 다음날 늦게 출근을 했다. 오후가 되자 트럭에 쇠파이프랑 철망이 실려 왔다. 또한 마사토도 몇 차 실려 왔다. 다음날부터 교장은 학교 기능직 남자 직원 세 명과 함께 테니스장을 만들기 시작했다. 교장은 아침에 출근해서 잠깐 간부 회의하고 결재하고 나면 옷을 갈아입고 테니스장 공사를 했다. 기능직 직원들도 학교의 일은 접고 테니스장 일에 매달렸다. 기능직의 일은 교실 관리 및 학교의 시설물 관리 등 학교 관리가 주 업무였는데 그 일을 하고부터 학교 일이 마비되었다. 나는 행정실에서 일체 나오지 않고 지켜보기만 했다. 교장이 직접 일을 하는 것도 뭔가 수상쩍었고 그동안 생각해온 교장의 이미지와도 너무나 달랐다. 일이 진척될수록 선생들의 불만은 높아갔다. 일부는 교장이 테니스장에 정신이 팔리니 간섭을 안 해 좋다고 했지만 교실에 시설물을 수리하거나 물건을 나르는 등 기능직 직원들이 학교 관련 일을 하지 않으니 교사들 사이에서 불평이 터져 나오기 시작했다. 하지만 간부회의에서 부장 교사나 교감은 아무런 말도 하지 않았다. 나 또한 그런 말을 정식으로 이의 제기할 입장도 아니었다. 그건 내 소관이 아니었다. 그때가 더운 여름이었는데 기능직 직원들은 점심 때마다 보신탕집에서 점심을 해결했다. 기능직 직원들로서는 좋은 일이었다. 어차피 일을 하는 거 어떤 일을 하는가 상관없고 매일 보신탕에 술을 한잔씩 마시며 일하는 것에 매우 만족스런 표정들이었다. 바닥에 마사토를 깔고 고를 땐 6학년 아이들을 동원해 돌멩이를 주워내는 일을 시키기도 했다.

　그렇게 해서 테니스장은 주위에 쇠파이프로 지주를 세우고 초록색 철망을 두르고 나자 제 꼴을 갖추었다. 끝나는 날 기능직 직원들에게는 보신탕과 술을 실컷 마시게 했다. 점심을 먹으러 갈 때마다 나한테도 같이 가자고 했지만 나는 하물며 지나가다 권하는 술조차도 한 잔 마시지 않았다.

　테니스장은 완성되었다. 완성되던 날 직원들은 수업을 마친 오후 3시에 모여 테니스를 쳤다. 교장에 대한 칭찬이 하늘을 찔렀다. 나는 테니스를 치지 않았다. 교장이 몇 번이나 권했지만 나는 팔꿈치가 아프다는 핑계를 댔다.

　며칠 뒤 교장은 행정실로 들어왔다. 손에는 누런 봉투가 들어 있었다.

　"이게 테니스장 공사 서류인데 한번 검토하고 서류 꾸미도록 하세요."

　교장은 치밀했다. 서류를 꺼내 검토해 보니 전문 업체서 하는 거랑 똑 같았고 특별예산 금액과도 한 치의 차이도 없었다. 하지만 실제 들어간 금액은 1/3도 되지 않을 성 싶었다. 공사는 주로 인건비가 대부분 차지하는데 인건비가 하나도 안 들어갔으니, 기껏해야 기능직 직원들 보신탕비밖에 안 들어갔으니 그만큼 돈이 많이 남았다. 나는 이쯤에서 자포자기한 심정으로 서류를 꾸미고 500만원이 넘는 돈을 교장에게 주었다. 그리고 서류를 교육지원청에 보내려고 했더니 서류도 달라고 했다. 어차피 교육지원청에 인사하러 갈 것이니 직접 갖다 주겠다고 했다.

　나는 이제 여기서도 오래 못 있겠다는 생각이 들었다. 학교라고 해서 좀 다를 거라 생각했다. 내 자신에게 짙은 어둠 같은 헛웃음이 나왔다. 며칠 후 교장은 간부회의가 끝나고 나에게 잠깐 남으라고 했다. 교감과 부장교사들이 교장실을 나가자 교장은 나에게 봉투를 내밀었다.

"박실장, 테니스장 만드는데 고생했소. 자 적지만 받아줘요."

"저는 아무 것도 안 했는데요?"

나는 삐딱하게 말했다.

"그러지 말고 받아줘요."

교장은 문을 열고 나오는 나를 뒤따라와 바지 뒷주머니에 봉투를 넣었다. 그때 수업을 마치고 교실에서 아이들이 쏟아져 나왔고 교사들도 교실을 나와 교무실로 가는 중이었으므로 나는 더 이상 실랑이를 벌이지 않고 행정실로 왔다. 봉투를 열어보니 50만원이 들어 있었다. 큰돈이었다. 나는 며칠 동안 고민했다. 그렇다고 돈을 교장에게 되돌려주기도 뭣했다. 나는 한참을 궁리하다가 6학년 부장 선생을 만났다. 그리고 50만원을 주었다. 6학년 학생에게 곧 다가올 졸업식에 장학금으로 주라고 했다. 기준은 공부 잘하는 순서가 아닌 집안 형편이 가장 어려운 학생에게 줘 달라고 했다. 그리고 절대로 내가 줬다는 걸 밝히지 말아 달라고 했다. 주고 나서도 좀 찜찜한 마음이 들기도 했지만 일단 그 돈이 나를 떠나니 속이 후련했다.

그 뒤 언젠가 교장에게 결재를 맡으러 갔을 때 교장이 지나가는 투로 장학금을 냈다면서요, 하고 물었을 때 나는 아무런 대꾸도 하지 않았다.

그 뒤로 수학여행이나 앨범 제작 같은 일이 있을 때 교장은 내가 그 쪽으로 잘 모르니 6학년 부장 교사한테 직접 업체와 계약하라고 했다. 6학년 부장 교사가 결재를 내고 업체를 선정했다. 나중에 부장 교사가 준비해 온 서류대로 돈만 지출했다.

나는 그 후 몇 개월 뒤 우편으로 사표를 제출했다. 사표 내던 날 나는 뛸 듯이 기뻤다. 가만히 있어도 웃음이 입가로 삐질삐질 흘러 나왔다. 몸이 하늘로 날아오르는 것 같았다. 아무나 붙잡고 술을 사주고 싶었다.

사표를 낸 지 20여 년이 지난 지금도 난 우체국이나 교육지원청이나 학교에 가지 않는다. 갈 일이 거의 없지만 꼭 가야할 일이 있으면 아내나 아이를 시킨다.

선배가 내 그림에 대해 얘기한 '일그러진 영혼,' '절망에 대한 일종의 신경증적인 반응'이 예전의 공무원 생활할 때의 암울했던 기억 때문인지는 모르겠다. 하지만 인생의 황금기인 20대 초반의 나이에 세상일을 너무 알아버렸고 난 그 세상일을 감당하지 못했던 것이 아닌가 싶다. 내가 과거 공무원 생활할 때 만났던 사람들을 되도록 만나지 않으려 한 이유는 만날 때마다 그런 뇌를 갉아먹는 듯한 기억들이 새롭게 솟아오르기 때문이다. 어떤 이들은 대부분의 우체국이나 학교는 안 그런데 유독 너만 운이 나빠 그랬다고 말할 때가 있었다. 또한 지금은 공무원의 업무 체계도 많이 달라졌다고 했다. 맞는 말일 게다. 하지만 그런 어두운 기억은 내 뇌리에 깊게 각인되어 잘 지워지지가 않고 아무 때나 불쑥불쑥 튀어 나왔다.

그 후 몇 개월 뒤 고 1 미술부할 때 고 3으로 있었던 선배를 우연히 만났고 그 선배의 권유와 주선으로 난 서울에 있는 미술학원에서 잡일을 하며 숙식을 해결하고 그림을 배웠다. 대학에 들어가니 딴 세상이었다.

"이제 그쯤에서 끝내자."

광현이가 말을 막았다. 재래시장 살리기 전시회가 나와 몇이 빠진 상태에서 치러졌고 그 일은 계속 몇 년째 이어져 오고 있었다. 하지만 윤수와 나 사이엔 그 일로 보이지 않는 막이 생긴 건 또한 사실이었다.

"자, 2차 가자."

재윤이가 말했다. 다른 이들이 토를 달지 않았다. 매번 그렇게 해 왔었다.

나는 슬슬 빠질 궁리를 했다. 어차피 1차에 끝까지 자리를 지켰으니 굳이 2차까지 갈 필요가 있나 싶었다.

"2차는 저기 버스 터미널 근처 조이로 하자. 이미 예약해 놨다."

재윤이는 주섬주섬 옷을 들고 일어서는 친구들에게 말했다.

"함께 가자."

신발을 신고 홀을 나오는데 용호가 팔을 잡았다.

"그래, 같이 가자. 이렇게 안 만나면 언제 또 만나나. 모임에 자주 나오는 것도 아니면서."

이번엔 광현이가 끼어들었다.

"바쁜데……."

나는 난감해서 말했다. 광현이까지 그러면 그냥 슬쩍 빠지기도 곤란하다 싶었다. 그럼 단란주점까지만 갔다가 금방 나오자 싶었다.

"누가 계산했어요?"

회비로 거둔 현금뭉치를 손에 쥐고 있던 재윤이가 주인 여자에게 말했다.

"아까 어떤 분이 하셨어요."

"누군데요?"

"말씀하지 말라고 하셔서."

주인 여자는 웃음으로 대답을 대신 했다. 이런 일이 종종 있는 일이라 다들 더 이상 묻지 않고 식당을 나왔다.

"야, 똥파리. 오늘 음주단속 안 하냐."

"걱정 마라. 오늘 안 한다."

태식이가 말했다. 몇 번이나 들락날락해서 눈에 잘 띄지 않더니 언제 왔는지 곁에 있었다.

단란주점에는 기다란 탁자에 술과 안주가 차려져 있었다. 냉장고 속에는 맥주가 가득했다. 한두 번 온 적이 있었던 것 같은데 아무래도 이 모임에서 온 듯 했다. 주인은 고등학교 2년 선배가 한다고 했다. 누군가 술집도 S고 출신이냐고 농담조로 말하는 것을 들은 적이 있었다. 주인이 와서 인사를 하고 술을 한잔씩 따르고 나갔다. 주인은 낯익기도 하고 처음 보는 것 같기도 했다. 하지만 다른 이들은 반갑게 악수를 하는 걸로 봐서는 꽤나 친분을 유지하고 있는 듯 했다.

"니들 이게 뭔가 아냐?"

똥파리가 주머니에서 봉지를 하나 꺼냈다. 봉지에는 하얀 알약이 들어 있었다.

"야, 그거 정품이야?"

누가 아는 체를 했다.

"아, 저 새끼는 속고만 살았냐. 이게 저 미국에서 건너온 건데 확실해, 임마."

똥파리는 돌아가며 두 알씩 돌렸다. 어떤 이들은 받았고 어떤 이들은 신기한 듯 바라보다가 손을 내저었다. 나는 내 차례가 오자 고개를 흔들곤 실내에 있는 화장실로 갔다. 한참 후 화장실에서 돌아오자 어느새 아가씨들이 들어와 자리를 잡고 있었다. 단란주점에서도 역시 윤수가 자리를 주도했다.

"자자, 우리 공주들 예쁘게 인사를 해야지?"

각자 파트너와 건배를 하고 있는 아가씨들에게 말했다. 아가씨들은 윤수의 말에 자리에서 일어나 윗옷을 벗었다. 불그스름한 불빛에 젖가슴이 드러났다.

"에이, 약하잖아. 제대로 해봐."

이번엔 똥파리가 말했다.

"그래, 제대로 해봐라."

잠시 긴장된 순간이 흐르더니 윤수가 재차 말하자 아가씨들이 하나둘 바지나 치마를 벗었다. 그리곤 팬티를 벗었다. 윤수는 흡족한 표정을 지었다. 친구들도 자기 파트너의 몸을 눈빛으로 더듬었다. 똥파리가 나섰다.

"좋아. 그럼 우리도 인사를 해야지. 자, 다들 이렇게 해봐."

똥파리는 맥주잔을 들어 파트너의 골 패인 가슴에 맥주를 부었다. 파트너는 빈 맥주잔을 가랑이 사이로 가져갔다. 맥주가 가슴을 타고 배꼽을 거쳐 음모를 지나 빈 맥주잔에 흘러들었다. 야. 누군가 가볍게 탄성을 질렀다. 똥파리는 맥주 받은 잔을 들고 주위를 한번 쓱 둘러보더니 단숨에 마셨다.

"박수!"

윤수가 박수를 유도했고 다들 크게 웃으며 박수를 쳤다.

"자, 니들도 한번 해 봐라."

그러자 기다렸다는 듯이 다들 빈 맥주잔을 파트너에게 주고 맥주를 여자의 가슴에 부었다. 내 파트너도 나에게 부으라고 눈짓을 보냈다.

"됐다. 한잔 받기만 해라. 참 옷부터 입고."

나는 술잔을 비우고 파트너에게 권했다. 파트너는 옷은 입지 않고 술잔만 받아 단숨에 비우고 나에게 다시 술잔을 돌렸다. 아무래도 다 벗고 있는데 혼자 입기는 뭣 했으리라.

"아, 저 새끼는 학교 다닐 때부터 샌님 같더니 지금도 그러네."

윤수가 나를 힐난했다. 나는 윤수의 말을 무시하고 재차 파트너에게 옷을 입으라고 했다.

"내가 불편해서 그래."

"그래도."

파트너는 머뭇거렸다.

"야, 너. 이번에 월드컵 그리스전 축구 봤냐?"

윤수의 뜬금없는 말에 내 파트너는 어리둥절한 표정을 지었다.

"축구 안 봤구나. 축구 안 본 것들은 한국을 떠나야 해. 너 축구 선수 누구
좋아하냐?"

"박주영이요."

파트너는 기어들어가는 소리로 말했다. 아무래도 파트너는 이런 일을 오
래 하지 않은 듯 했다.

"너 전라도지?"

"예?"

"전라도 깽깽이 아니란 말이야?"

똥파리도 끼어들었다.

"청도인데요."

"그럴 리가 있나?"

윤수는 잘 걸렸다 싶었는지 자꾸 내 파트너에게 시비를 걸었다.

"야, 됐다. 남 파트너한테 신경 쓰지 말고 네 파트너에게나 신경 써라."

광현이가 나섰다. 그때쯤 이미 다른 이들도 윤수의 말에 흥미를 잃고 각자
파트너에게 술을 따르느니 술을 받고 마시느니 한창이었다.

"자, 내가 한 곡 부를게."

나는 어차피 돌아가면서 노래 부를 거면 빨리 부르고 돌아가자 싶었다.

"노래곡 말씀하세요."

내 파트너가 옷을 벗은 채 따라 나오며 말했다. 나는 김광석의 '서른즈음에'를 주문했다. 아가씨는 노래집을 보지도 않고 버튼을 눌렀다. 많이 불러본 모양이었다. 동기들은 내 노래를 듣지 않고 파트너의 몸을 더듬으며 술을 마시고 얘기를 나누기에 바빴다. 나는 그들을 물끄러미 바라보다 모니터로 고개를 돌렸다. 나는 두어 곡 김광석 노래를 더 부르곤 자리로 돌아왔다. 여전히 그들은 내가 노래를 끝냈든 아니든 관심이 없었다. 애당초 단란주점은 그런 곳이었다. 아가씨가 술을 따랐다. 나는 받아 마시곤 아가씨에게 권했다. 아가씨의 벗은 몸이 쓸쓸해 보였다. 나는 슬그머니 밖으로 나왔다.

집으로 갈까 하다가 이런 기분으로는 집에 들어가기가 싫었다. 나는 화실로 왔다. 늘 이 모임의 뒤끝은 안 좋았다. 술 마시고 나면 씁쓰레했다. 하는 일이 다르고 삶의 철학이 다르다고 하기엔 또 다른 게 있었다. 그들을 만나면 내 자신이 긴장되었고 또한 그들에게 좀 까다롭게 구는 거 같아 그 또한 미안한 마음이 들었다.

선배가 자화상을 보고 말한 '일그러진 영혼,' '절망에 대한 일종의 신경증적인 반응'이 과거 20대 초반의 어두웠던 공무원 생활의 비리 때문만이었을까. 깨진 거울 속의 자화상의 근원이 되는 과거의 어두웠던 한 지점이라는 게 그 비리 때문이었을까. 나는 소파에 앉았다가 일어나 커피를 꺼냈다. 블랙커피를 진하게 탔다. 물론 그 비리가 내가 감당하지 못 할 정도로 큰 것은 사실이었다. 그러나 오늘 공무원 친구들과 어울리며 과거를 회상하노라니 다 그것만은 아닌 것 같았다. 뭘까. 나는 커피를 마시고 나서 커피 잔을 탁자 위에 놓는데 휴대폰이 울렸다. 아내였다.

"어디에요?"

"화실."

"일찍 왔네요."

"응."

"괜찮아요?"

아내는 대뜸 물었다.

"뭘?"

"술 많이 안 마셨어요?"

"조금."

아내는 믿지 않는 눈치였다. 그 모임만 가면 대취하여 들어왔기 때문이었다. 아내는 그 모임을 탐탁지 않게 여겼다.

"오늘 집에 와서 자요."

"생각해 보고."

"고집 부리지 말고요."

"그렇게 하든지."

"집으로 꼭 와요. 몸 생각해야지요."

"그만 끊어."

나는 전화를 끊었다. 곱게 얘기하려고 했지만 마음과 다르게 말이 나왔다. 아내는 내가 화가 났을 땐 침묵을 지키거나 단답식으로 말한다고 했다.

아내와의 전화를 끊고 났을 때 단란주점 아가씨들의 벌거벗은 모습이 휙 지나갔다. 영 마음이 불편했다. 전에 없는 불쾌감을 동반했다. 남자들이 술을 마시다 보면 그럴 수도 있지 싶은데 마음은 자꾸만 그쪽으로 쏠렸다. 또 휴대폰이 울렸다. 총무인 재윤이었다. 나는 제 몸을 못 이겨 몸부림치는 휴대폰을 물끄러미 바라보았다. 그렇게 제 몸을 한동안 떨던 휴대폰은 스스로 몸짓을 멈추었다.

붓을 잡고 싶은 생각도 없이 그림들을 보고 있는데 또 뭔가 휙 지나갔다. 느낌이 단란주점의 벌거벗은 아가씨들을 떠올렸을 때하고 비슷했다. 나는 온 몸을 훑고 지나가는, 과거 어느 지점에 대해 뭔가 내 몸에서 꿈틀거리는 것을 깨달았다. 순간 나는 막막한 심정이 되었다.

똑똑똑.

소파에 앉아 자화상을 막막한 심정으로 바라보고 있는데 문을 두드리는 소리가 났다. 시계를 봤다. 11시가 가까워 오고 있었다. 이 늦은 시간에 누가? 하며 그대로 앉아 있었다. 잘못 두드린 거겠지, 싶었는데 또 문 두드리는 소리가 났다.

"누구세요?"

나는 문고리를 잡고 물었지만 문밖에서는 아무런 대답이 없었다. 나는 문을 열었다.

"맞구나. 화가 선생님."

문밖에는 단발머리를 노랗게 물들이고 얼굴이 둥근 여자가 눈을 동그랗게 뜨고 바라보고 있었다. 핫팬츠에 속이 비칠 듯 하얀 남방을 입었다. 귀에는 금색으로 된 둥글고 커다란 귀걸이가 흔들리고 있었다. 나는 여자를 빤히 쳐다보았다.

아.

나는 나도 모르게 신음 소리를 냈다. 심장이 멎는 것 같았다.

"맞아요?"

여자는 재차 물었다.

"왜 그러는데요?"

나는 냉정을 되찾았다. 역시 그녀가 아니었다. 착각을 했다.

장은주.

지금으로 나이를 따지면 내 나이쯤 됐을 텐데. 나는 순간이나마 내가 20대 초반에 한때 만났던 장은주로 착각하다니. 하긴 그녀도 20대 초반이었지. 하지만 볼수록 너무나 똑같았다. 하기야 내가 기억하는 장은주는 20대 초반이었다. 그때 만나고 헤어졌으니 나이가 든 모습은 상상할 수도 없었다. 내 머릿속엔 장은주는 항상 20대 초반의 여자였다

"맞아요?"

"왜 그러는데요?"

여자도 되물었고 나도 똑같은 말을 되풀이했다.

"조이서 왔어요."

"근데요?"

"조이 몰라요?"

"알아요."

모를 리가 있겠는가. 방금 전까지 거기서 친구들이랑 술을 마셨는데.

"거기서 아저씨들이 보냈어요."

여자는 약간은 화난 표정으로 나를 밀치고 안으로 들어왔다.

"보내다니. 왜요?"

나는 문을 닫지도 않고 엉거주춤한 자세로 물었다.

"화가 선생님 파트너 되어 드리라고요."

여자는 화실을 둘러보며 말했다.

"대체 무슨 말이에요?"

"와, 이 그림 이상하다."

여자는 내 말에 아랑곳 않고 신기한 듯 그림들을 둘러보았다.

"그만 나가요."

"아뇨."

"나가요."

내 목소리가 커졌을까. 여자는 나를 돌아보고는 가까이 다가왔다.

"전 나가면 안 되걸랑요."

"왜?"

"돈을 받았거든요."

"무슨 돈을?"

"티켓비요. 두 시간."

여자는 조이에 있는 아저씨들이 두 시간짜리 티켓을 끊었다고 했다. 그러곤 나를 위로하라고 했다고 했다.

"무슨 말인지 모르겠네."

"커피 한잔 안 줄래요? 그래도 명색이 화실로 찾아온 손님인데."

"티켓비는 뭔데요?"

나는 재차 물었다.

"그럼 일단 커피 한 잔부터 마시고요."

여자가 주위를 둘러보았다.

"내가 타 줄게요."

여자에게 소파에 앉으라고 하곤 냉온수기로 다가갔다.

"다 타요?"

"화가 선생님 맘대로 하세요."

나는 블랙으로 두 잔을 탔다.

"대체 무슨 말이에요?"

나는 커피 한잔은 여자 앞에 놓고 한잔은 들고 물었다.

"진짜 절 모르세요?"

"내가 어떻게 알아요?"

"아저씨 화났어요?"

"안 났어요."

"근데 말투가 꼭 화 난 거 같아요."

"아가씨는 날 알아요?"

"아까 조이에서 봤잖아요."

"친구들하고 놀 때에 있었어요?"

"화가 선생님 바로 앞에 앉았잖아요."

"못 봤는데."

"서른즈음에 불렀잖아요."

"불렀지."

"그리곤 나갔잖아요."

"다 봤어요?"

"그럼요. 다 봤어요."

"그래서?"

난리가 났다고 했다. 배신자. 내가 집에 간 것을 확신한 그들은 배신자라고 했다고 했다. 그러던 중에 한 아저씨가 내 파트너였던 아가씨에게 내 화실을 가르쳐주며 가라고 했단다. 그 아가씨는 울상을 짓고. 그래서 여자는 자신의 파트너인 아저씨에게 양해를 구하고 자신이 자청해서 왔다고 했다. 내 앞에 앉은 이라면 광현이었다.

"무조건 두 시간을 때워야 한데요. 두 시간 티켓을 끊었으니."

"누가?"

"한 아저씨가요. 그러니 화가 선생님은 저하고 두 시간 동안 놀아야 돼요."

여자는 생글생글 웃으며 내 표정을 살폈다.

"왜 자청했어요?"

"아저씨가 슬퍼보였어요."

"슬퍼보이면 다른 아저씨들한테도 다 그래요?"

"무슨 말씀을. 저 이래도 지조가 있다고요. 후하하."

여자는 말을 하고 나서 혼자 크게 웃었다. 나는 난감했다. 어떻게 할까 궁리했다. 근데 묘했다. 여자와 얘기를 나눌수록 예전의 여자가 떠올랐다. 장은주. 웃는 모습이나 분위기가 흡사했다. 내 첫 여자였다. 그 여자를 만나기 전까지 여자와 사귄 적이 없었다. 그 여자를 통해 여자를 알게 되었다. 내 동정을 바쳤다. 그럼 그 여자를 사랑했던가. 가슴에서 둥둥 북소리가 났다. 갑자기 가슴이 쓰라렸다. 내가 공무원 생활할 때 만났던 여자였다. 그만큼 아픔이 많은 사이였다. 어쨌든 이 여자를 내보내야겠다는 생각이 들었다.

"화가 선생님. 이리 옆에 와서 앉아요."

"됐어."

나는 의자를 탁자 앞으로 가져와 앉았다.

"근데 왜 꼬박꼬박 화가 선생님 화가 선생님 그러지?"

"아저씨들이 그렇게 부르길래요."

"그냥 아저씨라고 불러요."

"근데 아저씨는 왜 꼬박꼬박 존댓말 쓰는데요? 나보다 한 스무 살 이상 차이 나는 것 같은데요?"

"당연히 높여야지 않겠습니까?"

"당연 낮추어야지요."

"그러지. 그럼. 근데 조건이 있어."

나는 다 마신 커피 잔을 내려놨다.

"뭔데요?"

"지금 커피 다 마시고 이 화실에서 나가는 거야."

"내쫓는 거예요?"

"집에 가서 두 시간 쉬면 되잖아."

"가면 못 쉬어요."

"그럼 어디 오락실이나 가면 되잖아."

"전 오락 별로 안 좋아해요."

"어쨌든 나가야 돼."

"아저씨."

"왜?"

"아저씨, 혹시 예전에 상처 받은 적 있죠? 것도 여자한테."

나는 여자를 바라보았다. 여자는 그런 나를 바라보며 깔깔 웃었다.

"맞구나. 그래서 조이에서도, 여기서도 쌀쌀맞게 대하는구나."

"상처 받은 적 없어."

나는 부인했다. 그러나 나는 이미 여자와 대화를 나누며 예전의 장은주를 떠올리고 있었다. 장은주는 그때 내가 근무하던 우체국이 있는 면소재지에서 다방에 다녔다. 그냥 장양이라고만 불리던 여자였다. 그러나 다방에 있을 것 같지 않게 단발머리에 화장은 거의 하지 않았다.

"넌 묘한 데가 있단 말이야."

우체국에 손님이 와 커피를 시킬 때마다 국장이 하던 말이었다. 처음 장은 주가 다방에 나타났을 땐 나는 말도 섞지 않았다. 다방에 있을 것 같지 않으면서 묘하게 남자를 끌어당기는 무언가가 있었다. 이 여자도 마찬가지였다. 비록 화장을 짙게 하고 머리를 염색했다 해도 뭔가 수수해 보이는 구석이 있었다. 남자를 끄는 묘한 힘도 있었다. 남자들이 많이 따를 상이었다.

"근데 왜 자꾸 날 보내려고 하세요?"

"여기 있을 이유가 없잖아."

"갈 이유도 없잖아요."

나는 여자가 있어서 불편하다고 했다.

"그럼 난 이렇게 소파에 앉아 가만히 있을게요. 요렇게요."

여자는 등을 소파에 깊숙이 기대었다. 나는 어이가 없었다. 나는 공연히 일어나 왔다 갔다 했다.

"아저씨."

여자가 불렀다.

"왜?"

"그림 안 그리세요?"

"오늘은 안 그려."

"보고 싶은데. 화가들은 어떻게 그림 그리나."

"다 똑같지. 화가라고 다른가."

"그래도 화가잖아요."

"똑같아."

"그림 봐도 되요?"

"볼 것도 없어."

겸손해서 한 말은 아니었다. 아직 완성되지 않은 그림은 누구에게라도 보여주고 싶지 않았다.

"볼게요."

여자가 일어섰다. 나는 소파로 가 앉았다.

"그림 설명 안 해줘요?"

"아직 완성 덜 됐어."

"그래도요."

"뭘 그래도야."

그만두라는 말이 입 밖으로 나오려는 걸 겨우 참았다. 여자는 입술을 비쭉 내밀고는 그림이 있는 쪽으로 걸어갔다. 그림이 모두 거울에 그려져 있어 마치 여자가 그림 속으로 들어가는 것 같았다. 그건 내가 애초부터 의도한 것이었다. 거울에 배경 없이 초상화나 나신의 그림을 그려 그림을 보는 관객이 그림의 배경이 되게 하는, 일종의 동참하게 하는 것이었다.

"제가 그래도 미대 지망생이었는데. 근데 아까 들어올 때부터 그림이 이상해요."

"……"

"눈도 몇 개나 되고 또 크고 작고…… 또 코도 여러 개에 비뚤어졌고……입도 비뚤어졌고…… 대체 이게 뭐예요?"

"……"

"괴물이에요?"

여자는 그림을 계속 보며 말했다. 나는 소파에 앉아 그런 여자의 모습을 보며 이상한 감정에 빠졌다. 마치 예전의 장은주가 나타나 얘기를 하고 있다는 착각에 빠지곤 했다. 보면 볼수록 걷는 모습이나 말하는 투도 매우 흡사

했다.

자학하지 마세요.

장은주는 나의 귀에 대고 속삭였다.

자학하지 마.

나는 어느새 장은주의 목소리를 듣고 있었다. 내 뺨을 어루만지는 손길도 느껴졌다. 나는 스르르 눈을 감았다.

"이게 뭐예요? 마치 울부짖는 거 같아요."

여자는 쉴 새도 없이 중얼거렸다.

"설명 좀 해줘요."

"……."

"저하고 말 안 할 거예요?"

나는 눈을 뜨고 여자를 바라보았다. 여자는 화가 난 표정으로 나를 보고 있었다.

"얘기해도 잘 모를 거야."

여자를 무시해서 그런 게 아니라 더 이상 그림에 대해 얘기하고 싶지가 않아서 그렇게 얘기했다.

"그래도요. 제가 아까 미대지망생이었다는 거 얘기했죠?"

"근데 왜 안 갔어."

"아빠가 반대해서요."

예전에 장은주도 그랬다. 왜 가고 싶은 미대 안 가고 다방에 다니느냐고 물은 적이 있었다.

아빠가 반대해서요.

아빠가 반대해서 대학도 포기하고 다방에 왔다고 했다. 나는 여자에게는 더 이상 묻지 않았다. 장은주와 같은 말을 할까 두려웠다.

"불안 공포 괴물…… 뭐 그런 건가?"

"맞기도 해."

"맞죠?"

"일부분만."

"음, 그럼 보자."

여자는 자리를 옮겨가며 그림을 훑어 봤다. 가로로 길게 된 커다란 그림 앞에 섰다. 내가 가로로 옷을 몽땅 벗은 채 누워 있는 그림이었다. 대형 거울에 밑으로 1/3쯤 그림이 차지한 그림이었다. 그림이 마치 얼룩진 것처럼 빨간색과 파란색이 뒤섞였다. 얼굴은 눈이 찢어지고 코와 입이 뭉개져 있었다.

"괴물이다."

여자가 소리쳤다.

"그게 나다."

나는 말했다.

"예?"

"내 본 모습이야."

나는 말하고 나서 깜짝 놀랐다. 내가 말한 상대는 여자가 아니라 장은주였다. 그러니까 나는 장은주의 말을 듣고 답을 했을 뿐이었다. 여자의 얘기를 듣고 있노라니 나는 자꾸 예전의 장은주를 만나고 있다는 착각에 빠져들었다. 아마도 장은주가 살아 있어 이렇게 옆에 서서 물었다면 그렇게 대답했을 것이었다.

"이게 아저씨의 모습이라고요? 흐흥?"

여자는 코맹맹이 소리를 냈다.

그때는 그랬어.

나는 속으로 중얼거렸다.

그때 너를 만나고 있을 때, 나는 저런 모습이었을 거야.

"아닌데……."

여자는 내 모습과 그림을 번갈아 봤다.

"이 그림은 뭐가 이러지?"

여자가 그림을 가리켰다. 내가 나신으로 서 있는 모습이었다. 실제의 내 키와 같게 그렸는데 파란색으로 사람의 형상에 테두리를 두르고 몸에는 붉은색 물감이 흘러내리는 그림이었다. 붉은 성기가 도드라졌다.

나야. 내 모습이라고.

여자가 아닌 장은주에게 말했다.

너를 사랑했을 때, 나는 저랬다고.

나는 거의 울부짖듯 장은주에게 말했다. 저녁 무렵에 공무원 모임에 갔을 땐 힘들었던 공무원 생활이나 비리가 떠오르더니 이제는 장은주와 사랑했던 기억들이 혼란스럽게 떠올랐다.

"이 그림들 제목이 뭐예요?"

"자화상."

"오호라, 자화상이라. 근데 그림들이 하나같이 왜 이래요? 제대로 된 그림이 없네요. 전부 그림이 깨지고 흉측하고."

"내 본 모습이라고 했잖아."

"그러니까 이 그림들이 아저씨의 본 모습이다 이거지요."

"응."

"괴물을 닮았는데."

"내 안에 괴물이 있어."

나는 여자가 아닌 장은주와 대화를 나누고 있었다.

"왜 거울에다가 그렸어요?"

"거울은 우리 마음을 비추잖아."

"거울에 그림이 있으니까 이상해요. 내 모습도 보이고. 점점 그림이 내 마음 같기도 하고."

네 마음도 그랬을 거야.

나는 장은주에게 말했다. 그때 장은주도 여러 번 폭음을 했다. 그런 모습들이 생생히 떠올랐다.

"저건 뭐가 저래요? 그림은 없고 거울만 깨진 거잖아요."

"가서 정면에 서서 거울을 잘 봐."

여자가 아닌 장은주가 깨진 거울 앞에 가서 섰다.

"뭐가 보이지?"

"내 모습이 흉측해요."

"모든 사람들의 자화상이지. 그 거울을 보는 사람은 자신의 본 모습을 보는 거야."

"그래도 좀 심하잖아요."

"……."

하지만 우리가 사랑했던 그때는 저랬어. 저랬다고.

여자는 돌아서서 나를 바라보았다.

"아저씨 왜 그래요? 울고 있어요?"

"울긴 임마."

나는 고개를 돌려 소파로 돌아왔다. 잠시 후 여자가 아닌 장은주가 휴지를 꺼내 내밀었다.

자학하지 마.

나는 휴지를 받고 장은주를 바라보았다.

그랬다. 혈기왕성했던 20대 초반의 공무원 생활에 장은주와의 관계를 빼놓을 수 없는데 어쩌면 이 자화상이란 모든 그림도 그때의 내 마음을 표현하고 있는지도 모른다는 생각이 들었다.

그녀, 장은주를 만난 것은 우체국에 발령을 받고 얼마 안 있어서였다. 우체국에는 고객들이 자주 찾아와 다방에 커피를 많이 시켰다. 고객들은 여직원이 타 주는 커피보다 다방에 커피를 시키는 것을 더 좋아했다. 우체국이 있던 면소재지엔 세 개의 다방이 있었는데 장양이라고 불리던 장은주가 일하던 다방이 인기가 좋았다. 장양은 자주 우체국에 커피 배달을 왔지만 나와는 말 한마디 섞을 기회가 없었다. 고객들은 주로 국장이 상대하였다. 국장이 없을 때는 내가 상대하기도 했는데 나는 아직 국장이나 고객들처럼 성적 농을 던지기는커녕 일반적인 농도 던질 수가 없었다.

그러던 어느 날 우체국에서 감사를 받던 날에 나는 처음으로 장양과 말을 섞게 되었다. 2년마다 받는 정기 감사는 그 당시의 이름으로 K도체신청이란 곳에서 한 명이 나와 감사를 했다. 주로 예금 보험 우편 예산을 보았는데 2년 동안의 모든 서류를 꼼꼼히 보았다. 나는 처음 받는 감사라 굉장히 긴장했다. 국장 또한 쩔쩔 매었다. 감사관과 국장이 얘기하는 것으로 보아 잘 아는 사이 같은데도 그랬다. 감사관은 국장 자리에 앉아 감사를 하였는데(감사관은 K도체신청장의 대리라 하였다.) 자리가 없어진 국장은 소파에 앉아 있었다. 점심시간이 다가올 무렵 국장이 잠깐 밖으로 나갔다 오더니 감사관에게 식사를 하러 가자고 했다. 감사관은 시계를 보다가 벌써 이렇게 됐나, 하며 자리에서 일어섰다. 감사관과 국장 나 이렇게 셋이서 면 소재지에서 제일 고급 식당이라는 한식전문 식당에 갔다. 한 사람당 2만원씩 받는 곳이었다. 그당시로서는 굉장히 큰 금액이었다. 식당은 100% 인근 야산에서 채취한 산나물을 썼는데 인근 큰 도시에서도 기관장급 같은 높은 분들이 온다고 했다. 20여 가지가 넘는 산나물 반찬에 쇠고기랑 두부 생선이 나왔다. 술은 집에서 직접 만든 오미자를 넣은 농주였다. 감사관은 여기에 감사를 올 때마다 이집이 좋다고 흡족해 했다. 한복을 입은 아가씨가 처음부터 끝까지 시중을 들었다. 국장과 감사관이 주로 말을 했고 나는 그런 자리가 태어나서 처음이라 묵묵히 밥만 먹었다. 감사관이 인심 쓰듯 주는 농주만 몇 잔 마셨다. 밥을 다 먹자 식당에서 오미자차를 가져왔는데도 국장은 다방에 커피를 배달시켰다. 그때까지도 난 긴장하고 있었기에 커피 맛도 모르고 커피를 마셨다. 나는 먼저 나와 우체국으로 돌아왔는데 감사관과 국장은 한 시간이 지나서 돌아왔다.

"밥 잘 먹었어요?"

예금 보험 담당인 여직원이 물었다. 나는 괜히 미안하고 해서 그냥 예, 라고만 대답했다.

오후에도 감사는 이어졌는데 감사관은 술을 한잔 걸쳐서 그런지 국장과 제법 농담도 주고 받으며 감사를 진행했다. 잘못된 곳에 띠종이를 끼워 넣었는데 시간이 갈수록 띠종이의 양이 늘어났다. 미리 들은 바에 의하면 감사가 끝나면 그 띠종이를 넣은 곳에 대해 지적을 받는다고 했다. 그리고 며칠 후면 감사 결과가 통보되는데 잘못의 경중에 따라 징계를 받든지 아니면 시말서를 쓴다고 했다. 시말서는 아무리 많이 써도 괜찮지만 징계를 한번 받으면 공무원 생활 내내 따라 다니며 승진에 불이익을 받는다고 했다. 나는 징계를 받아 승진을 못 하거나 늦게 하는 것은 겁나지 않았다. 다만 그동안 물건을 사지도 않았으면서 물건을 샀던 것처럼 속이고 돈을 떼어먹은 것이 겁이 났다. 그건 내게 또 다른 치욕이었다.

"향나무를 사서 심었는데 어디 한번 봅시다."

감사관은 감사를 하다 말고 밖으로 나가자고 했다. 나는 가슴이 덜컥 내려 앉았다. 국장의 표정도 일그러졌다. 국장이 자리에서 벌떡 일어서더니 앞장 섰다.

"여깁니다."

국장은 우체국 앞 향나무가 심어져 있는 곳을 가리켰다.

"음, 봅시다. 스물 두 그루 심었는데…… 하나 둘 셋……."

감사관은 향나무를 손으로 짚어 가며 세었다. 나는 가슴이 벌렁거려 터져 나올 것 같았다. 국장은 국장 나름대로 손을 비비며 어쩔 줄 몰라 했다.

"일곱 그루가 모자라는데?"

감사관은 나를 보며 말했다. 나는 이런 일은 처음이라 당황하고 있는데 국 장이 나섰다.

"죽었습니다. 그거 향나무가 생각보다 잘 죽더라고요."

"아하, 죽었구나. 관리를 잘 하셔야지. 돈 주고 산 건데."

감사관은 나와 국장을 번갈아 쳐다보더니 안으로 들어갔다. 국장과 나도 얼른 뒤따라 들어갔다. 다행히 더 이상 아무 말도 없었다. 서류에 띠종이를 하나 꼽았을 뿐이었다.

늦은 오후가 되자 감사는 끝났다. 감사를 하는 도중에 국장이 빨리 끝내고 좋은 데로 한잔하러 가자고 몇 번이나 독촉했다. 먼저 금융과 보험 담당자가 불려가 지적 사항을 받고 도장을 찍었고 그 다음은 우편 담당이 불려가 역시

지적 사항을 받고 도장을 찍었다. 내 차례가 되자 조마조마했다. 서류에 띠종이가 많이 끼워져 있었던 탓이었다. 내가 다가가자 감사관은 나를 흘끔 보더니 들어온 지 얼마나 됐냐고 물었다. 나는 3개월쯤 됐다고 말하자 감사관은 고개를 끄덕끄덕거렸다.

"여기 띠종이 있는 거 나중에 찬찬히 훑어 봐요. 물론 본인이 안 했지만 뭐가 잘못 됐는지 보면 업무를 빨리 익힐 거요. 모르는 것은 국장님한테 물어보고요."

감사관은 그러면서 내가 오기 전 근무하던 사람이 잘못한 것을 하나 끄집어 국장에게 확인 도장을 받았다. 다행히 나는 지적된 것이 없었다.

"자 갑시다. 가요."

국장이 감사관의 팔을 끌었다.

"박주임도 함께 나가요."

국장은 나에게 말했다. 나는 감사 받은 서류를 대충 치우고 국장을 따라 나섰다. 국장이 감사관을 안내한 곳은 장양이 있는 다방이었다. 겨우 다방이라니. 나는 의아해 하며 1층에 있는 다방으로 들어갔다. 마담과 이양이 반갑게 맞이했다. 장양은 보이지 않았다.

"준비 됐어요?"

국장이 물었고

"방은 치워놨는데 음식은 언제 올지 몰라서. 빨리 준비할 테니 우선 방으로 들어가셔요."

"장양은요?"

"배달 갔는데 올 시간이 됐어요."

그러면서 마담은 어딘가로 전화를 걸어 손님이 왔으니 빨리 오라고 독촉을 했다.

우리는 다방의 뒷문으로 나왔다. 그러자 안채인 듯한 ㄱ자 슬레이트집이 있고 그 옆에 방이 두 개인 ㅡ자로 된 집이 있었다. 우리는 그 집의 오른쪽 방으로 안내되었다. 국장은 감사관에게 먼저 들어가게 하곤 뒤따라 들어갔다. 방 앞에서 내가 머뭇거리자 국장이 빨리 들어오라고 재촉했다. 나는 쭈뼛거리며 방으로 들어갔다. 향수 냄새가 진동했다. 국장은 많이 온 듯 익숙했다. 벽에는 여자 옷이 여러 벌 걸려 있었다. 한쪽에 화장대도 보였다. 방 중앙에 있는 탁자에 둘러앉았다.

"젊고 유능한데 많이 키워 주세요."

국장이 나를 가리키며 말했다.

"보니 일도 잘 하시네. 국장 말 잘 듣고 일 빨리 배워요."

나는 예, 하며 어색한 웃음을 지었다. 여자 방에 들어오는 것은 처음이었다. 형제만 있는 집에서 자란 나는 여자를 접해 본 기억이 없었다. 하물며 어머니를 제외하곤 다른 여자의 속옷조차 본 적이 없었다. 진한 향수 냄새를 맡으며 묘한 기분에 젖어 있는데 이양이 쟁반에 맥주를 들고 들어왔다. 이양은 나이가 많아 장양에 비해 인기가 없었다. 이양이 컵에 술을 따랐다. 우리는 건배를 했다.

"이양 방이야?"

국장이 물었다.

"장양 방이라요."

국장 잔에 술을 따르며 이양이 대답했다. 나는 술을 마시면서도 다방 뒤에 있는 아가씨 방에서 술을 마시는 것 자체에 놀랐다. 또한 대낮에 근무를 안 하고 아가씨와 술을 마셔도 되는가 싶었다. 아직 퇴근시간이 많이 남아 있었다. 이양과 노닥거리는 중에 장양이 들어왔다. 국장이 감사관 옆에 앉으라고 했다. 나는 장양의 눈길을 피해 고개를 숙이고 있었다. 그동안 사무적인 말만 했을 뿐인데도 이런 곳에서 만나니 왠지 내가 부끄러웠다. 곧이어 마담이 흑염소탕을 가져왔다.

"자 고생하셨는데 어서 드세요."

국장은 감사관에게 숟가락을 쥐어주며 말했다.

"아이고 이런 귀한 것을."

감사관은 장양이 발라준 살코기를 입에 넣으며 말했다. 나는 머뭇거리고 있는데 장양이 살코기를 내 앞으로 쑥 내밀었다.

"받아먹어요."

감사관의 말에 나는 고개를 숙인 채 먹기 시작했다. 태어나서 이런 자리는 처음이라 나는 음식은 별로 먹지 못 하고 술만 마셨다. 장양은 술잔이 비자마자 술을 따랐다. 다방 여자가 따라주는 술을 마시는 것은 처음이었다. 흑염소탕을 다 먹고 나자 장양은 탁자를 깨끗이 치우고 다시 술상을 차렸다. 이번엔 과일 안주에 양주를 가져왔다. 국장과 감사관은 익숙하게 술을 마셨지만 나는 그렇지가 못 했다. 술을 마실수록 맨송맨송해지는 기분이었다.

"차석님은 아직 총각인가봐요?"

장양은 놀리듯 물었다.

"그래, 우리 박주임 총각이니께 장양이 앞으로 잘 모셔봐라."

"참 좋을 때입니다."

감사관은 나를 보며 웃음진 얼굴로 말했다.

"자, 한잔 마시고 따라 봐요."

장양이 말했다. 나는 술을 마시곤 잔을 장양에게 돌렸다. 장양은 술을 잘 마셨다. 국장이 주면 주는 대로, 감사관이 주면 주는 대로 홀짝홀짝 잘도 마셨다. 아직 대낮인데, 그리고 나이도 어린 여자 같은데, 많아야 내 또래 같은데. 나는 오만가지 잡생각에 빠져 있었다. 그러다 밖에서 국장과 마주쳤다. 국장이 화장실에서 오는 길이었고 나는 화장실에 가는 길이었다.

"어, 벌써 시간이 이렇게 됐네."

국장이 시계를 보며 말했다. 시계를 보니 벌써 5시가 가까워 오고 있었다. 5시는 예금 보험 업무 마감시간이었다. 결재를 하려면 국장이나 나 중에 한 사람은 있어야 했다. 나는 잘 됐다 싶어 말했다.

"전 이만 들어가 보겠습니다."

"어, 그래. 좀 더 놀면 좋을 텐데. 일찍 마감 시키고 퇴근시키게."

나는 잘 됐다 싶어 방으로 들어가지 않고 곧장 다방으로 해서 밖으로 나왔다. 우체국에 가니 직원들은 마감하느라 정신이 없었다. 나는 괜히 미안한 마음이 들었다. 아무 말도 없이 자리에 앉았다.

"좀 더 있다 오지요. 알아서 마감할 텐데."

여직원이 말했고

"올해는 잘 넘어가네요. 국장님이 잘하셔서."

남자 직원이 뒤를 이었다.

직원들은 어디서 술을 마시고 왔는지 다 아는 눈치였다.

"감사란 게 원래 이래요?"

"다 그렇지요. 국장이 어떻게 대접하느냐에 따라 좀 까다롭게 구는 사람도 있기도 하시만."

내가 물은 것은 감사와 뒤이어 벌어지는 술판을 얘기하는 것인데 직원은 지적사항을 얘기했다.

"내가 오늘 술 한 잔 살게요. 감사도 받았고."

나는 이런 마음으로는 견딜 수 없어 말했다. 자꾸만 장양의 얼굴이 떠올라 나도 모르게 얼굴이 화끈하게 달아올랐다.

퇴근 시간이 지나고서도 국장은 돌아오지 않았다. 퇴근 후 나는 집배원들까지 불러 식육식당으로 갔다. 그날 밤 늦게까지 술을 마시고 또 하숙집으로 돌아와 혼자 새벽까지 술을 마셨다. 아침에 출근해서 화장실에 파란 위액을 토해냈다.

다음날 국장은 그 당시로 내 봉급에 해당하는 금액의 영수증을 내밀었다. 점심값과 저녁 술값 그리고 봉투로 준 금액. 나는 그제야 감사관이 예산 관련은 잘 지적을 않는다는 걸 알았다. 향나무 사건도 따지고 보면 감사관이다 알 일이었다. 그러나 알고 있다는 힌트만 주었다. 지적은 하지 않았다. 나중에 알게 된 사실이지만 예산 관련은 지적을 하게 되면 돈을 되물어야 했고 징계까지 올라갈 일이었다. 그래서 지적은 하지 않고 알고 있다는 표시만 함으로써 그 대가를 받는 것 같았다. 나는 또 가짜 영수증을 만들고 그 돈을 빼내느라 진땀을 뺐다. 어차피 나도 함께 점심 먹고 저녁 먹고 술까지 마셨다. 나도 공범이었다. 그제야 나는 국장이 내가 그 자리에 가지 않으려 해도 막무가내로 데리고 간 이유를 알았다.

그 후로 나는 장양과 알고 지내는 사이가 되었다. 길에서 만나면 아는 체를 했고 우체국에 커피를 시켰을 때도 아는 체를 했다. 그 즈음 국장은 우체국 뒤 사택에 있었는데 밤에 자주 장양에게 커피 배달을 시켰다. 어떨 땐 장양이 사택에 들어갔다가 제법 오래 있다가 나오기도 했다. 장양과 알고 지내면서 장양의 일거수일투족이 눈에 잡혔다.

그러던 어느 날이었다. 나는 숙직이었는데 놀러온 교사와 면직원들과 고스톱을 치다가 누군가 장양이 있는 다방에 커피를 배달시켰다. 그러다 커피를 다 마셨을 때 누군가 장양에게 놀다 가라고 했고 장양은 못 이기는 척 자리에 눌러 앉았다. 고리로 뜯은 돈으로 1시간 동안 티켓을 끊었다. 숙직인 내가 술을 더 사왔고 많이 마셨다. 바로 옆에서 장양과 술을 마신 것은 감사 이후 처음이었다. 감사 때와는 판이하게 달랐다. 그때는 국장과 감사관이 있었기에, 또한 처음으로 그런 자리를 했기에 불편했고 반항심이 일었는데 오늘은 달랐다. 함께 술 마시고 떠드는데 오히려 유쾌했다. 이런 기분은 처음이었다. 기분이 과했는지 함께 술 마시던 이들은 무슨 좋은 일이 있느냐고 물었다. 그러나 오히려 장양은 기분 안 좋은 일이 있느냐고 물었다. 나는 장양의 귀에 대고 속삭였다.

오늘밤 데이트할까.

장양은 고개를 끄덕거렸다.

그날 밤 진짜로 장양은 찾아왔다. 다들 집으로 돌아가고 우체국 옆으로 난 문을 잠근 상태였다. 우체국에 불을 끄고 숙직실로 들어가는데 누군가 문을 두드렸다. 아주 작은 소리였다. 나는 장양이 왔다는 것을 직감했다. 오지 않을 거라 생각했는데 소리만 듣고도 단박에 알아차렸다. 나는 우체국 뒤 사택에 있는 국장이 들을까봐 살그머니 문을 열었다. 장양은 작은 가방을 들고 있었다. 나는 장양을 들어오게 한 후 문을 잠그고 우체국 안의 전등 스위치를 내렸다. 우리는 숙직실로 갔다. 그리고 마주 앉았다. 가슴이 두근두근거렸다. 장양은 나를 빤히 쳐다보았다.

"힘드신가 봐요."

나는 고개를 끄덕거렸다.

휘유.

장양은 길게 한숨을 내쉬었다. 나는 그때 장양도 힘들구나 싶었다. 나는 장양을 안았고 장양은 순순히 내 품으로 들어왔다. 왠지 눈물이 날 것 같았다. 장양을 쓰러뜨렸다. 내 첫 동정을 떼는 순간이었다. 허둥대는 내게 장양은 침착하게 나를 받아주었다. 그때부터 장양은 내게 장은주로 자리매김했다. 우리는 밤새도록 술을 마셨다. 장양은 티켓을 끊은 게 아니라고 하며 돈을 일체 받지 않았다.

그 후로 우리는 미친 사랑을 하였다. 퇴근하면 곧장 장은주의 방으로 갔고 술을 마시고 섹스를 했다. 숙직하는 날에는 우체국 숙직실로 불렀다. 그야말로 미친 나날이었다.

"아저씨 무슨 생각을 그리 하세요?"

여자가 물었다. 나는 아무 말도 하지 않았다.

"아저씨 상처 받았죠."

"아까도 얘기했지만 안 받았어."

"받았어요. 확실해요. 그것도 여자한테요."

나는 장은주를 생각했다.

"여자를 사랑해본 적이 있어요?"

"있지."

"글쎄, 아저씬 사랑도 잘 못할 것 같은데."

여자는 내 옆으로 와 팔짱을 끼었다. 나는 멈칫했다가 그대로 있었다. 순간이나마 장은주를 떠올렸기 때문이었다.

"아저씨, 왜 이런 그림 그리셔요? 좋은 그림도 많잖아요. 풍경화 같은 거요."

"난 풍경화 안 그려."

"그런 그림이 좋은데. 방에 걸어 놓을 수도 있고. 이런 그림은 방에 못 걸잖아요."

"그런 그림과는 종류가 달라. 참, 너."

"말씀하세요."

"집이 어디야? 고향 말이야."

"구미요."

"부모님은 뭐 하시는데?"

"농사지으세요. 과수원. 하긴 아빠는 막노동하는 날이 더 많지만."

"엄마는?"

"그냥 농사지으세요. 그건 왜요?"

"아니다. 혹 엄마 성은 뭔데?"

"김가요. 광주 김인데요?"

"그래 알았다."

여자는 피식 웃었고 나는 괜히 한심한 생각이 들었다.

"아저씨."

"왜?"

"아직 시간이 많이 남았잖아요. 우리 노래방 갈까요?"

"노래방? 시간 남으면 피시방이나 가서 시간 죽여."

"피, 아저씨도 가고 싶으면서. 근데 나하고 함께 가는 게 쪽 팔려서 그렇죠?"

그런 면도 있었다. 아직까지 이런 여자들과 노래방에 단 둘이서 가 본 적은 없었다. 친구들과 함께 갔을 때도 도우미를 부를라치면 내가 강력히 제지

하곤 했다.

"우리 이러면 되겠다. 내가 먼저 가서 자리를 잡는 거예요. 그러면 아저씨
는 좀 나중에 오는 거예요. 알았죠?"

여자는 배시시 웃으며 팔을 잡은 손을 풀고 일어섰다.

"쓸 데 없이."

"스위트 노래방에 가 있을게요. 저기 꼭 와야 해요."

여자는 나를 향해 손을 흔들어 보이곤 문을 열고 나갔다. 나는 난처한 표
정을 지었지만 이미 마음은 따라나서고 있었다. 장은주. 나는 자꾸만 여자가
장은주와 착각이 되었다. 잠시 후 나는 장은주에게 간다는 생각으로 자리에
서 일어섰다.

노래방에는 여자가 아닌 장은주가 혼자 춤을 추며 노래를 부르고 있었다.
한쪽 면을 차지한 전면 거울에서도 여자가 노래 부르며 춤을 추고 있었다.
나는 조용히 소파에 앉았다. 여자는, 아니 장은주는 나를 보며 윙크를 하곤
계속 노래를 불렀다. 장은주가 된 여자는 춤도 잘 췄고 노래도 잘 불렀다. 몇
곡을 저장시켜놓았는지 노래가 끝나면 다른 노래가 연이어 나왔다. 여자의
몸매는 섹시했다. 핫팬츠를 입은 긴 다리가 불빛에 붉게 빛났다. 어깨를 흔
들 때마다 커다란 가슴이 출렁거렸다. 긴 다리와 큰 가슴은 장은주와 비슷했
다.

나는 장은주를 사랑했던가.

나는 여자가 아닌 장은주를 보며 생각했다. 지금 생각하면 그건 일종의 집
착이었고 자학이었다. 퇴근하고 장은주의 방에 가서 혼자 뒹굴 때도 많았다.
장은주가 배달할 때였다. 잠시 기다리라고 하곤 장은주는 맥주 두 병과 오징

어 안주를 방으로 들여놨다. 나는 장은주가 빨리 배달을 끝내고 오기를 기다리며 맥주를 마시고 오징어를 씹었다. 그러다 장은주가 들어오면 강간하듯 장은주를 덮쳤다.

미친 사랑을 했지만 함께 어디 놀러 가거나 진지한 얘기를 나눈 적은 없었다. 지금 생각해 보면 장은주의 고향이 어딘지, 심지어 나이는 몇 살인지도 몰랐다. 그냥 장은주의 몸만 탐했을 뿐이었다. 다만 장은주도 나만큼 아픈 사람이구나. 그런 정도였다.

우리는 며칠이나마 함께 살기도 했다. 어느 날 장은주가 다방을 나가 며칠 동안 돌아오지 않은 적이 있었다. 나는 도저히 살 기분이 나지 않았다. 다방 주인에게 빨리 찾아 달라고 했지만 다방 주인 또한 어쩔 수가 없는 것 같았다. 나는 아무하고도 어울리지 않고 퇴근하고 집으로 바로 갔다. 누구하고도 어울리기가 싫었다. 하물며 국장이 회식한다고 했을 때도 몸이 안 좋다는 핑계를 대고 그냥 하숙집으로 왔을 정도였다. 그러던 어느 날 밤 잠을 자고 있는데 누군가 방으로 들어왔다. 나는 처음엔 도둑인 줄 알고 자는 척 하며 동정을 살폈다. 그러나 도둑이 아니고 장은주였다. 장은주는 한참동안 서 있더니 쓰러지듯 자리에 털썩 주저앉았다. 술 냄새가 심하게 났다. 잠시 후 부스럭거리며 옷을 벗고 이불 속으로 들어왔다. 나는 장은주를 안았다.

"깼어요?"

나는 대답 대신 장은주의 옷을 벗기고 몸을 탐했다. 다음날 장은주는 처음으로 화를 냈다.

"왜 나한테 화를 안 내요?"

"……"

"내가 며칠 동안 아무 말도 없이 떠났었잖아요."

나는 아무 말도 하지 않았다. 지금 생각해 봐도 모를 일이었다. 사랑했던
가. 나는 지금도 중얼거린다. 그 뒤로 장은주는 다방으로 돌아가지 않고 내
방에서 지냈다. 하숙집 주인에게는 하숙비를 더 주겠다는 말로 양해를 구했
다. 함께 살아도 달라진 건 없었다. 저녁 먹고 술 마시고 섹스하고 자고 또
섹스하고. 우리는 둘 다 서로의 몸만 탐했다. 그러다 장은주는 떠났다. 아무
말도 없이. 어느 날 깨어나 보니 짐을 모두 가지고 떠났다. 다방에는 다른 아
가씨가 왔다. 그 뒤로 장은주를 만난 적이 없었다. 나도 며칠 뒤 사표를 제출
했다. 그리고 교육지원청으로 옮겼다.

"아저씨 노래 한 곡 해요."

여자는 나의 어깨를 흔들었다. 고개를 들어 올려다보니 장은주가 앞에 있
었다.

"김광석이 노래 부를래요?"

여자는 나의 대답은 듣지 않고 버튼을 눌렀다. 서른즈음에 반주가 흘러나
왔다. 나는 천천히 일어나 모니터 앞으로 다가갔다. 장은주가 마이크를 건네
주고 옆에 섰다. 나는 장은주의 어깨에 팔을 둘렀다. 그리고 노래를 불렀다.
노래가 끝나자 또다른 노래가 이어졌다. 또 불렀다. 나는 장은주의 팔을 두
른 채로 계속 노래를 불렀다. 이어지는 몇 곡을 부르며 어깨를 두른 손으로
장은주의 가슴을 만졌다. 장은주는 가만히 있었다. 김광석 노래가 끝나자 장
은주가 마이크를 잡고 노래를 불렀다. 소리가 쾅쾅 울렸다. 풍만한 가슴을
흔들며 춤을 추었다. 나는 장은주를 안고 춤을 추었다. 그렇게 한참 동안 노
래를 부르던 장은주가 노래기기를 껐다. 나는 장은주를 바라보았다.

"가야겠어요. 시간 됐어요."

"어딜."

"어디긴요."

"가지 마."

"가야 돼요. 이미 예약됐어요."

"안 돼."

나는 장은주를 껴안았다. 장은주는 몸을 빼려고 안간힘을 썼다.

"왜 이래요."

"가지마. 한 시간 더 끊어. 돈 줄게."

"예약되어 있다고 했잖아요."

"그래도 안 돼."

나는 장은주의 윗옷을 잡고 벗기려 했다.

"왜 이래요."

장은주가 쉿소리를 냈다.

"갈게요."

장은주가 내 손을 뿌리치고 돌아섰다. 나는 장은주의 어깨를 와락 쥐었다. 그리고 한 손으로 허리를 안고 한 손으로 옷을 벗겼다. 장은주는 발버둥쳤지만 내 완력을 이길 수 없었다. 윗옷이 벗겨졌다. 곧 이어 핫팬츠가 벗겨졌다. 나는 장은주를 눕혔다. 나는 남방과 바지를 벗었다. 팬티를 벗었다. 그리고 장은주의 팬티를 잡았다.

"아, 씨발."

장은주는 내 뺨을 올려붙였다. 눈에서 번쩍 별이 빛났다. 나는 앞을 보았다. 장은주가 아닌 여자가 옆에 누워 있었다.

"정말 왜 이래요."

여자는 화가 난 표정으로 나를 바라보았다. 나는 멍하니 여자를 바라보았다. 솟았던 욕망이 수그러들었다.

"내가 왜 아저씨한테 온 줄 알아요? 사실은 아저씨가 쓸쓸해서 그런 게 아니고 추근대지 않을 것 같아서 그랬어요. 근데,"

여자는 씩씩거렸다.

"정말 이중인격자야."

여자는 옷을 입고 일어섰다. 그리고 방을 나갔다. 나는 멍하니 누워 있었다. 갑자기 수치감이 몰려 왔다. 허탈했다. 나는 한동안 누워 있다가 앞을 보았다. 순간 옷을 몽땅 벗은 사내가 나를 바라보고 있었다. 머리카락은 헝클어졌고 눈은 충혈되어 빨갰다. 나는 거울을 향해 엉금엉금 기어갔다. 사내도 나를 향해 기어왔다. 나는 거울을 짚고 일어섰다. 거울 속의 사내도 나의 손을 잡고 일어섰다. 쪼그라들은 성기가 흔들거렸다. 나는 거울 속의 사내를 노려보았다. 사내도 나를 노려보았다. 한참동안 그러고 있다가 나는 거울 속의 사내를 향해 주먹을 날렸다. 순간 거울은 쨍하고 주먹이 닿은 곳을 중심으로 금이 퍼져갔다. 주먹이 닿은 부분은 잘게 하얗게 금이 갔고 핏방울이 맺혀 있었다. 거울 속의 사내는 눈과 코 입이 여러 개인 괴물로 변해 있었다. 나는 거울을 두 손으로 잡고 괴물을 찬찬히 바라보았다. 그리고 깨달았다. 괴물은 과거 어느 지점에 있을 뿐만 아니라 현재에도 있다는 것을. 현재의 내 마음 속에 괴물이 있다는 것을.

나는 거울 속의 내 자화상을 오랫동안 바라보았다. ↩

들숨과 날숨

마음이 편안하다. 태어나서 정확히 죽을 시간을 안다는 것은 일종의 행운이 아닐까. 고향에 내려가는 차안에서 나는 더없이 평온한 마음에 젖어 있었다.

고향에 도착하자마자 마트에 들러 소주 한 병과 종이컵 북어 한 마리를 샀다. 애들 둘한테는 아이스크림 하나씩 물리곤 곧장 아버지의 산소가 있는 서곡리로 차를 몰았다. 차를 몰고 가면서도 나는 내 자신을 의아하게 생각했다. 애초에는 아버지 산소에 갈 생각은 전혀 하지 않았다. 그냥 아이들만 고향집에 데려다 주고 바로 떠날 생각이었다. 그런데 나도 모르게 소주와 북어를 샀고 마치 내 자신이 아닌 양 차를 아버지 산소가 있는 곳으로 몰고 갔다. 갑자기 입에서 헛웃음이 났다.

"아빠 어디가?"

차에서 내려 걷기 시작하자 작은애가 물었다. 작은애의 이마에 땀이 송골

송골 맺혀 있다. 큰애는 굳은 얼굴로 땅만 보며 걸었다. 큰애는 산소 가는 이 길을 알만도 한데 역시 며칠 전처럼 아무 말이 없다.

"할아버지 산소."

나는 큰애를 바라보며 말했다.

"왜?"

작은애가 또 물었다.

"고향에 왔으니 인사드려야지."

나는 역시 큰애를 바라보며 말했다. 큰애가 무슨 말이라도 했으면 좋으련만 굳은 얼굴로 걷는 데에만 신경을 쓰고 있을 뿐이다. 문득 며칠 전의 일이 떠올랐다. 아이들이 좋아하는 튀김닭과 콜라를 사다 아이들 앞에 놓았다. 하지만 큰애는 먹지 않고 바라보기만 했다.

먹어라.

나는 말했다. 하지만 큰애는 굳은 얼굴로 튀김닭과 콜라를 바라보기만 했다.

형아 먹자.

형의 모습에서 무슨 기운을 느꼈는지 네 살짜리 작은애가 선뜻 손을 내밀지 못하고 제 형의 눈치를 살폈다.

어서 먹어라.

나는 애써 태연하게 말했다.

형아, 어서 먹자.

영문을 모르는 작은애는 애가 타서 제 형을 재촉했다. 하지만 큰애는 못 들은 척 계속 고개를 숙이고만 있었다. 결국 내가 나섰다.

그럼 내가 먹어야겠다.

나는 콜라에 손을 내밀었다.

안돼요.

그때 큰애는 콜라에 내 손이 닿기도 전에 재빨리 콜라를 집어 자기 옆에 놓았다. 나는 큰애의 얼굴을 제대로 보지 못 했다. 나는 담배를 천천히 한 대 피웠다. 아이들은 담배를 다 피울 때까지 튀김닭에 손을 대지 않았다.

가서 버려라.

내 말이 떨어지자 큰애는 콜라를 개수대에 쏟았다. 작은애는 입맛을 다시며 큰애의 눈치를 살피다 기어이 울상을 지었다. 나는 큰애가 자리에 앉자마자 다시 말했다.

이제 먹어라.

큰애는 망설이다 말했다.

아빠도 드세요.

큰애는 이미 알고 있었다. 콜라에만 약을 탔다는 것을.

됐다. 먹어라.

큰애는 손을 튀김닭으로 가져갔다. 그제야 재빨리 작은애의 손도 뒤따랐다. 역시 아이들은 죽을 운명이 아닌가 싶었다.

아빠도 잡수세요.

큰애가 고기를 입에 넣으려다 고개를 들어 나를 보며 말했다.

됐다. 먹어라.

그제야 큰애는 튀김닭을 입에 넣었다. 나는 고향에 애들을 데려다줘야겠다는 생각이 들었다. 그리곤 카페지기에게 나도 거사에 동참하겠다고 했다.

아무래도 혼자는 힘드시죠.

혼자 죽는 것은 두렵지 않지만 자식들과 함께 죽는 것은 두렵다고 했다.

카페지기가 자식들은 어떻게 할 거냐고 물었다. 고향에 노모와 형님 부부가 살고 있는데 거기에 데려다 줄 거라고 했다. 카페지기는 깊이 생각하지 말라고 했다. 그리곤 장소와 시간을 알려 주었다. 하루에도 서너 번씩 카페에 드나들었다.

나는 종이컵에 소주를 따라 봉분 앞에 놓았다. 이배를 했다. 그리곤 종이컵의 술을 봉분 옆에 세 번을 나눠 비우고 나선 다시 종이컵에 술을 따라 봉분 앞에 놓았다.

"너들도 하거라."

큰애가 두 손을 모으고 먼저 꿇어앉자 작은애도 제 형을 따라 무릎을 꿇었다. 큰애의 모습이 진지했다. 제 어미가 집을 떠나고 난 뒤 부쩍 큰 느낌이다. 마치 세상을 다 알아버린 듯 했다. 이제 고작 유치원에 다닐 나이인데도 말이다.

아이들이 올린 술을 아까 비운 반대쪽으로 세 번을 나눠 비운 뒤 종이컵에 소주를 가득 따랐다. 소주를 단숨에 입에 털어 넣고 손등으로 입 주위를 닦았다.

"아빠 이거요."

큰애가 북어를 내밀었다.

"됐다. 너들 먹어라."

나는 또다시 종이컵에 소주를 가득 따라 단숨에 마셨다. 아침부터 굶은 내장에 불이 붙은 듯 화끈거렸다. 아이들은 내 옆으로 와서 북어를 찢어먹었다.

원래 거사일은 오늘이었다.

"우리 마지막으로 빙장 입수 한번 해요."

천사인지 장미인지 지금은 누가 그런 말을 했는지 기억이 나지 않는다.

"그거 재미있겠는데요."

"그래요. 함 합시다."

댓글이 줄줄 올라왔다.

"그럼 빙장 입수 끝나고 우리 만찬도 함 합시다. 최후의 만찬이요."

저승사자란 사람이 이런 댓글을 달자 순간 좋다는 댓글이 주르르 올라왔다. 나는 처음에 빙장 입수란 말을 이해 못했다. 그래도 난 남들이 다 좋다는 댓글에 나도 좋다고 댓글을 달았다. 최후의 만찬이란 말은 마음에 들지 않았지만 싫은 내색은 하지 않았다. 그들은 죽음이 두려워서 그런 게 아니었다. 어떻게 죽음을 맞이하느냐가 중요했다. 모든 준비는 카페지기가 하기로 했다. 원래 모이기로 한 콘도에 전화 해보니 가까운 거리에 계곡이 있다고 했다. 계곡에서 입수하기로 결정했다. 대신 모이는 시간은 애초 저녁 7시에서 다음날 오후 2시로 변경되었다.

나는 조금 남은 소주를 병째로 마신 후 소주병을 봉분 옆 소나무 밑으로 던지고 봉분 앞에 퍼질러 앉았다. 햇빛이 두 눈을 찔렀다. 나는 눈을 가늘게 떴다. 시내의 전경이 한 눈에 들어왔다. 고향집 동네에서 시내로 가는 길이 4차선으로 잘 뚫려 있었다. 예전에는 비만 오면 질퍽거렸고 비가 오지 않으면 먼지가 폴폴 날리던 좁은 길이었다. 명절마다 거의 오던 길인데도 새삼스럽게 느껴졌다. 길에서 아이들의 와자지껄하는 소리가 들리는 듯 했다. 고향 마을 안쪽으로 마을이 두 개나 더 있고 또한 마을 옆길을 따라 쭉 가면 큰 마을 여럿이 나왔다. 그러니 아침에 학교 갈 시간이 되면 여러 마을 아이들이 어울려 가기 때문에 1차선 비포장도로는 길이 꽉 찬 느낌이었다.

"저기 저 보이는 쭉 뻗은 길이 보이지. 저 길로 아빠가 국민학교 다닐 때 말이지."

나는 그쯤에서 담배를 꺼내 물었다. 큰애는 고개를 푹 숙이고 있었고 작은 애는 고개를 들어 나를 쳐다보았다.

"국민학교가 뭐야?"

"초등학교. 그때는 이 교시인가 수업을 마치면 빵을 하나씩 줬는데 그 빵차가 저 길로 다녔지. 가끔은 학교로 싣고 가는 빵차가 다리를 지나 오르막을 오를 때쯤 날쌘 아이가 재빨리 차에 올라타 대나무 빵상자를 길에 던져 놓으면 아이들은 함성을 지르며 굶주린 하이에나처럼 달려들어 양손에 하나씩 빵을 집어 들었다."

그제야 큰애도 호기심을 가지고 고개를 돌렸다. 내심 이야기를 잘 했다는 생각이 들었다.

"아침을 금방 먹고 나온 참인데도 빵 두 개는 순식간에 사라졌어. 먹어도 먹어도 배고픈 시절이었거든. 하지만 학교에 가면 얼마 안 있어 한 마을에서 서너 명은 집으로 쫓겨났다. 육성회비를 못 낸 아이들이었지. 선생님은 공부도 외상으로 배우느냐고 했지. 더럽게 말이야. 하지만 아이들은 풀이 죽어 있다가도 교문만 나서면 금방 얼굴에 생기가 돌았어. 돈이 없어 사 먹지는 못하는 교문 앞 가게를 쭉 훑어보다가 다시 먼지가 폴폴 나는 흙길을 따라 집으로 돌아왔지. 초여름이면 논에 심어진 양파를 뽑아 먹거나 감자를 캐어 먹었다. 가을이면 고구마를 캐어 먹었고 벼 이삭을 꺾어 나락을 씹어 껍질은 도로 뱉어내고 쌀은 씹어 먹었지."

"맛있겠다."

작은애가 말했다.

"그럼 맛있었지. 양파는 한창 물이 오른 상태라 달캉했고 감자도 쓰지 않았어. 육성회비를 못 내 쫓겨나는 아이들 중 나도 항상 끼어 있었는데 집에 오면 나도 말하지 않았고 네 할머니도 아무 말도 없었다."

그쯤에서 큰애가 다시 고개를 돌려 푹 숙였다.

"할머니가 돈 안 줘?"

작은애가 물었다.

"응. 집이 가난했거든."

그래서인지 그때 또래의 아이들은 반항심이 심했다. 교사들을 선생님이
라 부르지 않고 차마 말로 못 할 쌍욕으로 지칭했다. 숙제를 안 해 가는 아이
들이 대부분이었는데 그 또한 교사와 신경전을 부릴 수밖에 없었다. 청소를
안 하고 도망치는 것으로 선생의 위신을 깎았고 때리면 때리는 대로 순순히
엉덩이를 내밀었다. 동네 아이들 대부분이 반항 기질이 있었다. 이에 어떤
이는 밑으로 수맥이 흐르는 동네라 그렇다고 했지만 내가 생각하기엔 오직
가난 때문이었다. 아이들 입장에선 숙제를 할 수가 없었다. 학교를 파하고
집에 오면 부모를 도와 밭일을 하거나 소풀을 뜯어야 했고 저녁 먹고 나면
온 가족이 옹기종기 모여 자는 방에서 숙제를 한답시고 불을 켤 수가 없었
다. 부모가 피곤해 곯아떨어지니 아이들 또한 부모 곁에 곯아떨어졌다. 예외
가 있는데 그런 집은 말단이나마 공무원을 하던 집이었다.

"아빠 돈 벌러 가면 언제 올 거야?"

역시 작은애가 물었다.

"오래 걸릴 거야. 할머니 말씀 잘 듣고 큰아빠 큰엄마 말도 잘 들어야 해.
알았지?"

큰애를 바라보며 나는 말했다. 큰애는 역시 아무 말 없이 손에 든 북어만
바라보았다. 뭔가 낌새를 느낀 것 같기도 하지만 단정을 지을 수는 없다. 아
무래도 며칠 전 자살 시도가 아이에게는 엄청 충격으로 다가갔던 것 같았다.

하지만 어쩔 수 없는 일이었다.

"가자."

나는 일어서며 깔끔하게 단장된 봉분을 돌아보았다. 생전에 아버지는 선산에 묻힐 수 없다고 했다. 당신이 죽으면 자식들이야 오겠지만 손자들까지 그 먼데로 오겠냐는 생각에 고향집에서 가까운 땅을 매입했다. 아버지 말대로 이제 아이들이 고향에 살면 자주 올 터였다. 하지만 당신 자신이 그토록 믿었던 자식은 영영 올 수 없게 되었다. 나는 그만 고개를 돌려 산을 내려왔다. 냉정하자 싶었다.

고향집 앞에 차를 세우고 내렸다. 그제야 어머니를 위해 뭐라도 사 올 걸, 했지만 어쩔 수 없었다. 여비도 내일 거사 장소까지 가기에도 넉넉하지 않았다. 고향집을 담 너머로 바라보았다. 몇 년 전에 아버지가 안채를 허물고 새로 지은 양옥집은 여전히 붉은 벽돌로 견고히 자리 잡고 있었다. 그 앞에는 슬레이트 지붕을 머리에 인 작은 집이 보였다. 두 칸짜리 그 집은 내가 태어나기 전부터 있었고 어릴 때 내가 자던 집이었다. 초등학교 다닐 때 새마을 사업으로 짚으로 인 지붕을 걷어내고 슬레이트를 얹었다.

"들어가거라."

나는 차에서 가방 두 개를 아이들에게 하나씩 손에 쥐어주었다. 큰애는 가방을 받아 쥐고도 움직일 생각을 안 했다. 작은애가 큰애의 눈치를 봤다.

"할머니 말씀 잘 들어야 한다. 니들이 착하게 할 수록 떡 하나라도 더 얻어먹는다."

큰애가 고개를 들어 나를 바라보았다. 나는 이내 후회를 했다. 아이들 앞에서 할 소리가 아니었다.

"아빠도…… 같이 가셔요."

큰애가 머뭇거리다 작은 소리로 말했다. 꼬박꼬박 존댓말을 쓰는 큰애가 부담스럽다. 나는 머뭇거리다 아이들을 데리고 집안으로 들어섰다. 아이들을 고향집에 슬그머니 밀어 넣고 거사가 진행될 곳으로 곧장 떠날 생각이었는데 자꾸만 일이 꼬여 간다 싶었다.

"야들이 누구여?"

마당에 들어서니 형수가 맞이했다. 들고 있던 것을 놓고 앉아 아이들을 껴안았다. 내가 아이들에게 인사해야지 하자 아이들은 안녕하세요, 하고 고개를 숙였다.

"잘 지내셨어요?"

"저야 뭐 항상 그렇지요. 늦게 오실 줄 알았더니만요."

고향에 올 때마다 항상 늦은 저녁에 도착했으니 형수도 놀랄 만했다.

"어머니는요?"

"마실갔어요."

형수는 작은애를 안고 일어섰고 한 손으로 큰애의 머리를 쓰다듬었다.

"형님은요?"

그냥 나오기도 뭐해 나는 딴 짓을 하는 것처럼 물었다.

"오디나무 다시 심는다고 밭에 갔어요."

"그럼 이게 형님한테 갖다 주려고요?"

나는 방금 형수가 들고 있던 플라스틱 통을 가리켰다.

"예. 새참 갖다 주려고요. 포클레인 기사도 있고 해서."

"그럼 제가 갖다 올게요. 저기 방천 옆에 있는 것 말이지요?"

나는 잘 됐다 싶어 플라스틱 통을 집어 들었다. 순간 큰애가 나에게 다가왔다.

"제가 갖다 주고 올 테니 집으로 들어가셔요."

형수가 만류했고 나는 우겼다. 형님 얼굴이라도 보고 곧장 논에서 떠날 수도 있겠다 싶었다. 형님은 이제 아이들의 보호자였다.

"아빠."

큰애가 불렀다. 나는 머뭇거리다 플라스틱 통을 들고 밖으로 나와 차에 실었다.

"아빠!"

안에서 큰애가 울먹이는 소리로 불렀고 작은애도 따라 불렀다. 나는 못 들은 척 차에 올랐고 시동을 걸고 차를 몰았다. 밭은 집에서 멀지 않은 곳에 있었다. 어릴 때 시간만 나면 밭에서 일을 한 지라 익숙한 곳이었다. 밭에서 생산되는 채소를 부모님은 5일장에 가져다 팔았고 그 돈으로 나는 대학교까지 나왔다. 말하자면 그 밭의 최대 수혜자는 나였다. 아버지는 돌아가시기 몇 년 전에 밭의 흙을 파내어 논을 만들었다. 나이가 많은 아버지에겐 밭일은 힘들었다.

형은 밭머리에서 장군처럼 두 손을 허리에 얹고 포클레인이 일을 하는 것을 지켜보고 있었다. 어릴 때의 형의 위용이 보이는 듯 했다. 내가 가까이 다가가자 형은 씩 웃었다. 치켜진 입술 밑으로 누런 앞니가 드러났다.

"버, 벌써 왔나."

불명확한 발음과 말더듬으로 형이 말했다. 형의 말은 오랫동안 친분이 있는 사람을 제외하곤 잘 알아듣지 못 했다.

"예."

나는 플라스틱 통을 바닥에 놓고 형 옆에 섰다. 형의 머리가 어깨에 닿을락말락했다. 형은 키가 작을 뿐만 아니라 지능지수도 많이 떨어졌다. 아마 오늘 일도 어머니가 아침에 나와 어떻게 하라고 포클레인 기사에게 다 시켜 놓았을 것이 틀림없었다. 그러니까 형이 포클레인 기사를 시키는 게 아니라 포클레인 기사가 형에게 일을 시키는 것이었다.

"아, 아그들은?"

"같이 왔어요."

어젯밤에 멀리 돈 벌러 가기 때문에 아이들을 집에 데려다 놓겠다고 어머니에게 말했기 때문에 형도 이미 내가 올 줄을 알고 있었다.

"어, 어디 머, 먼 데로 돈 벌러 가, 가는 가배."

"예."

"아, 아그들은 걱정 말고 거, 건강히 댕겨와."

형은 진정으로 걱정해 주었다.

"예."

형은 내 대답도 듣지 않고 포클레인 기사를 불렀다.

"근데 뭐하는 거예요?"

나는 포클레인이 1m 높이로 이랑을 타는 것을 보고 물었다.

"무, 물이 채여서 마, 말이지. 무, 물이 채이니까 오, 오디 나무가 자, 잘 죽고 크, 크지도 못하고 마, 말이지."

"오디 나무는 언제 심었어요?"

분명 논에서는 벼를 수확했었다.

"자, 작년에 심었구만. 나, 나락 값이 어, 얼마 안 돼서 마, 말이지."

셈을 할 줄 모르는 형이 아마도 어머니한테 들어서 알고 있을 터였다. 형은 시키는 일만 할 줄 알았다. 하지만 한번 주어진 일은 최선을 다 했다. 형이 집에서 키우는 소만도 다섯 마리나 되었다. 그 소들을 사료나 건초를 안 먹이고 매일 형이 풀을 뜯어다 먹였다. 밥벌이는 하는 셈이었다. 어떻든 어머니는 당신이 죽고 난 뒤에도 형이 살 수 있도록 고심을 하는 것 같았다.

포클레인 기사가 다가오자 형은 플라스틱 통 보자기를 풀었다. 냄비와 플라스틱 잔 막걸리가 들어 있었다. 형은 막걸리를 잡고 아래위로 흔든 다음 뚜껑을 비틀었다. 나는 냄비를 꺼내 뚜껑을 열었다. 돼지 불고기였다. 형수는 약간 모자라지만 음식 솜씨가 제법 좋았다. 어디에 결혼을 했다가 쫓겨나서 친정집에 있다가 형과 결혼했다. 그나마 형이 결혼할 수 있는 행운을 잡았기에 형 입장으로서는 크나큰 다행이었다. 형수는 덩치가 크고 곰보에 얼굴이 못 생겼지만 천성이 착하고 부지런했다. 아들을 하나 낳았는데 그 아들은 공고를 졸업하고 군대에 가 있는 중이었다. 형수가 무엇보다 형과 다르게 셈을 할 수 있는 게 다행이었다. 셈을 할 수 없으면 살림을 할 수 없는데 다행이라고 어머니가 몇 번이나 말하는 걸 들었다.

형이 술을 따라 포클레인 기사에게 주는 동안 나는 젓가락을 꺼내 기사에게 내밀었다. 형은 내 잔에도 술을 따르려는 걸 내가 가로채 형의 잔에 먼저 따라 주었다.

"내, 내 동생이라요."

형이 포클레인 기사에게 나를 소개시켰다. 나는 고개를 숙이고 예를 갖췄다. 형은 어딜 함께 가면 아는 사람 누구에게나 나를 소개시켰는데 흐뭇한 표정을 굳이 감추지 않았다. 그럴 때마다 나는 쥐구멍이라도 찾고 싶은 심정이었다. 포클레인 기사는 한 잔만 마시고 일어섰다. 형이 몇 번을 더 권해도 일에 지장이 있다며 담배를 꺼내 물었다.

"하여간 쥐새끼 같은 새끼들이여."

포클레인 기사의 뜬금없는 말에 나는 의아해서 고개를 들어 쳐다보았다.

"아, 글쎄 쥐새끼처럼 살금살금 쳐들어와서 우리 군함을 치는 거 봐요. 내 참."

포클레인 기사는 내게 동의를 구하는 듯 나를 바라보았다. 나는 아무 말 없이 술을 마시고 고기를 먹었다. 역시 고향에 오니 술 맛이 좋았다. 형이 따라 주어서 어쩔 수 없이 한 잔만 마시려고 했는데 벌써 세 잔째 받아 놓고 있었다.

"안 그래요?"

포클레인 기사는 이번에는 형한테 동의를 구했다.

"마, 맞아, 그래여."

형이 말하는 순간 나는 나도 모르게 피식 웃었다. 그러면서 뭔가 가슴속에서 끓어올랐다.

"그래 놓고 발뺌하는 거봐요. 옛날에 칼기 폭파 시켜놓고 오리발 내밀더니. 김현희가 분명 자백했는데도 말이야."

포클레인 기사는 담배 연기를 길게 내뿜었다. 햇빛에 그을린 얼굴이 구리 빛으로 빛났다. 나는 순간 포클레인 기사의 얼굴을 쳐주고 싶은 충동이 일었다. 양손으로 얼굴을 갈기고 복부를 무릎으로 올려친다면……. 나는 상상을 하다가 깜짝 놀랐다. 그것은 내가 무수히 꾼 꿈 내용이었다. 무슨 일일까. 꿈만 꾸면 누군가를 때리는 꿈이었다. 꿈에 나는 굉장히 화가 나 있었다. 화가 나서 누군가를 인정사정 없이 때리는 꿈이었는데 가까운 친구도 있었고 생전 처음 보는 사람도 있었다. 어떨 땐 초등학교를 졸업하고 그 뒤로 한 번도 보지 못 한 동기생도 있었다. 환장할 일이었다. 꿈에서 깨어나면 허탈한 마음을 가누기 힘들었다. 여태껏 누구와 주먹다짐을 한 적이 없었다. 멱살이라도 잡은 적이 없었다. 근데 이게 웬 일인가. 그러니까 누구와 싸우는 꿈이 아니라 내가 일방적으로 때리는 꿈이었다. 그런 꿈을 언제부터 꾸었는지는 잘 모른다. 하지만 그런 꿈이 사채업자에게 몰리기 훨씬 전부터 꾸어 왔던 것은 분명했다.

"기, 기사가 인났는데 우, 우리도 인나자."

형은 술잔을 비운 뒤 일어섰다. 포클레인 기사가 일하는데 술을 마실 수 없다는 뜻이었다.

"뿌리가 하나도 안 뻗었어요. 진작에 이렇게 이랑을 지우고 심었어야 했는데."

포클레인 기사의 말에,

"그, 그러게 말이지. 무, 물 빠짐이 조, 좋다는 말에."

형은 고개를 끄덕였다.

"너, 너는 저기 가, 가 있어."

밭으로 들어오는 나에게 형은 만류했다.

"같이 하지요."

나는 밭으로 들어갔다. 할 일이 있다는 생각에 힘이 불끈 났다. 오디 나무들이 뿌리째 뽑혀 있었다.

"이, 이것 봐여. 뿌, 뿌리가 뻐, 뻗지 못 하고 이, 이렇게 있잖아."

형이 가리키는 오디나무를 보니 나무가 짧고 뿌리가 길지 않았다.

포클레인이 이랑을 지어 놓고 가자 나는 형과 함께 뽑은 오디나무를 심었다. 구덩이를 파지 않은 채 오디나무를 이랑 위쪽에 놓고 옆의 흙을 퍼 엎었다. 나는 형에게 왜 뽕나무라 하지 않고 오디나무라고 부르는지 물었다. 내가 어릴 땐 뽕나무라 불렀고 또한 집집마다 누에를 쳤기 때문에 뽕나무는 꽤나 친숙한 나무였지만 한편으론 징글징글한 나무였다. 누에를 치는 기간엔 친구들과 놀지도 못 했다. 뽕 따서 누에 주고 누에똥 가리고 하는 일이 온 가족이 다 매달리는 일이라 봄 가을로 두 번 하는 누에치기에 고향의 아이들은 누에라는 말만 나와도 혀를 내둘렀다. 하지만 그것이 시골에선 고소득을 올리는 일이라 집집마다 누에를 많이 키웠다. 나 또한 그 누에 덕분에 대학을 나왔다고 해도 과언이 아니었다.

"이, 이젠 누에 안 먹이여. 오, 오디가 돈이 조, 좀 되여."

형은 삽질을 하면서 말했다.

"어떻게 팔아요? 사는 사람이 많은가요?"

"내, 냉동 창고에 가, 갖다 주면 되, 되여."

그렇구나 싶었다. 형은 셈을 할 줄 모를 뿐만 아니라 한글도 몰랐다. 그러니까 형이 할 수 있는 일이란 단순해야 했다. 채소 같은 작물을 재배는 하되 파는 것까지는 못 하였다. 아마도 어머니께선 당신이 돌아가시더라도 형이 살 수 있도록 오디를 따서 냉동 창고에 갖다 주면 업자가 와서 돈을 주고 사가는 단순한 것을 선택한 것 같았다. 지금은 재배하는 집도 많지 않아 수입이 괜찮다고 했다.

일은 오래 걸리지 않았다. 비록 덩치가 작고 힘이 없는 형이지만 오랜 세월 동안 삽질을 한 덕분에 형은 노련했다. 내가 오디나무를 이랑 위쪽에 올려놓으면 형은 재빨리 흙을 덮었고 나는 발로 흙을 다져 주었다. 그러다 문득 옛날 생각이 하나 났다.

"형, 혹시 우리 어릴 때 뽕나무 밭 매던 거 기억나요?"

나는 허리를 펴며 형을 바라보았다.

"아, 안 나여."

형도 삽을 허리 옆에 세우며 무슨 말이냐는 듯 나를 쳐다보았다. 아마도 그 지긋지긋한 뽕나무 밭 매던 일이 기억 나지 않는 모양이었다.

　매년 봄 가을로 뽕나무 밭에 풀이 많이 나 김을 매 주어야 했다. 봄에는 뽕나무 이랑 사이에 있는 풀을 삽으로 뿌리째 떠서 나무쪽으로 뒤집어 놓았고 가을에는 반대로 나무쪽에 있는 흙을 괭이로 퍼내어 이랑에 있는 풀을 덮었다. 그런 일은 보통 아이들이 있는 집에선 아이들의 몫이었는데 우리 집 또한 나보다 아홉 살 많은 형과 나의 몫이었다. 하지만 나는 종종 꾀를 내어 도망치곤 했다. 각자 한 이랑씩 맡아 삽질이나 괭이질을 하다 나는 형의 눈치를 보았다.

　"형 나 뒤 마렵다. 잠깐 집에 갔다 올게."

　"그, 그래라."

　그래 놓고는 나는 읍내로 달려가 읍내 아이들과 축구를 하거나 전쟁놀이를 하곤 했다. 어차피 그 무렵엔 집집마다 누에를 치기 때문에 동네에는 친구들이 다 일하러 가서 놀 아이들이 없었다. 아마도 형은 내가 뒤가 마렵다고 말하면 또 도망치려는 것이구나 하고 알고 있었을 터였다. 진짜로 뒤가 마렵다면 풀 밭 아무데나 가서 삽이나 괭이로 흙을 파고 누고 난 뒤 덮으면 되기 때문이었다. 실제로 나는 그렇게 했고 형도 그렇게 했다. 해질 무렵이면 나는 시침을 떼고 밭으로 와 일을 조금 하다가 집으로 갔다. 물론 형은 일러바치지 않았다. 다음날 일의 양을 보곤 어머니가 나를 의심했지만 형이 열심히 변호해 주었다. 내가 하지 않으면 나머지 일은 형이 해야 했다. 나는 다음날 학교에 가기 때문이었다. 그런데도 형은 번번이 나를 위해 변명을 해 주었고 그런 게 한두 번도 아니었는데 어머니는 아는지 모르는지 그냥 넘어가 주었다.

　"기, 기억이 아, 안 나는 걸."

형은 그런 일도 있었느냐는 듯 이빨에 고춧가루가 끼인 채로 씨익 웃었다. 벌써 해가 기울어 산꼭대기에 걸려 있었다. 밤차라도 가야 하나 하는 생각이 다시 들었다. 한편으론 형과 한 잔 더 하고 싶은 생각이 들었다. 형은 나의 수호신이었고 평생을 나를 위한 사람이었다. 고등학교 다닐 땐 학교서 보충수업을 하느라 늦게 마치면 아무리 늦은 밤이라도 피곤을 무릅쓰고 꼭 마중을 나왔다. 나는 친구들 보기도 창피하고 이젠 그만 나와도 된다고 했지만 형은 한 번도 빠지지 않았다. 나는 자전거를 타고 자전거를 탈 줄 모르는 형은 걸었다. 초등학교 다닐 땐 가방도 곧잘 들어 주었으니 나에게 수호천사가 아니겠는가. 어릴 때부터 집에 늦게 들어오면 꼭 찾으러 왔으니 고등학교 때까지라면 거의 20여 년이었다.

"이, 이리와."

형이 오디나무 심은 것을 둘러보곤 나를 불렀다. 내가 다가가자 형은 냄비뚜껑을 열고 잔에 술을 따랐다. 오랜만에 형과 단둘이서 술을 마시는 것이었다. 술은 달았다. 연거푸 몇 잔을 마셨다.

"좋네 형."

"아, 안주도 좀 머, 먹고."

형은 냄비를 내 앞으로 내 밀었다.

"형도 좀 드세요."

나는 냄비를 형 쪽으로 밀며 갑자기 순진한 아이가 된 듯한 기분으로 말했다. 나는 형의 잔에 술을 따랐다. 형도 기분이 좋은지 싱글벙글 웃었다.

"형 그땐 기억이 나? 왜 물건너에 담배 가게 있었잖아."

"그, 그래. 물건너 가, 가게 집."

형은 다행히 그 가게 집은 기억하고 있었다. 물건너란 동네 옆 냇가 건너

편에 서너 가구가 있던 곳을 가리켰다. 그 중에 술도 팔고 과자 부스러기도 파는 가게가 있었다. 아마도 담배를 일찍 배운 형은 그 집에서 담배를 사 피웠기 때문에 기억하는 듯 했다.

"왜 그 집 아들 중에 내 동기 하나 있었잖아. 기석이라고. 걔하고 언젠가 나하고 싸웠잖아."

"모, 모르겠는데."

형은 기억하지 못 했다. 하지만 나는 선명히 기억하고 있었다. 학교를 갔다 오려면 가게 집을 거쳐야 하는데 기석이는 학교에서나 집에서나 나를 보기만 하면 놀렸다. 물론 나뿐만 아니라 다른 애들도 많이 놀렸다. 뱀을 잡아서 손에 쥐고 있다가 애들이 집 앞으로 지나가면 던지기도 했고 집 앞에 구덩이를 파고 오물을 넣었다가 아이들이 지나가다 빠지게 하기도 했다. 나는 언제 붙잡으면 패주어야겠다고 벼르고 있었는데 언젠가 여름 방학 때 냇가에서 딱 마주쳤다. 나는 형과 위에서 고기를 잡으며 밑으로 내려오고 있었고 기석이는 친척인 듯한 중학생과 밑에서 위쪽으로 고기를 잡으며 올라오고 있었다. 녀석은 친척인 중학생이 있어서인지 나를 보고도 도망가지 않고 태연히 고기를 잡고 있었다. 나는 그때 망설였다. 가서 때려주기도 뭣 했고 그냥 지나치자니 녀석의 평소 행동이 상당히 괘씸했다. 그러다 버드나무가 우거진 곳에서 둘이서 딱 마주쳤다. 버드나무가 우거진 곳에는 붕어나 피라미가 많았기 때문에 그냥 지나칠 수 없는 곳이었다.

"야, 저리 비켜."

나는 내가 먼저 왔기 때문에 기석이한테 비키라고 했고 녀석은 내 말을 무시하고 그물을 버드나무 밑으로 들이밀었다. 나는 들고 있던 그물을 놓고는 녀석의 몸뚱이를 잡았다. 그때 녀석은 자신을 잡고 있던 내 왼팔을 물었고 나는 비명을 지르며 오른손으로 얼굴을 강타했다. 아. 녀석은 비명을 지르며 얼굴을 감쌌다. 손가락 사이로 붉은 피가 흘러나와 물위로 뚝뚝 떨어졌다. 순식간의 일이라 나는 두려움에 떨었다. 녀석의 친척이 달려왔고 나는 주춤 뒤로 물러섰다. 그때 형이 다가와 녀석을 찬찬히 보더니 형도 어쩔 줄 몰라 했다. 친척이 녀석의 손을 얼굴에서 떼자 피는 더 많이 흘러내렸다. 친척은 녀석을 병원에 데려갔고 형과 나는 고기잡는 것을 그만두고 집으로 왔다. 집에는 아버지가 일을 하러 가기 위해 마당에서 괭이와 쇠스랑을 챙기고 있었다. 내가 망설이다 아버지 앞으로 나아가려는데 형이 내 어깨를 잡았다.

"아, 아버지요. 저, 저가 가, 가게 기석이를 때, 때려서 벼, 병원에 가, 갔어요."

형은 평소보다 더 심하게 말을 더듬었다.

"기석이를? 병원에 갔다고?"

아버지는 형과 나를 번갈아 보더니

"괜찮다. 그 놈은 맞아도 싸다."

하시며 태연히 지게에 연장을 얹고 대문을 나섰다. 지금 생각해 보면 그때 형과 나의 표정이 새파랗게 질려 있었기 때문에 혼내면 더 놀랄까봐 그랬던 건 아니었나 싶다. 또한 내가 사고를 쳤다는 것도 짐작을 했을 터였다. 형과 나는 평소에 새참으로 먹던 고구마도 먹지 않고 소를 몰고 소풀을 뜯으러 갔다. 저녁때가 되어서 집에 왔는데 어머니가 부지깽이를 들었다.

"명호 네가 그랬다며? 응?"

녀석은 입술이 터져 여섯 바늘을 꿰맸다고 했다. 형이 내 앞을 막고 섰다.

"내, 내가 그, 그랬어요."

"넌 비켜라."

어머니는 단호하게 말했지만 형은 비키지 않았다. 한참 그렇게 실랑이를 벌일 때 들에서 돌아온 아버지가 한마디 했다.

"됐다. 고마 해라."

나는 아버지가 그렇게 위대하게 보인 적이 없었다. 어머니는 몇 번이나 다시는 싸움질하지 말라고 다짐을 주곤 부지깽이를 놓았다. 그때에는 형이 하늘처럼 보였던 게 사실이었다. 그 뒤 나는 형이 부끄럽지도 않았고 오히려 든든했다.

"히히. 그, 그런 일이 이, 있었다고."

형은 순진하게 웃었다.

"그땐 아버지가 정말 위대해 보였지만 정말로 형도 그 못지 않았다고."

"이씨, 머, 머 그런 일 갖고."

형은 그 말에 쑥스러워 했지만 나는 형이 기억 못 해 안타까울 뿐이었다.

"정말 기억 안나?"

"이씨, 뭐 그, 그런 일을."

확실히 기억이 짧은 형은 재차 다그쳤지만 기억 못 했다.

"형, 한 잔 더 해."

나는 형의 잔에 술을 듬뿍 따랐다. 형은 히히, 웃었고 나는 눈물이 나오려 했다. 나는 하늘을 보았다. 어느새 푸르스름하던 기세가 어둡게 변하고 있었다. 어둠은 금방 찾아왔다. 집에 가려는 형을 내가 잡았다. 같이 좀 오래 있고 싶었다.

형은 내가 어릴 때 정말로 수호신이었나. 집의 일이 있으면 형이 자진해서 했다. 물론 집에서 은근히 나를 장남 대우를 해 주었고 형은 뒷전이었다. 커서야 형한테 미안한 마음이 들었지만 그때는 그것이 당연하게 여겨졌다. 형은 수호신이자 내 부하였다. 중학교 올라가면서 점차 나는 공부를 했고 형은 계속 머슴처럼 일을 했지만 한 번도 불평을 늘어놓은 적이 없었다. 마치 그렇게 타고 난 것처럼 묵묵히 일을 할 뿐이었다.

어릴 때 그 사건 뒤로도 계속 그런 상태는 지속되었다. 어쩌다 내가 타동네 아이들과 싸우는 일이 있어도 형이 어디서 나타났는지 상대의 아이를 혼내주곤 했다. 형은 그러니까 나보다 아홉 살이나 많았지만 형 또래들과는 못 어울리고 내 또래 아이들과 어울렸다. 그때는 우리 또래보다 머리통 하나는 더 컸고 덩치도 많이 컸기 때문에 아무도 당하지 못 했다. 나는 자연히 형을 배경 삼아 마을 골목대장이 되었다. 형은 초등학교도 다니지 않고 주로 집에서 일을 했고 나는 학교를 다녔는데 학교에서 친구들과 싸우기라도 한 날이면 학교까지 쳐들어갈 기세여서 오히려 내가 말린 적도 한두 번이 아니었다.

형은 나한테도 우상이었지만 동네 아이들에게도 그랬다. 타동네 아이가 우리 동네 아이를 때리는 일이 일어나면 형은 나중에 꼭 앙갚음을 해 주곤 했다. 우리 동네가 읍내를 지나는 큰 길 옆에 있었기에 타동네 아이들은 우리 동네 옆을 지나지 않을 수가 없었다. 형은 우리 동네 아이를 때린 아이를 기억했다가 그 아이가 동네 앞을 지날 때 불러 혼내켰다. 다른 동네 아이들은 형을 무서워했다. 비록 때리거나 하지는 않았지만 자신보다 덩치가 컸기에 그 자체로 위압감을 느끼는 듯 했다.

가끔 타동네 아이들이랑 집단 싸움을 할 때가 있었는데 그럴 때마다 형은 선두에 섰다. 형이 제일 잘 쓰는 수법이 학진법이었다. 형이 어디서 그런 말을 들었는지 알 수 없지만 확실히 학진법은 위력적이었다. 학진법은 이랬다. 한 편에 15~20여 명의 아이들로 패싸움이 벌어지면, 물론 패싸움이라곤 하지만 전쟁놀이에 가까운, 형은 선두에 섰고 학진법! 이라고 소리를 질렀다.

그때는 형은 말을 더듬지 않았는데 그 소리를 신호로 7~8명은 오른쪽으로 나머지 7~8명은 왼쪽으로 한 줄로 서는 것이다. 그러면 형은 득의양양한 표정으로, 진짜로 적군을 향해 진격하는 장수의 모습으로 적진으로 뛰어 들었다. 그때 다른 동네 아이들이 돌멩이를 던져도 형은 피하지 않았다. 어떨 땐 진짜로 몸에 맞는 경우도 있었는데 형은 아픈 시늉도 하지 않고 앞으로 뛰어갔고 그것을 신호로 아이들도 돌을 적군에게 던지며 달려갔다. 그때는 이미 다른 동네 아이들은 사기가 저하되어 뿔뿔이 흩어졌고 형은 맨 앞에서 두 손을 번쩍 들었다. 그러면 아이들도 두 손을 높이 치켜들고 뛰며 환호성을 질렀다. 그때는 물론 형은 나를 옆에 두고 함께 손을 흔드는 것을 잊지 않았다. 싸움이 끝나면 형은 길가에 있던 마른 쑥잎을 손바닥으로 비벼 가루로 만든 다음 종이에 쌌다. 손가락 굵기의 담배가 말아지면 입에 물고 불을 붙였다. 영웅은 하얀 연기를 뿜으며 지그시 하늘을 보았다. 우리들은 담배를 피우는 영웅을 오랫동안 바라보았다. 그런 일이 있고 나면 다른 동네 아이들은 한동안 우리 동네 아이들을 건드리지 않았고 자연히 아이들은 형을 우상처럼 떠받들었다.

나는 술을 마시고 나서 형을 바라보았다. 형은 무슨 생각을 하는지 밭을 바라보았다. 옛날의 위용은 간 데 없고 검게 탄 얼굴에 주름만 가득했다. 이제 이렇게 퇴락한 옛 영웅을 죽이려 했다니, 나는 그 순간의 생각을 하니 형의 얼굴을 똑바로 쳐다보기가 민망해졌다. 예전에 나를 항상 위했다는 그 생각이 그런 결심을 하게끔 했을까. 어쨌든 형이 죽으면 내가 사는 일이었으니 나는 최후의 수단으로 형을 떠올렸으리라. 하지만 실행에 옮기지 않았고 다행히 내가 죽기로 마음먹었으니 큰 다행이 아닐 수 없었다. 나를 대신하여 내 아이들의 훌륭한 보호자가 되어 줄 것이고 한때 나의 영웅이었듯이 아이들에게도 영웅이 되리라 싶었다.

형에게도 한때의 고비가 있었다. 결혼이었는데 당연히 누구도 결혼 중매하겠다고 나서는 사람이 없었다. 부모님도 애초부터 단념한 상태였다. 그때 형은 술만 취하면 부모님께 떼를 썼다. 장가 보내달라고. 형보다 나이가 적은 동네 청년이 결혼을 하면 형은 증세가 점점 심해졌다. 어떨 땐 밥도 먹지 않았고 술만 먹었다. 아버지가 몽둥이 찜질을 했지만 소용이 없었다. 객지에서 대학을 다니던 내가 내려와서 형을 달래도 소용이 없었다. 그러다 우연히 어느 면에 시댁에서 쫓겨난 여자가 있다 하여 어머니가 찾아가 사정을 하여 결혼을 시켰다. 아마도 그 집에 상당한 액수의 돈을 준 듯 했지만 나는 모른 척 했다. 그렇게 결혼을 해서 자식까지 있으니까 얼마나 다행인가 싶었다. 아내에게 더없이 잘 해 주고 부모님 봉양 잘 하니 이보다 더 훌륭한 사람이 어디 있으랴.

형과 나는 어둠을 뚫고 집으로 왔다. 아무래도 밤이 좋았다. 동네 사람들을 만나지 않아도 되었다. 밭에서 바로 떠날까도 생각했지만 이내 마음을 고쳐먹었다. 본채 앞에 있는 작은 아래채가 떠올랐고 갑자기 들어가서 한번 둘러보고 싶다는 생각이 들었던 것도 사실이었다. 거사일이 오늘이 아니라 내일이라는 시간적 여유가 그런 생각을 부추겼는지 모른다. 하긴 오늘은 마땅히 갈 곳이 없었다. 집은 이미 그들이 차지했을 것이고 나는 여관방으로 숨어들어야 했다.

집에 가니 먼저 큰애가 뛰어나왔다. 작은애는 형수의 품에 안겨 있었다. 나는 작은애의 그런 모습에 적이 안심이 되었다.

"몸은 어디 상한데 없고?"

어머니가 다가와 걱정스러운 눈빛으로 물었다.

"죄송해요."

나는 술기운에 괜히 코끝이 찡했다. 너는 우리 집 장남이여. 예전에 어머니가 자주 하던 말이 떠올랐다. 네가 잘 돼야 우리 집이 다 잘 되는 거여. 그래야 네 형도 잘 되는 거고. 어머니는 나에게 장남이란 올가미를 씌웠고 나는 그게 부담스러웠다.

"미안하긴 뭐가 미안혀. 돈 많이 벌어와서 앞으로 아이들과 살 궁리를 해야지. 하여튼 독한 년이여. 지 새끼들 버리고 가는 년을 보면."

어머니는 아내를 욕했다. 하지만 아내는 살기 위해 떠났고 난 말릴 생각도 하지 않았다.

"어여, 올라가여. 밥 먹고 쉬어. 방 데워 놨으니께."

마당에 서서 아래채에 눈길을 주고 있는 내게 어머니가 안채로 끌었다. 형은 그새 소 풀을 주고 왔다. 나는 자꾸 아래채에 눈길이 갔다. 아래채는 어릴 때부터 내가 기거하던 방이었다. 물론 형과 함께였다. 아버지가 돌아가시기 이태 전에 본채를 허물고 새로 지을 때 아래채도 허물려고 했는데 내가 강력하게 반대를 하여 그대로 두었다. 집에서는 아래채에 고추를 말리는 건조장으로 쓰기도 했고 콩같은 잡곡을 보관하고 가전제품 등을 넣어두는 다용도실로 사용했다. 그러다 내가 고향에 내려오기만 하면 방을 깨끗이 치우고 불을 땠다. 나는 무엇보다 흙집이고 군불을 지필 수 있는 방이 좋았다. 원래는 두 칸 모두 아궁이에 불을 땔 수 있었으나 한 방에는 구들장이 무너져서 불을 땔 수가 없다고 했다. 그런 상태에서 흙으로 메워 다용도실로 사용하고 있었다.

저녁을 먹고 나는 아래채로 내려왔다. 온 가족이 함께 있는 것이 불편했다. 다행히 아이들도 내가 오늘 떠날 것 같지 않으니까 안심하는 듯 했다. 할머니 품이나 제 큰어머니 품에도 잘 안겼다. 나는 아래채 방에 팔베개를 하고 누웠다. 아랫목이 뜨끈끄끈했다. 아마도 어머니가 불을 많이 땐 것 같았다. 네 성미도 참 희한타. 왜 좋은 집 놔두고 이런 델 잘라고 그런다야. 어머니는 그 방을 고집하는 나를 이해하지 못 했다. 하지만 난 이 방에 들어오기만 하면 마음이 편했다. 아이들만 집으로 밀어 넣고 곧장 떠나기보다는 집에 오기를 잘 했다는 생각이 들었다. 형과 술 마신 것도 좋았고 다시 이 방에서 잠을 잔다는 것도 좋았다. 이제 이 방도 영영 마지막이라고 생각하니 더욱 그랬다.

"아, 안 춥나?"

형이 방문을 열고 들어오자마자 아랫목에 손을 대었다.

"뜨시요."

나도 모르게 사투리가 튀어 나왔다. 나는 일어나 앉았다.

"자, 자기 전에 내, 내가 한 번 더 구, 군불을 때야지."

"됐어요. 내가 땔게요."

형은 내 말은 귓전으로 흘러버리고 방안을 둘러보았다. 형도 오랜만에 이렇게 앉아 보는 것 같았다.

"내, 낼 언제 떠, 떠날꺼고?"

"아침 일찍 떠나야지요. 그만 쉬세요. 피곤할 텐데."

"여, 연 걱정 하, 하지 말고 모, 몸 생각 해여."

아직도 형은 나를 어린애로 보는 듯 했다. 역시 수호천사다웠다.

"내년에 큰애 학교도 보내야 하는데……."

나는 말을 하다가 얼버무렸다. 역시나 죽음 앞에선 자식이 제일 걱정되었다. 아무리 형이 잘 한다 해도 한 치 건너이지 않은가.

"거, 걱정 마. 어, 엄마가 이, 있잖아."

형은 안심하라는 듯 누런 이를 드러내고 씽긋 웃었다. 나는 분위기를 바꿀 겸 갑자기 일어나 형의 옆구리에 손을 뻗었다.

"형. 오늘 여기서 같이 잘까? 우리 어릴 때 항상 이 방에서 같이 잤잖아."

나는 농담반 진담반으로 말했다. 하지만 형은 의외로 고개를 내둘렀다.

"야, 야가 왜 카나. 아, 안 되여. 여, 여자는 나, 남자가 따, 딴 방 쓰는 거 시, 싫어해여."

형은 피하면서 진지하게 말했고 나는 머쓱해서 자리에 도로 앉았다. 그런 형의 모습에 웃음이 나왔지만 참았다. 아마도 한 때 아버지가 타지로 돈 벌러 갔다가 딴 살림을 차린 적이 있었는데 그때 어머니는 대단히 노하셨다. 아마도 형은 그건 잘 기억하는 모양이었다.

"그만 쉬세요."

나는 혼자 있고 싶어 말했다. 형은 일어서서 무슨 말을 하려는 듯 입을 들썩이다 밖으로 나갔다. 나는 다시 팔베개를 하고 누웠다. 낮에 술을 마셔서 그런지 몸이 아래로 까라앉았지만 정신은 말똥말똥했다. 원래는 집안을 내가 책임져야 했다. 형한테 책임을 전가하는 것은 도리가 아니었다. 형식적으론 형이 장남이었지만 실질적으론 내가 장남이었다. 부모님의 대접도 그랬다. 형보단 나를 먼저 챙겼다. 감기가 걸려도 형은 무슨 감기가 다 걸리느냐고 오히려 핀잔을 들었고 나는 약국에 가서 약을 지어주었다. 중학교 올라가면서부터 형과 나의 대우가 확연히 달라졌는데 바로 집안 일하는 것이었다. 나는 거의 일에서 손을 뗐고 형은 오히려 일이 더 많아졌다. 내가 하던 소 풀을 뜯거나 잔심부름이 모두 형의 차지였다.

네가 잘 돼야 우리 집이 잘 된다.

어머니의 말씀이었다. 물론 아버지는 겉으론 아무 말씀도 없으셨지만 나를 대하는 태도가 중학교에 올라가면서부터 달라졌다. 다행히 나는 공부를 잘 하는 축에 속했는데 다른 아이들보다도 세상에 대한 눈을 일찍 떴다고나 할까. 공부를 잘 해 훌륭한 사람이 돼야한다는 사명감이 늘 따라다녔다.

어, 저거? 나는 아랫목 벽에 박혀 있는 녹슨 대못을 발견하고는 반가운 마음에 일어섰다. 모두 여섯 개였다. 어릴 때 늘 박혀 있던 대못이었다. 옷을 걸어두는 못이었는데 처음엔 네 개였다가 중학교에 올라가면서 형이 두 개를 박았다. 아무래도 교복도 생기고 옷도 더 늘었기 때문이었다. 또한 형은 내 옷 위에 절대로 형의 옷을 걸지 않았다. 형의 옷은 거의 없었다. 가끔 내가 형이 옷을 안 갈아입어 냄새난다고 짜증을 내곤 하면 형은 불만도 없이 내가 입지 않는 옷을 태연히 입곤 했다.

여기는 앉은뱅이책상이 있었는데. 나는 윗목으로 가 세 개의 자루를 들어 옆으로 놓았다. 자루에는 고추가 들었는지 자루를 옮길 때마다 매큼한 냄새가 났다. 자루가 있던 자리에서 먼지가 폴폴 일었다. 나는 앉은뱅이책상이 있었던 자리를 만들고 나서 그쯤에서 앉았다. 맞아 이 자리. 책상의 모서리가 벽에 긁혔던 자국이 벽지에 하얗게 가로로 길게 나 있었다. 그러고 보니 고등학교를 서울에서 다녔으니 중학교 때까지 이곳에서 생활한 것인데 그때부터 지금껏 벽지를 새로 하지 않은 모양이었다. 내가 고등학교를 다닐 때에도 이 방을 형이 쓴 것은 분명했는데도 그랬다. 나는 하얀 선을 따라 손바닥을 쓰다듬었다. 손바닥에 하얀 먼지가 묻어났다. 나는 먼지를 털고 뒤로 물러앉았다. 그때 이렇게 앉았지. 나는 그때의 모습대로 팔을 앉은뱅이책상에 얹고 책을 보는 시늉을 해보았다. 그러자 나도 모르게 눈시울이 뜨거워지며 그때의 내 모습이 선명히 떠올랐다. 정말이지 열심히 공부하면 모든 게 해결될 줄 알았다. 가난한 사람들은 게으름뱅이들이고 출세한 사람들은 모두 열심히 노력한 사람들인 줄 알았다. 그래서 열심히 공부했고 서울로 입성할 수 있었다.

나는 책상이 있던 자리에서 엉덩이 걸음으로 뒤로 물러났다. 그 지긋지긋한 가난에서 벗어나고 싶었다. 나도 서울에서 돈도 많이 벌고 높은 자리에 올라가고 싶었다. 그때는 고향을 하루빨리 벗어나는 것이 희망이었다. 어머니는 늘 아팠다. 학교 갔다 집에 오면 어머니는 앓아누운 적이 한두 번이 아니었다. 점심도 거른 채였는데 아버지는 타지에 돈 벌러 가고 없었다. 나는 밥을 삶았다. 형이 할 수 있는 게 아니었다. 그렇게 삶은 밥과 김치를 갖다주면 어머니는 네가 잘 사는 것 보고 죽어야 할 낀데, 했다. 그럴 때면 나는 꼭 성공하겠다고 이를 악물곤 했다. 타지에서 아버지가 와도 집안에 별 달라진 게 없었다. 아버지와 어머니는 자주 싸웠는데 아버지의 노름 때문이었다. 아마도 타지에 돈 벌러 가도 집에 가지고 오는 돈은 별로 없는 듯 했다. 집에 몇 달 있다가 또 몇 달 돈 벌러 가시곤 했다. 집에 왔을 때도 노름을 했는데 어머니는 형을 보내지 않고 꼭 나를 아버지에게 보냈다. 아버지가 노름을 하는 주막 뜰에서 내가 아버지를 부르면 문이 열리면서 담배연기가 자욱한 방에 어른들이 화투를 들고 있는 모습이 보였다.

먼저 가라.

문 쪽에 앉은 아저씨가 말했다. 아버지를 바라보면 아버지는 충혈된 눈으로, 살기가 도는, 그때 내 눈엔 그렇게 보였다, 눈으로 화투를 노려보고 있었다. 아버지는 아무 말도 없었다. 말을 하는 건 문 쪽에 앉은 아저씨였다.

먼저 가라니까.

내가 머뭇거리다 집에 오면 다음엔 어머니가 달려갔다. 우리에게 밥도 차려주지 않고 갔다. 어머니가 가고 한참 뒤에 아버지가 오고서야 어머니는 밥상을 차리셨다. 그날 밤엔 아버지와 어머니의 큰 싸움이 벌어졌는데 어머니의 대성통곡 소리가 나고서야 싸움이 끝났다. 그럴 땐 나와 형은 방에 들어앉아 꼼짝도 하지 않았다. 특히 형은 두려움에 벌벌 떨었다. 타동네 아이들과 싸울 때의 그 늠름한 모습은 어디 간 데 없었다. 나는 그런 환경을 저주했고 벗어나고 싶었다. 그래서 집에 돈이 없는 걸 뻔히 알면서도 나는 서울 소재 고등학교를 고집했다. 하지만 서울로 간다고 해서 시골의 가난한 집 아들이 소위 훌륭하게 될 수 없다는 걸 깨닫는 데는 오래 걸리지 않았다.

나는 아랫목으로 내려왔다. 여기지. 나는 예전에 이불이 있던 자리에 앉아 벽에 기대었다. 이렇게 앉아 고향을 벗어날 방법만 생각했다. 주머니에 손을 넣었다. 담배가 없었다. 손이 허전했다.

무엇이 문제였을까.

소위 훌륭한 사람이 되기 위한 최고의 대학엔 못 갔지만 그런 대로 시골에서 용 났다는 소리를 들을만한 대학교는 갔다. 대학에 합격한 날 아버지와 어머니는 이제 고생이 끝날 날이 머지 않았다고 했다. 그즈음엔 아버지도 마음을 잡고 일을 열심히 하고 있을 때였다. 그때는 그렇게 잘난 네가 왜 이렇게 됐냐, 하시며 어머니가 바닥을 치게 될 줄은 꿈에도 생각지 못 했다. 대학 졸업 후 대기업에 취직했고 이 태 뒤에 같은 계열사 증권회사로 옮길 때까지는 좋았다. 결혼 전이었는데 고향의 부모님이 결혼하라고 성화일 때도 돈을 좀 벌면 결혼을 할 작정으로 미루었다. 몇 년 동안은 증권회사에서 고액의 보수를 받으며 잘 지냈다. 다만 일찍 출근하고 늦게 퇴근하여 개인 시간을 낼 수 없었다는 게 흠이라면 행복한 흠이었을까. 직장 상사의 소개로 한 여자를 만나 결혼을 했고 아이는 집을 장만한 후 갖자고 약속했다. 고향에도 매월 정기적으로 돈을 보내주었다. 비록 훌륭한 사람은 못 되었더라도 자랑스러운 서울 시민은 된 것 같았다. 하지만 거기까지였다. 작은애가 아내의 뱃속에 있을 때였다. 구조조정으로 나는 명퇴를 당했고 아내와 나는 소갈비 체인점을 냈다. 아내의 음식 솜씨가 좋아 아내의 결정에 따른 것이었다. 아내의 친척 중에 갈비 가게로 돈을 많이 번 사람이 있어 기술은 어렵지 않게 전수받을 수 있다고 했다. 집을 팔고 융자금을 갚았다. 남은 돈과 대출을 낸 돈을 합해서 방이 하나 딸린 가게를 구했다. 권리금과 부대시설비를 포함해 수억 원이 들었다. 처음엔 장사가 잘 되었다. 특히 내가 근무하던 곳에서 많이 팔아 주었다. 입소문도 났다. 하지만 기반이 좀 잡힌다 싶을 때 재개발이 시작되었다. 권리금도 부대시설비도 받지 못 했다. 이전 보상비 3,600만 원이 전부였다. 용산참사에서 죽은 사람들이 이해가 갔다. 망하는 것은 한 순간이었다. 생각도 하기 싫은 기억들이다.

우리가 뭐를 못 했기에 이 모양일까.

언젠가 나와 비슷하게 시골에서 올라와 같은 해에 증권회사에 들어갔다가 명퇴를 당한 동기가 한 말이었다.

공부를 못 했냐. 학교에서 수재 소릴 들었어. 열심히 공부 했어. 열심히 일 했어. 근데 이게 뭐란 말이야.

동기는 고향에도 못 간다고 우는 소리를 했다. 진작에 알았어야 했다. 시골의 가난뱅이 자식은 애초부터 태생의 근본부터 알았어야 한다고. 다행히 그 친구는 보험회사에 영업직으로 들어가 입에 풀칠은 한다고 들었다.

나는 다시 팔베개를 하고 누웠다. 피곤하면 누울 수 있는 집이 있다는 것은 얼마나 행복한 생인가. 이 방은 그래도 꿈과 희망이 있던 집이었다. 가난해서 싫었지만 이룰 수 있다는 희망이라도 있었던 시절이었다. 중학교를 졸업하고 곧장 서울 생활을 시작했으니 어림잡아도 30여 년이 된다. 이제 그때처럼 이 방에서 아무것도 가진 게 없다. 그땐 서울을 향한 희망이 있었다면 지금은 죽음을 목전에 둔 중년의 사내가 되었다는 사실이다. 그래도 이 집을 빚쟁이한테 안 넘긴 건 다행이다 싶다. 빚은 순식간에 배보다 배꼽이 커졌고 돈을 끌어 모을 때까지 끌어 모았지만 이자만 갚기에도 턱없이 모자랐다.

당신 고향에 땅 있잖아.

차라리 그땐 아내의 그 말이 동정심이라도 불러 일으켰다. 나도 처음 그 말을 들었을 때 군침이 돌지 않은 것은 아니었다. 비록 그 땅이 형의 몫이라고 해도 빌린다는 심정으로 우선 처분하고 나중에 갚으면 된다는 생각이 들었다. 염치없게도 내가 결혼하고 집을 장만할 때 집에서 전혀 도움을 받지 않았다는 생각까지 미치자 내 발길은 자연히 고향으로 향했다. 하지만 다행인지 불행인지 고향의 땅은 생각했던 것보다 가격이 형편없었다. 서울 땅값에 비하면 마치 공짜나 다름없었다.

우선 급한 불부터 끄고 봐야지.

아버지가 말했지만 그 돈으로 이자도 갚지 못 할 돈이었다. 만일 땅이 더 있었다면 그 땅과 집까지 말아먹었을 것이다.

그렇다면…….

상상만 해도 끔찍한 일이었다. 결국 사채에 손을 댔다. 그야말로 종말을 고하는 일이었다.

당신한테 미안해. 아들아 미안하다.

아내는 메모 쪽지를 남기고 떠났다. 그때는 나 또한 신용불량자가 되었고 형의 명의를 빌려 이 쪽 사채를 끌어들여 저 쪽 사채를 메우고 난 뒤였다. 그때는 이미 나는 존재하지 않았고 내가 형이 되어 돈을 빌리고 갚고 지랄발광을 할 때였다. 지금 나는 아내가 살았는지 죽었는지 모른다.

피곤한 몸을 이끌고 돈을 빌리러 갔다. 퇴짜 맞았다. 누군가를 때렸다. 때리고 또 때렸다. 그러다 바깥의 인기척 소리에 눈을 떴다. 꿈이었다. 아주 피곤해 드러누우면 여러 생각들로 뒤엉켜서 잠을 푹 잘 수가 없었다. 인기척은 뒤꼍에서 나는 소리였다. 나는 문을 열고 뒤꼍으로 갔다. 뒤꼍에는 환한 불빛이 새어나왔다. 형이 군불을 때고 있었다.

"내가 땐다고 했는데요. 피곤할 텐데 그만 주무시지 않고."

나는 약간은 퉁명스럽게 말했다.

"버, 벌써 자, 잤다야."

형은 씨익 웃었다. 드라마나 오락 프로를 이해할 줄 모르는 형은 텔레비전에 관심이 없어 초저녁부터 잠을 자곤 했다. 나는 형 옆에 앉았다. 따뜻한 기운이 다리를 타고 가슴으로 올라왔다.

"아, 안 춥지야?"

"예, 안 추워요. 참 나 내일 일찍 떠날 거예요. 혹 새벽에 불 때지 마요."

"아, 아침은 먹고 가, 가야지."

"약속이 있어요."

나는 불빛을 보며 말했다. 아마 아내가 떠날 쯤일 것이다. 나는 인터넷의 자살사이트를 열심히 둘러보았다. 그러다 형을 죽이려 마음먹었다. 하지만 차마 나대신 사채업자들 손에 형을 죽게 할 수는 없었다. 차라리 온 가족이 함께 죽자 싶었다. 아내가 떠나고 나니 그런 결심을 한지 몰랐다. 만약 아내가 떠나지 않았다면 정말 형을 나대신 사채업자 손에 죽게 했을지도 몰랐다. 다행인지 불행인지 큰애의 눈치로 온 가족의 자살도 실패했다.

"저, 저기 저 집 이, 있지."

형은 부지깽이로 논 건너 앞집을 가리켰다.

"기식이네 집 아닌가요?"

"그, 그래. 근데 가, 가들 아버지 있지. 기, 기식이 엄마가 바, 바람을 피, 피우는 데도 가, 가만히 있어여."

형은 한심하다는 듯 웃으며 말했다.

"왜요?"

"아, 알고 다, 닦달을 하면 기, 기식이 엄마가 도, 도망칠까봐 그, 그렇지. 히히."

형은 코맹맹이 소리로 웃었다. 나는 쓴웃음을 머금으며 나뭇가지 끝에 불을 붙여 빙빙 돌렸다.

"자, 자라."

아궁이 주위를 빗자루로 깨끗이 쓸은 형이 말했다.

"형도 잘 자요."

나는 안채로 들어가는 형을 보고 말했다.

차가 별로 다니지 않는 한산한 도로다. 나는 형과 함께 횡단보도 신호등 옆에 서 있다. 형은 신이 나 있다.

"빠, 빨리 안 거, 건너여?"

형은 빨리 건너자고 한다. 하지만 나는 머뭇거린다. 아직 초록색 불이 안 들어왔다. 횡단보도에서 왼쪽으로 좀 떨어진 곳에 검은색이 차가 주차되어 있다. 나는 그 차를 불안스레 바라본다.

"빠, 빨리 거, 건너자."

형이 재촉한다. 형은 모른다. 길을 건너면 죽는다는 것을. 손에 땀이 난다.

형이 죽으면 안 되는데. 신호등도 초록색으로 바뀌지 않는다. 초록색으로 바뀌면 형이 길을 건너고 주차되어 있는 검은색 승용차가 달려와 형을 치면 되는 것이다. 형이 죽으면 안 된다는 생각과 빨리 초록색으로 바뀌었으면 하는 생각이 함께 든다. 손에 땀이 나고 온 몸에도 땀이 난다. 호흡이 가파르다.

　이건 분명 꿈인데. 꿈이야.

　나는 속으로 부르짖지만 말이 나오지 않는다. 언제 나타났는지 아내가 힐난한다.

　뭐해요. 빨리 길을 안 건너고.

　안 돼. 형을 죽게 할 수는 없어.

　무슨 소리예요. 그렇게 하기로 했잖아요. 저 사람들한테 어떻게 말할 거예요.

　그래도 안 돼. 형은 고향집의 기둥이야.

　그럼 당신이 죽을 거예요?

　내가?

　순간 소름이 쭉 끼친다. 그래 형을 죽이자. 형만 죽으면 우린 다시 잘 살 수 있다. 형이 교통사고로 위장해 죽으면 저들이 형을 병원으로 데려갈 것이다. 형은 이미 장기기증서약서를 작성했고 거액의 보험도 들었다. 장기기증은 저들에게 진 빚을 갚게 될 것이고 고액 보험금으로 우리 가족이 평생 잘 살 것이다. 그래 형을 죽이자. 그렇지 않으면 내가 죽어야 한다. 모든 빚은 형의 이름으로 되어 있지 않은가. 사채업자에게도 형의 이름으로 되어 있지 않은가. 그래 형은 죽어야 해. 형은 나의 수호신이잖아.

　형, 길을 건널까.

　시, 싫어.

갑자기 형이 주춤주춤 뒤로 물러난다.

빨리 길을 건너요.

아내가 소리친다.

죽, 죽기 시, 싫어.

형은 울부짖는다.

형, 왜 그래. 그렇게 하기로 했잖아.

나와 아내는 형의 양쪽 팔을 잡고 도로로 데려간다.

주, 죽기 시, 싫어. 엄마!

형은 발버둥친다.

땀이 솟는다. 손에도 등허리에도 얼굴에도 땀이 줄줄 흘러내린다.

검은색 차가 온다. 이제 도로로 밀어 넣으면 된다.

빨리 밀어요.

아내가 소리친다. 나는 잡고 있던 팔을 빼내 등을 민다. 순간 형은 내 팔을 뿌리치다 스스로 비틀거리며 도로로 걸어간다. 순간 나는 두려운 생각이 든다.

이놈아, 빨리 형을 잡아라.

언제 왔는지 옆에서 어머니가 재촉한다.

형이 지금껏 고향을 지키며 잘 살고 있었는데 이게 무슨 꼴이고.

죽은 아버지도 나타나 나를 힐난한다.

형이 죽어야 내가 산다고요.

나도 맞고함을 지른다.

빨리 형을 잡으라니까.

나는 형을 바라본다. 형은 벌써 저만치 가 있다. 검은색 차가 점점 속력을 내고 있다.

형 안 돼! 돌아와.

히히.

형은 뒤돌아보며 누런 이빨을 드러내고 웃는다. 이에는 시뻘건 고춧가루가 끼어 있다. 이건 꿈이야. 꿈이라고.

형 돌아와!

이놈아, 네가 가서 데려와!

발걸음이 떼지지 않는다. 검은색 승용차에서 사채업자가 손가락으로 동그라미 신호를 보낸다.

안 돼!

그때 승용차가 형을 친다.

형!

나는 벌떡 일어났다. 역시 꿈이었다. 꿈인 줄 알고 있었는데도 가슴이 두근거리고 입이 바싹 말랐다. 얼굴과 온 몸이 땀으로 범벅이 되어 있었다.

휴.

나도 모르게 한숨을 크게 쉬었다. 그때 뒤꼍에서 무슨 소리가 들렸다. 나는 귀를 기울였다. 뭔가를 끄는 소리가 들리더니 흠흠, 하는 헛기침 소리가 들렸다. 형이었다. 또 군불을 때는구나. 아직 문밖은 캄캄하다. 몇 시인데 형은 군불을 땔까. 순간 아버지가 떠올랐다. 형과 내가 이 방에서 잘 때마다 아버지는 군불을 때셨다. 새벽에 방이 좀 춥다 싶을 즈음이면 어김없이 아버지는 헛기침을 하며 군불을 때셨고 나는 그 아버지의 헛기침 소리를 들으며 따뜻해지는 이불 속으로 파고 들어가 단잠에 빠져들었다. 아버지가 사무치게 보고 싶었다.

나는 이불 위에 쓰러지듯 드러누웠다. 가슴이 먹먹했다.

"무, 무섭다 안 카나."

형은 내가 고향에 내려와 처음 장기 기증에 대해 얘기했을 때 안 하려고 했다.

"무섭기는, 죽고 난 뒤에 하니까 본인은 아무 것도 몰라. 그리고 남을 위한다는 거는 좋잖아. 죽으면 다 썩을 텐데 죽어가는 사람한테 주면 좋지 뭐. 나중에 극락갈 꺼고."

사채업자는 장기 기증을 강요했다. 자기들은 불법적으로 하지 않고 합법적으로 한다며 K대 부속병원에 장기기증서약서를 제출하라고 했다. 단 모든 장기를 기증한다고 적으라고 했다. 나는 조급해져서 형을 구슬렸다.

"시, 싫은데."

"나도 했다고. 엄마도 할 꺼야. 그러니 걱정 마."

나는 무슨 수를 써서라도 형을 서울로 데리고 가야 했다.

"나, 나 같은 사람 꺼 가, 가져가서 머 하, 할라꼬."

약간은 수그러들었다. 역시나 엄마도 할 거라는 말을 곧이곧대로 들은 모양이었다. 형은 마음씨가 착해서 서로 가져가려고 한다고 말했다. 형은 쑥스럽다는 듯 히, 웃었다. 나는 어머니에게 서울에 볼일이 있다고 거짓말을 한 후 형과 함께 K대 부속병원에 가서 장기기증서약서를 작성했다. 내가 적고 형이 지장을 찍었다. 나는 가족 동의란에 서명을 했다. 내가 나 아닌 형의 이름으로 살아온 지 2여 년이 되어갈 무렵이었다. 신용불량자가 되니 모든 돈거래가 막혔다. 환장할 일이었다. 나는 형의 이름을 도용해 카드를 만들고 대출을 했다. 하지만 그것도 한계가 있었다. 결국은 형의 이름으로 사채업자에 손을 댔다. 그러니까 나는 2여 년 동안 내가 아닌 형으로 살아온 셈이었다. 사실 나는 이미 죽었다고 치자 싶었다. 그리고 몇 년 동안 어떻게 하면 안 되겠나 하는 희망을 가지고 닥치는 대로 몸을 놀렸지만 이자를 갚기에도 턱없이 부족했다. 1여 년 동안 협박을 일삼던 사채업자들은 결국 마지막 카드를 꺼냈다. 그들은 우선 생명보험에 들 것을 강요했다. 돈이 없다고 하자 대신 돈을 주겠다고 했다. 나는 또다시 형을 구슬러 거액의 생명보험에 가입했다. 그때에도 고향에 내려갔을 때 어머니가 무슨 낌새를 채고 물었다.

"네 무슨 일이냐."

나는 사실대로 말할 수가 없었다. 단지 좀 어렵다고 했다. 하지만 곧 해결될 것이라고 했다. 형은 대출을 내는 데 필요하다고 둘러댔다. 어머니는 쪽지를 내밀었다. 카드회사에서 온 것이었다.

"네 형이 무슨 카드를 했다고."

어머니는 당연히 나를 의심했다. 나는 솔직히 말했다. 형의 이름으로 카드를 발행했다고. 하지만 걱정 말라고 곧 갚을 거라고. 어머니는 곧이곧대로 믿지 않는 눈치였다.

보험을 들고 며칠 지나지 않아 그들은 본심을 드러냈다.

"진호 씨. 이제 그만 타협 봅시다."

진호는 형 이름이었다. 그들은 내가 형의 이름을 도용했다는 사실을 몰랐다. 나는 그들의 협박에 스스로 목숨을 끊겠다고 했다. 어차피 보험을 들어놨으니 자식들은 그걸로 먹고 살 것이니 나는 내 맘대로 죽겠다고 했다. 하지만 그들은 껄껄 웃었다.

"우린 지옥까지 받으러 가는 사람입니다. 진호씨 보험금이 온전히 자식들에게 가겠습니까?

나는 소름이 확 끼쳤다. 내 죽음도 통하지 않았다. 그들은 대안을 내놓았다.

"진호씨가 죽겠다고 했으니 그렇게 하세요. 대신 장기 기증을 약속했으니 장기는 우리가 가지고. 그러면 보험금은 자식들이 타게 되겠지요. 물론 그 보험금에 우린 손 안 댑니다."

생각해 보니 이미 장기기증서약서를 작성하라거나 보험에 가입하라고 했을 때 이미 눈치 챘어야 했다. 하지만 눈치를 챘다고 하더라도 내가 선택할 수 있는 건 없었다.

"잠시 시간을 주시오."

나는 그때 어떤 마음을 먹었을까. 그때 왜 진호는 내 형이며 나는 그의 동생이라고 말하지 않았는가. 그러니까 내가 죽어봤자 아무 소용이 없다고. 나는 장기기증 서약도 하지 않았고 보험도 들지 않았다고 왜 말하지 못 했을까. 그러나 아무리 궁리를 해도 빠져 나갈 구멍이 없었다. 그때 나는 고향의 형을 떠올렸다. 나의 수호천사. 나의 영웅. 나의 든든한 후원자였던 형. 나를 위해 대신 죽어줄 수도 있지 않은가. 솔직히 나는 그때 그런 생각이 들었다. 인간이 궁지에 몰리면 어떤 생각을 갖는지 나는 내 마음을 적나라하게 보았다. 나는 그들에게 어떻게 할까 물었고 그들은 나에게 K대 부속병원 앞에서 교통사고로 죽어주면 된다고 했다. 나머지는 자신들이 다 알아서 한다고 했다. 다 자식을 위하는 길이라고 했다. 다 같이 죽느니 마지막으로 자식들에게 거금이라도 물려줘야 하지 않겠냐고 했다.

나는 고향에 내려갔다. 형을 서울로 데려와 내 옷을 입게 하고 나 대신 도로에 뛰어들게 할 작정이었다. 보험금으로 나는 재기할 수 있고 형보다 어머니를 내가 더 잘 모실 수 있다고 스스로 위안했다. 형은 아무 영문도 모른 채 나를 따라 가겠다고 했다. 그날 저녁을 먹으며 어머니가 의심을 했다.

"왜 또 올라가냐? 혹 무슨 일이 있냐."

"형 앞으로 대출을 내야 하는데 본인이 직접가야 해서요."

나는 변명을 하였다.

"빨리 갔다 와야 한데이. 가가 그래도 동네 살림꾼이다. 동네 일 다 해여."

어머니는 웬일인지 형을 칭찬했다.

"나한테도 얼마나 잘 하는지 모른다. 네 형수도 그렇고."

그러면서 어머니는 자식들 객지에서 돈 잘 벌어봤자 헛일이라고 했다.

"저기 비단 장수네 있잖아. 그 봐라. 그 집이 나하고 동갑내기인데 자식이 수원인가 어디서 돈을 많이 벌었다카는데 그래 봤자 뭐 하노. 지 엄마는 혼자서 똥오줌도 제대로 못 가리면서 겨우 살고 있는데."

나는 자식들이 돈을 안 보내주냐고 물었다.

"그러니까 문제지. 그래도 나는 네 형이 있으니 삼 시 세끼 뜨신 밥 먹으니 얼마나 좋나. 네 형이 효자다."

어머니가 형을 칭찬할 때마다 나는 입에 침이 말랐다. 형이 동네일도 도맡아 한다고 했다. 동네에 젊은이도 없거니와 인건비도 남자의 절반인 여자 인건비를 받으니 동네 사람들이 잡다한 일은 모두 형한테 시킨다고 했다.

"그리고 소도 키우지. 수월찮게 돈도 벌지. 네 형이 보기보다 알차다."

나는 어머니가 얘기한 그 알차고 효자인 형을 차마 서울로 데려가지 못 했다. 아마도 형이 죽으면 어머니가 무사하지 못 할 것 같았다. 그러다 나는 인터넷에서 자살 사이트인 '귀거래사'를 만났다. 마치 구세주를 만난 듯 기뻤다.

어느새 형의 헛기침 소리가 들리지 않았다. 아마도 군불을 다 땐 것 같았다. 땀이 어느새 좀 마른 것 같아 나는 다시 이불 속으로 들어갔다. 바닥이 뜨끈뜨끈했다. 나는 한참동안 이불 속에 있다가 천천히 일어났다. 강원도로 떠나야 했다. 형이 있는 한 어머니도 애들도 안심이 되었다. 나는 가방을 챙겨 조용히 문밖으로 나왔다. 형이 고생해서 데운 이불 속의 열기가 아까웠지만 할 수 없었다. 아직은 동쪽에 붉은 기운이 없었다. 다행히 집을 빠져 나오는 골목에서 아는 동네 사람을 만나지 않았다.

　나는 강원도 인제읍 버스터미널 옆 공터에 차를 주차해 놓고 화장실에 갔다. 주머니에서 휴대폰을 끄집어내 배터리와 분리해 세면대에서 물에 담갔다 꺼내어 휴지통에 버렸다. 휴대폰은 절대로 가지고 오지 말라고 운영자는 몇 번이나 강조하였다. 휴대폰을 버리니 비로소 강원도까지 왔구나 싶었다. 어차피 와야 할 곳이었다. 미련은 없었다. 나는 용변을 보고 택시를 탔다. N면 스위트 콘도로 가 달라고 했다. 빙어 낚시하러 오셨군요. 택시 기사는 환하게 웃으며 반겨주었다. 나는 묵묵히 창밖을 바라보았다.
　"근데 예약하셨나요? 그쪽보단 위쪽이 더 나을 텐데요. 맨 소양호 줄기이지만요."
　기사는 부담스러울 정도로 친절했다.
　"예약했습니다."
　나는 짤막한 대답으로 불편한 심기를 드러냈다. 택시 기사는 룸미러로 나의 표정을 살피더니 더 이상 말을 하지 않았다. 너는 입으로 벌어먹고 살겠구나. 어머니가 한 말이었다. 학교 갔다 오면 그날 배운 내용뿐만 아니라 오다가 보고 만난 모든 것을 김을 매는 어머니에게 말하였다. 그럴 때면 어머니는 환한 웃음을 지으며 명호는 나중에 커서 웅변가 해도 되겠다, 하였다. 하지만 말이 많았던 건 평소에 많이 아팠던 어머니를 위해 억지로 꾸며낸 이야기라는 걸 어머니도 알았을까. 나는 N면 스위트 콘도에 도착할 때까지 한

마디도 하지 않았다.

"아, 귀거래사요."

콘도 주인은 예약된 룸이 있다며 이층으로 안내하였다. 여자 한 분이 오셨다고 했다. 올 사람들 모두 모를 뿐만 아니라 남자가 몇 명이고 여자가 몇 명인지조차 알 지 못 했다. 다만 총 아홉 명인 것만 알았다.

"저기 복도 끝으로 가시면 됩니다."

그리곤 주인은 콘도 앞 내를 가리켰다.

"오늘 입수하실 곳은 바로 저깁니다. 빙어 낚시해도 좋구요."

주인은 마음씨 좋은 웃음을 지었다.

"지금이 빙어 제철이죠. 손님들 많이 오지요. 저 앞에 천막도 쳐놨습니다."

강가에 천막이 두 개 보였다.

룸에는 신발이 보이지 않았다. 아마도 밖으로 나간 모양이었다. 나는 가방을 방에 두고 곧장 천막이 쳐진 강으로 내려갔다. 한 쪽은 모래사장이고 강 건너편은 바위 절벽으로 이루어져 있었다. 절벽 중간엔 팔뚝보다 더 굵지만 키는 1m도 되지 않을 성 싶은 소나무 한 그루가 서 있었다. 저런 바위틈에 어떻게 살아있을까 싶었다. 두 개의 천막이 모래사장에 쳐 있었다. 나는 안으로 천천히 걸어갔다. 모래는 푹푹 빠졌다. 여름철엔 참 사람들이 많이 모이겠다 싶을 정도로 주위 풍경이 좋았다. 물은 꽁꽁 얼어 있었다. 나는 조심스레 얼음 위로 올라섰다. 순간 나도 모르게 웃음이 나왔다. 죽으러 온 마당에 넘어질까 걱정하는 마음이 가소로웠다. 나는 좀 더 과감하게 걸어갔다. 얼음은 표면이 물결무늬 모양으로 얼어 있어 그다지 미끄럽지가 않았다. 얼음 위에서 노는 것은 자신 있었다. 어릴 때 겨울이면 논 위의 얼음판에서 살다시피 하였다. 나는 흥이 나서 뛰어가다 두 발을 앞으로 쭉 내밀었다. 구두를 신어서인지 잘 미끄러져 갔다. 나는 아무도 없는 강에서 콧노래를 부르며 계속 미끄럼을 탔다. 탈수록 신이 났다. 마치 고향의 얼음이 언 논에 온 것 같았다. 나는 신이 나서 야호, 하고 소리를 질렀다. 그러자 저쪽에서 야호, 하고 산이 대답하였다. 상류인 듯한 곳에서 텐트를 치고 낚시를 하던 몇몇 사람들이 나를 돌아보았지만 나는 아랑곳하지 않고 소리치며 미끄럼을 탔다. 고함을 지를수록 마음이 편해졌다. 생전 처음 느껴보는 편안함이었다.

"기분이 좋으시군요."

어느새 사내 한 명이 다가와 아는 체를 했다. 깡마른 얼굴이지만 선한 눈매를 가진 사내였다. 말을 할 때에는 미소를 머금은 얼굴이 더 없이 다정해 보였다.

"예 기분이 좋습니다. 어릴 때로 돌아간 기분이네요."

이름은 알 수 없지만 꽤나 친숙하게 느껴졌다. 또 한 사내가 도착했다. 또 한 강의 위쪽에서 얼음 위로 한 여자가 내려왔다. 아마도 처음 도착한 여자인 것 같았다. 긴 머리카락이 허리까지 내려왔다. 역시 얼굴은 굳어 있었다.

"자, 반갑습니다. 전 운영자 갈매기입니다. 그럼 얼음부터 깨겠습니다."

사람들 여럿 더 모이자 운영자는 사람들을 둘러보곤 쇠망치를 가지고 강 안 쪽으로 걸어갔다. 우리는 운영자의 뒤를 따라갔다. 연인으로 보이는 20대 중반이 2명, 20대 후반이 1명, 30대 중반으로 보이는 남자가 3명이었다. 그리고 나였다. 아직 2명이 오지 않은 듯 했다. 서로 인사는 나누지 않았다. 인사를 나누자고 한 사람도 없었다. 인사도 하지 않았고 누가 누군지 몰라도 나는 그들과 오랫동안 알아온 듯한 친숙한 느낌이 들었다. 마치 큰 전투에서 생사를 함께 나눈 전우 같은 느낌이 들었다. 다른 사람들 표정에서도 그런 인상을 풍겼다.

"이쯤에서 할까요."

꼭 누구에게 묻는다기 보다 혼잣말로 운영자가 말했다. 모래사장에서 좀 걸어온 강의 중간쯤이었다.

"얼마나 깊어야 하는가요?"

한 사내가 물었다.

"배꼽 정도가 적당하겠지요. 더 나아가면 더 깊어질 텐데. 우선 깨 봅시다."

운영자가 쇠망치로 얼음을 치려 할 때 모래사장에서 누군가 소리쳤다.

"좀 더 들어가세요."

콘도의 주인이었다. 그의 손에는 전동톱이 들려 있었다. 그는 성큼성큼 다가왔다.

"참 좋은 모임입니다. 얼음 목욕이 건강에 얼마나 좋다고요."

그는 전동톱에 매달린 끈을 잡아당기며 말했다. 순간 웽, 하며 전동톱은 꽁무니에 하얀 연기를 내뿜으며 소리를 냈다. 그는 강의 건너편 바위벽을 바라보고 다시 자신이 서 있는 곳을 보다가 몇 걸음 더 강 안쪽으로 걸어갔다. 그리곤 전동톱을 세워 얼음을 자르기 시작했다. 많이 해본 익숙한 솜씨였다. 운영자가 톱이 지나간 자리에 쇠망치를 내리치자 주인 사내가 제지를 했다.

"그렇게 깨다간 얼음에 금이 가 여기 있는 사람들 다 물에 빠집니다."

그는 주위를 보며 씽긋 웃고는 얼음을 1m 길이로 네모나게 잘랐다. 이제 깨라고 말하곤 빙어 낚시하러 오는 손님들이 종종 있어 이렇게 잘라 준다고 했다. 운영자가 쇠망치로 내리쳤지만 얼음은 잘 깨지지 않았나.

"제가 할게요."

덩치가 유난히 큰 사내가 손에 침을 바르며 운영자 곁으로 갔다. 역시 사내는 힘이 좋았다. 먼저 한 군데를 집중해서 구멍을 뚫고 그 다음부터 그 옆을 깨나가기 시작했다. 톱이 지나간 자리를 다 깨자 다시 주인은 톱을 깨진 면에서 다시 1m정도로 자르기 시작했다. 나머지 사람들은 엄숙한 의식을 치르는 듯 말을 하지 않고 그들의 작업을 지켜보았다. 사내가 뒤를 따라 얼음을 깨자 순식간에 7~8명은 들어갈 것 같은 공간에 물 위로 얼음이 둥둥 떠다녔다.

"이쯤하면 되겠지요."

주인 사내가 전동톱의 스위치를 누르며 말했다.

"예 됐습니다. 그리고 우리 모임의 행사이니 아무도 이쪽으론 못 오게 해주십시오."

운영자는 주인 사내에게 단호하게 말했다.

"걱정 마세요. 참 좋은 행사하십니다. 저는 해병대 출신이라 군에 있을 때 얼음물에 많이 들어가 봤는데요. 건강에 최곱니다. 얼음 목욕 한 번 하면 이번 겨울 내내 감기 한 번 안 걸립니다. 자주하면 무병장수하지요. 그리고 특히 남자 분들 거시기를 차게 하여 스태미나를 강화시켜준답니다. 아마도 사모님한테 사랑받을 겁니다."

주인 사내는 히죽 웃으며 말했지만 아무도 따라 웃지 않았다. 주인은 그만 가겠다고 하고는 자리를 떠났다.

"자자, 우리도 준비 운동하고 곧 들어갑시다."

운영자는 사람들을 모래사장으로 나가게 했다.

"자자, 모두 이쪽으로 모이세요."

운영자가 두 손을 마주 쳤다. 사람들은 운영자를 중심으로 부채꼴로 모여들었다. 모두들 고분고분했다. 다만 말이 없을 뿐이었다. 하지만 얼굴 표정은 호기심으로 가득했다.

자살을 하려는 사람들은 역시 달랐다. 표정이 어둡되 불안감은 없었다. 그러니까 삶을 초월하지는 못 했으되 집착은 하지 않는 그런 표정들이었다. 만약 얼굴에 불안감이 있다면 그런 사람은 자살을 못 할 것이라는 생각이 들었다. 불안은 삶의 집착에서 오기 때문이다. 그래서인지 운영자는 휴대폰을 가지고 오지 말라고 신신당부한 것 같았다.

"입수하기 전에 먼저 준비 운동을 해야 합니다. 충분히 몸을 푼 후에 베이비오일로 온 몸을 발라주십시오. 체온 저하를 막기 위해서입니다. 그 다음에 물로 먼저 온 몸을 마사지 한 후 물에 들어가는데 너무 오래 있지 마십시오. 제가 신호를 보내면 지체 없이 나오셔야 합니다. 자칫 오래 있으면 저체온증에 걸릴 위험이 있습니다. 오 분에서 십 분 정도로 하겠습니다."

운영자는 잠시 말을 멈추고 주위를 둘러보았다.

"두 명이 아직 오시지 않았군요. 총 7명이 시작하도록 하겠습니다. 왼쪽에 있는 텐트는 여자용 오른쪽엔 남자용입니다. 물에서 나오면 곧장 수건으로 몸을 닦고 새 옷으로 갈아입으세요. 자 텐트로 가서 옷을 벗고 나오세요."

운영자의 말은 간단했고 사람들은 질문이나 이의를 제기하지 않았다. 사람들은 텐트 속으로 들어갔다. 나도 텐트 속에 들어가 팬티만 남기고 옷을 몽땅 벗었다. 모두들 어떤 의식을 치르듯 말 한마디 하지 않고 경건하게 행동했다. 결정 내리기 전엔 카페에서 그렇게 말들이 많았는데 막상 실행에 옮길 땐 말이 없었다. 좀 답답하게 느껴졌지만 차라리 말이 많은 것보단 나은 것 같았다.

"자 두 줄로 서 주세요."

사람들은 두 손을 비비며 서로 옆을 맞추어 두 줄로 섰다. 남자들은 팬티만 남긴 채 모두 옷을 벗었고 여자 둘은 운동복을 입었다. 살갗이 찬바람에 따가웠다. 몸이 덜덜 떨려왔고 뒷목이 뻣뻣해졌다. 사람들은 제 자리에서 뛰거나 몸을 좌우로 비틀었다. 표정이 모두들 비장했다.

"자, 피, 티 체조를 합니다. 하나. 둘. 하나. 둘……."

운영자는 사람들과 마주보며 체조를 시작했고 사람들은 곧장 따라했다.

"하~나. 두~울. 하나. 둘……."

처음엔 굳었던 몸이 점차 풀리기 시작했다. 몸에 땀이 나는 것 같았다. 숨이 차오르기 시작했다. 그동안 술과 불면증으로 몸이 망가질대로 망가진 것 같았다. 눈을 감았다. 문득 고향에 다녀온 것이 까마득히 먼 옛날처럼 느껴졌다. 형과 오디 나무를 심고 술을 마신 게 아주 오래된 때였던 것 같았다. 의심의 눈으로 바라보던 큰애의 얼굴이 떠올랐다.

아빠.

큰애의 목소리가 들리는 듯하다. 이러면 안 되는데. 체조에 집중하자 싶었는데 자꾸만 정신은 고향으로 달려갔다. 지금쯤 애들이 아빠가 없다고 울고 불고 하지는 않을까. 나는 가빠오는 숨을 거칠게 내쉬었다.

"저기요."

순간 나는 눈을 떴다. 운영자가 나를 바라보고 있었다.

"이제 그만 하세요. 됐습니다."

주위를 보자 다른 사람들은 이미 체조를 멈추고 거친 숨을 내쉬고 있었다. 나는 머쓱해져서 그 자리에 섰다. 몸에서 열이 났다. 이제 춥지 않았다.

"모두들 아시겠지만 실행에 옮기고 우리의 목적이 달성될 때까지 일사분란하게 움직이셔야 합니다. 개별 행동하면 절대 안 됩니다."

운영자가 한 번 더 주의를 주었다. 하지만 그건 이미 카페에서도 운영자가 누누이 강조한 사항이었다. 비밀 유지 다음으로 강조한 대목이 운영자의 말을 듣지 않고 개별 행동하면 실패할 확률이 높다는 것이었다. 운영자의 말에 절대로 따라야 한다는 것을 강조했다.

"자 이걸로 온 몸을 바르세요."

운영자는 베이비오일을 나누어 주었다. 운영자 자신도 몸에 오일을 바르기 시작했다. 사람들은 여전히 아무 말이 없었다. 말을 하지 말자는 얘기는 없었다. 하지만 침묵이 오히려 점점 부담이 되고 있었다. 뭔가 말을 하고 싶다는 생각이 들었다.

"자 따라오세요. 먼저 얼음을 꺼내고 물로 몸을 마사지해 주세요."

운영자의 말이 끝나자 사람들은 신발을 벗었다. 먼저 벗은 이들은 얼음 위로 걸어갔다. 나도 곧 그들을 따라갔다. 발바닥이 얼음에 쩍쩍 달라붙었다. 그러나 내색할 틈이 없었다. 곧이어 그들과 함께 손으로 얼음을 꺼내 옆으로 던졌다. 꽁꽁 언 얼음은 부서지지 않고 돌처럼 얼음 위로 미끄러져 갔다.

"물을 마사지 할 때 심장에서 먼 부분부터 해 주세요. 자칫 잘못하면 심장마비에 걸릴 수 있습니다."

킥킥, 순간 사람들 사이에 웃음이 나왔다. 어떤 이는 소리 내어 웃었고 다른 이는 살짝 미소를 지었다.

"심장마비 걸려 죽으면 안 되지."

누군가가 웃음을 머금고 얘기하자 또다시 여기저기서 쿡쿡, 웃음이 터져 나왔다. 운영자도 미소를 지어보였다. 그걸 신호로 갑자기 폭소가 터져 나왔다. 클클클 낄낄낄. 크크크. 사람들은 배꼽을 잡고 웃었다. 마치 태어나서 처음으로 웃는 것 같았다. 잠시 후 사람들은 직사각형으로 파인 물웅덩이에 빙 둘러서서 먼저 다리에 물을 천천히 끼얹었다. 그 다음에 팔을 씻었다. 살이 갈라지는 것 같았다. 손에 물을 적셔 몸을 닦았다. 몸에서 하얀 김이 올라왔다. 손가락은 감각이 없었다. 두 손이 맞닿으니 쩍쩍 들어붙었다.

"어 시원하다."

누군가 말했고

"별로 안 차가운데."

누군가 뒤를 받았다.

"예전에 군대 쫄따구할 땐 수백 번도 더 들어갔었는데 그땐 정말 좆나게 추웠지."

누군가 혼잣말을 하였다. 하지만 모두들 덜덜 떨었다. 나는 정신이 혼미해지는 것 같았다.

"자 준비 됐습니까?"

운영자가 둘러보았다. 모두들 긴 숨을 들이마셨다.

"그럼 다 같이 들어가세요. 십 분만 입수하겠습니다."

운영자의 말이 떨어지자마자 사람들은 기다렸다는 듯이 손으로 얼음 바닥을 딛고 다리를 물속으로 집어넣었다. 머뭇거리던 20대의 커플도 서로 손을 맞잡고 다리부터 물속으로 들어왔다. 나는 조심스럽게 다리를 물속에 집어넣었다. 나머지 한 다리를 집어넣고 물로 들어갔다. 물은 배꼽 아래까지 왔다. 차가운 기운이 머리끝으로 확 끼쳤다. 갑자기 호흡이 멎는 듯 했다. 나는 숨을 멈추었다. 죽는 것은 겁나지 않았다. 하지만 이렇게, 얼음 속에서 죽기는 싫었다. 나는 천천히 무릎을 꿇었다. 칼날 같은 차가운 기운이 배꼽 아래에서 배꼽을 지나 명치께로 와 닿았다. 순간 나도 모르게 움찔했다. 숨이 멎고 몸이 굳는 것 같았다. 몸을 움찔거렸다. 몸은 의식한대로 움직였다. 하지만 내가 생각한 것보다 한 박자 늦게 움직이는 것 같았다. 나는 숨을 크게

들이쉬곤 상체를 물속에 집어넣었다. 물은 어깨를 지나 입을 지나 코를 지났다. 이마 무렵이 서늘했다. 이렇게 죽을 수도 있구나 싶었다. 나는 숨이 찰 때까지 이를 악물었다. 하지만 그리 오래 있지는 못 했다. 우선 호흡이 가빴다. 가슴은 터져 나올 듯 두근거렸다. 나는 얼굴을 물 밖으로 내밀며 푸, 하고 숨을 내쉬었다. 정신이 명징했다. 사물은 흐릿한데도 정신은 또렷했다. 마치 딴 세상에 온 듯 했다. 멀리 산이 흐릿하게 보였다.

"뭐, 시원하네."

삼십 대 초반의 사내가 물 밖으로 머리를 드러내며 말했다.

"바깥이 더 춥지."

웃고자 한 소리였지만 모두들 반응을 보이지 않았다. 눈이 똘망똘망했고 피부는 푸르칙칙했다. 머리카락이 긴 여자는 얼굴만 내민 채 몸을 물에 담갔다. 눈을 감았는데 마치 좌선을 하는 것 같았다.

나는 다시 숨을 길게 들이쉬곤 다시 물속으로 들어갔다. 차가운 기운이 머리끝에서 느껴지는가 싶더니 뱃속에서 불이 붙은 듯 화끈거렸다. 피부는 따가웠다. 아무 생각도 나지 않았다. 머리통을 물 밖으로 내밀었다가 다시 머리통을 물속으로 집어넣었다. 그럴수록 정신은 오히려 맑아왔다. 새 세상이 열리는 듯 했다. 내가 살아왔던 그런 세상이 아니었다.

"나갑시다."

옆의 사람이 이끌었다. 아마도 운영자가 신호를 보낸 듯 했다.

나는 힘도 쓰지 못 하고 옆 사람의 완력에 이끌려 물 밖으로 나왔다.

"정신 차리세요."

비로소 옆 사람의 목소리를 들었을 때에야 나는 머릴 좌우로 흔들었다. 사람들이 흐릿하게 보였다. 주위를 둘러보니 사람들이 텐트로 가는 것이 보였다. 나는 이를 악물고 그들을 따라갔다. 누군가 수건을 건넸다.

"온 몸을 세게 문지르세요."

누군가 말했고 나는 본능적으로 수건으로 몸을 거칠게 닦았다. 피부에서 열이 확확 났다.

"이제 괜찮소?"

누군가 물었고 나는 돌아볼 겨를도 없이 수건으로 머리를, 가슴 등 허리를 거칠게 닦았다. 팬티를 벗고 사타구니를 닦을 때에야 비로소 정신이 드는 듯 했다. 성기는 번데기 모양 주름이 잡힌 채 오므라들었다. 나는 몸을 다 닦고 나서 가방에서 팬티와 바지 남방을 꺼내 입었다. 옷이, 피부에 닿는 공기도 따뜻했다. 마치 봄날의 공기 같았다. 몸에서는 열이 여전히 나서 얼굴이 화끈거렸다.

"왜 그리 오래 있었소?"

누군가 물었다. 나는 대답하지 않았다. 누가 굳이 또 묻는다면 물속이 더 없이 따뜻하고 평온해서 그랬다고 대답할 작정이었다. 다행히 더 이상 묻지 않았다. 그때였다.

"빨리 끄집어내세요."

누군가의 다급한 소리가 들렸다. 내 주위에 옷을 다 입은 사내들은 재빨리 밖으로 나갔다.

"이쪽으로 빨리 옮기세요."

여럿의 발자국 소리가 옆 텐트 쪽에서 났다. 나는 밖으로 나왔다. 몇 사람이 옆 텐트 속으로 들어가는 것이 보였다. 물속에는 아무도 없었다. 따뜻한 햇볕이 내리 쬐었다. 몸에 닿는 햇볕은 따뜻했다.

"우선 옷부터 벗기고 빨리 수건으로 닦으세요."

여자용 텐트에서 운영자의 소리가 들렸다. 남자용 텐트 옆에서 서성이던 사내들이 일제히 돌아보았다.

"다 닦았으면 빨리 옷을 입히세요. 따끈한 물도 먹이고요."

여전히 다급한 운영자의 목소리가 밖으로 새어 나왔다.

"무슨 일이오?"

나는 궁금증을 이기지 못 하고 옆 사내에게 물었다.

"머리카락 긴 그 여자분이 물에서 안 나와서요."

남자는 대수롭지 않게 말했다.

"괜찮을 거예요."

다른 사내가 말했다. 모두들 얼굴이 굳어 있었다. 사람들은 더 이상 아무 말도 하지 않았다. 갈매기는 굳은 얼굴로 밖으로 나왔다. 불쾌한 기색이 역력했다.

"괜찮나요?"

내가 물었다.

"다행이오."

갈매기는 짧게 대답했다. 안으로 들어갔던 사내 둘이 밖으로 나왔다. 사내들의 표정도 굳어 있었다. 갈매기가 콘도 쪽으로 가는 동안 사람들은 팔짱을 끼고 하늘을 보았다. 하늘엔 구름 한 점 없이 청명했다. 해는 산꼭대기에서 얼마 남지 않았다.

"날씨 한번 더럽게 좋구만."

한 사내가 가래침을 뱉었다. 그러나 아무도 그 말을 받지 않았다. 한동안 침묵은 계속되었다.

콘도로 올라갔던 운영자가 내려왔다.

"이제 마지막으로 만찬을 즐깁시다. 겨울은 해가 짧아 금방 질 겁니다."

사람들은 운영자의 뒤를 따라 콘도로 올라갔다. 콘도 마당엔 주인 사내가 드럼통에 번개탄을 피우고 있었다. 번개탄에서 하얀 연기가 뭉글뭉글 피어 올랐다.

"참 좋은 모임입니다. 얼음물에 입수하고 이렇게 마당에서 고기도 구워 먹고."

연기를 피해 반대쪽으로 온 주인이 다시 말을 이었다.

"무병장수할 겁니다. 인생은 이렇게 즐겁게 살아야 되는데. 뭐 먹고 살 꺼라고 아득바득 사는지 원."

하지만 아무도 주인 말에 토를 달지 않았다. 그냥 피워 오르는 연기만 바라보기만 했다.

"금강산도 식후경이라고."

한 사내가 드럼통 앞으로 다가갔다. 비닐봉지에서 손바닥만한 고기를 꺼내 드럼통에 철망을 놓고 그 위에 얹었다.

"번개탄이 좀 타거든 고기를 얹어야지요. 안 그러면 고기가 시커멓게 된다니까요."

주인 사내의 말에 한 사내는 콧방귀를 꿨다.

"죽기보다 더 하겠소."

그러자 다른 사내가 또 고기를 꺼내 철망 위에 쭉 깔았다. 불이 위로 솟구치면서 고기에서 금방 기름이 지글지글거렸다. 한 사내가 소주를 꺼냈다. 고기와 술 외에는 아무 것도 없었다. 한 사내가 굵은 소금을 고기 위에 뿌렸다.

"자자 이 쪽으로 모이세요."

운영자는 사람들을 불러 모았다. 모두 다섯 사람이었다. 사람들은 서로를 돌아보았다. 연인 사이였던 남녀가 보이지 않았다. 처음부터 얼음물에 들어갈 때도 그렇게 겁을 내던 사람들이었다. 하지만 사람들은 그들 얘기는 하지 않았다. 여자가 가위로 고기를 잘랐다.

"한 잔 합시다. 까이꺼."

한 사내가 소주를 땄다. 사람들에게 한 잔씩 돌렸다. 나는 술을 받자 입에서 군침이 돌았다. 아침부터 아무 것도 먹지 않았던 터라 허기가 졌다.

"자 귀거래사를 위하여."

운영자가 술잔을 치켜들었다.

"위하여."

사람들은 술잔을 치켜들고 옆 사람과 잔을 부딪쳤다.

"캬, 좋다."

누군가 소리쳤다. 사람들은 소주를 한 입에 다 털어 넣었다.

"자 한 잔씩 더 하세요."

이번엔 운영자가 술을 따랐다. 미처 고기를 먹지 못 한 사람들도 소주를 받아 그대로 입에 털어 넣었다.

"잘 못 먹는데."

머리카락이 긴 여자가 머뭇거렸다.

"다 몸에 좋은 거요."

한 사내가 말했고 여자는 술을 단숨에 마시곤 인상을 찌푸렸다.

"좋네요."

여자의 말에 사람들은 크하하하 크게 웃었다.

"한 잔 하소."

옆의 사람이 내 잔에 술을 따랐다. 나는 술을 받고 또다시 입으로 가져갔다. 속이 울렁거렸다. 빈속에 안주를 먹지 않고 마셔서인지 속이 메스꺼웠다. 나는 고기를 집어 입에 넣었다. 순간 구역질이 올라왔다. 나는 씹지도 않고 그대로 삼켰다. 목구멍이 활활 따가웠다. 사람들은 고기보다 술을 많이 마셨다. 무언가 짓누르는 기운이 있었다. 그 기운에 짓눌려 또다시 말은 않고 술을 마셨다. 취기가 금방 올랐다.

"술 더 없어요?"

누군가 말했고.

"이제 그만 마시지요."

운영자가 말했다.

"에이씨. 마시다 마는 게 어디 있소."

한 사내가 항의를 했다. 운영자에게 항의를 하는 것은 처음이었다.

"말 그대로 화려한 만찬 아니오. 술이나 실컷 먹읍시다. 또 언제 먹는다고."

사내의 말에 사람들이 동의의 표시로 고개를 끄덕거렸다.

"술을 많이 마시면 실패할 확률이 높아요. 두려움만 가실 정도가 적당합니다."

운영자가 제지를 했지만 사내는 물러서지 않았다.

"두려움 같은 건 없소. 한만 남았을 뿐이지."

"먹고 죽은 귀신은 때깔도 좋다고 하지 않았소."

당장이라도 운영자에게 달려들 기세였다. 운영자는 잠시 머뭇거리다 주인이 머무는 사무실로 갔다. 운영자는 금방 왔다.

"이것뿐입니다. 우리 이것만 먹고 깨끗하게 실행합시다."

운영자는 소주 한 병을 흔들며 못을 박았다. 운영자가 술을 따르는 동안 아무도 대꾸를 하지 않았다.

"한 시간 후에 방으로 들어가는 걸로 하겠습니다."

운영자는 자신의 잔을 치웠다. 더 이상 마시지 않겠다는 표시였다. 몇몇 사람만 잔을 들고 소주를 따랐다. 벌써 해가 졌지만 얼음물에 들어갔다가 나와서인지 춥지는 않았다. 고기는 떨어졌고 소주만 마셨다. 여자는 속이 안 좋다며 뒤로 물러섰다. 나도 뒤로 물러섰다. 속은 허하지만 술이 들어가지 않았다. 속이 계속 메스꺼웠다. 나는 마당에서 벗어나 주위를 둘러보았다. 콘도 뒤쪽으로 산책길이 보였다. 나는 산책길 입구로 걸어가 손가락을 입 속에 집어넣었다. 왝, 구역질만 날 뿐 게워지지가 않았다. 몇 번 더 했지만 헛수고였다. 나는 옆에 있는 나무의자에 앉았다. 아무래도 속이 진정이 되지 않았다. 정신은 말짱했지만 다리에는 힘이 없었다. 고개를 등받이에 기대고 눈을 감고 속이 진정되길 기다렸다. 그때였다.

왜액. 왝.

산책길 안쪽에서 토하는 소리가 났다. 나는 일어나 산책길 안쪽으로 둘러보았다. 하지만 아무 것도 보이지 않았다.

왝. 왜액.

또다시 주위에서 소리가 났다. 나는 산책길 안쪽으로 걸어갔다. 소리는 산책길 옆 경사진 곳에서 났다. 나는 낙엽이 수북이 쌓인 경사로를 내려갔다. 낙엽 위에는 눈이 군데군데 쌓여 있었다. 몇 발자국 내려가자 웅크리고 있는 여자의 등이 보였다. 머리카락이 긴 여자였다. 술을 못 마신다더니. 나는 가까이 다가가 여자의 등을 두드렸다. 여자는 숙였던 고개를 들어 나를 돌아보았다. 퀭한 눈이 고통스러워 보였다. 나는 말없이 두드렸다. 잠시 후 여자는 손을 뒤로 내저었다. 이제 좀 괜찮은 모양이었다. 나는 산책길로 되돌아 왔다. 여자도 비틀거리며 뒤를 따라왔다. 나는 말없이 서 있었다. 여자는 내 옆에 다가와 역시 아무 말도 없이 서 있었다. 나는 산책길을 따라 안쪽으로 걸었다. 벌써 주위가 어두컴컴했다. 뒤에서 나를 따라오는 여자의 발자국 소리가 들렸다. 항상 바쁘게 산 삶이었다. 좋은 대학을 가야 했다. 좋은 직장에 취직해야 했다. 좋은 여자를 만나야 했고 좋은 집을 사야 했다. 그렇게 평생을 좋은 것만 좇아 왔건만 내게 남은 건 뭔가. 움켜쥔 손가락 사이로 모래가 빠져나간 듯 손바닥이 허전했다. 오늘밤 죽는다 해도 미련 같은 것은 없었다. 이제 좀 쉬고 싶을 따름이었고 빚으로부터 벗어나고 싶었다. 여자의 발걸음 소리는 여전히 뒤따라 왔다. 여자는 웬일로 왔을까.

나는 나무로 된 원두막에서 멈췄다. '천봉 쉼터'라는 나무 팻말이 걸려 있었다. 나는 나무에 걸터앉았다. 머뭇거리던 여자가 옆에 와 앉는 기척이 느껴졌다. 한참동안 나와 여자는 말 없이 그대로 앉아 있었다. 나는 머리에 깍지를 끼고 뒤로 누웠다. 그러자 여자의 등을 덮고 있는 기다란 머리카락이 눈에 들어왔다. 바람결에 머리카락이 출렁거렸다. 순간 나는 아랫도리가 화끈거렸다. 순식간의 일이라 나는 당황하였다. 술기운 탓인지 죽음을 앞둔 탓인지 모를 일이었다. 나는 손을 뻗어 여자의 머리카락을 쓰다듬었다. 여자는 가만히 있었다. 갑자기 눈시울이 뜨거웠다. 나도 모르게 눈물이 흘러 내렸다. 나는 뒤에서 여자를 꼭 껴안았다. 여자는 움찔거리다 잠자코 있었다. 나는 흘러내리는 눈물을 그대로 둔 채 여자를 안고 있다가 여자를 눕혔다. 여자의 얼굴에도 눈물이 번들거렸다. 여자의 가슴으로 손을 가져갔다. 여전히 여자는 눈을 감고 있었다. 나는 여자의 바지를 벗기고 팬티를 벗겼다. 팬티에는 피가 묻어 있었다.

"갑자기 생리가……."

나는 여자의 입술에 내 입술을 포개었다. 여자의 입에서 뜨거운 열기가 느꺼졌다. 나는 여자의 몸속으로 급히 들어갔다. 여자가 나를 꼭 껴안았다. 여자의 엉덩이가 들썩거렸다. 나는 격렬하게 몸을 움직였다.

아.

여자의 입에서 신음 소리가 흘러나왔다.

자 그만 들어갑시다.

운영자의 목소리가 들린다. 나는 계속 격렬하게 몸을 움직였다. 콘도 마당에는 사람들이 술 마시는 것을 마치고 마당을 서성이고 있다. 표정이 모두 굳어 있다. 혹은 팔짱을 끼고 혹은 바지 주머니에 손을 넣고 마당을 왔다 갔다 한다.

주인 사내의 모습도 보인다.

"자 들어가서 할 일 합시다."

운영자가 재촉한다. 사람들이 출입문 쪽으로 걸어간다.

아.

나의 몸이 격렬할수록 여자가 신음소리가 커졌다. 나는 내려오고 여자가 내 위로 올라갔다. 여자가 움직일 때마다 긴 머리카락이 출렁거렸다.

"중요한 일을 하니 내일 아침까지 아무 연락도 하지 말아주셨으면 좋겠습니다."

주인 사내에게 말하는 운영자의 모습이 보인다. 방안에 사람들이 모두 들어가니 운영자가 문을 잠근다. 사람들은 자리에 앉는다. 모두 다섯 명이다. 여자의 모습도 보인다. 그리고 나의 모습도 보인다. 사람들은 아무 말도 없이 멀뚱히 있다.

"자, 준비 됐습니까? 실행하겠습니다."

운영자는 둘러보며 말한다. 사람들은 여전히 침묵이다.

"이건 미국에서 들어온 것인데 아주 믿을 만합니다. 한 사람당 두 알씩 드세요."

운영자는 흰 둥근 통에서 하얀 알약을 꺼내 두 알씩 건넨다. 사람들은 공손히 받는다. 여자가 주방에서 큰 물그릇을 가져온다.

"이미 준비가 다 되신 것으로 압니다."

운영자 자신도 알약을 오른손에 쥐고 사람들을 둘러본다.

"귀거래는 편안한 삶을 살아가기 위해 고향으로 돌아간다는 뜻입니다. 우리도 이 힘든 세상을 떠나 우리의 고향, 평안한 고향으로 갑시다."

아무도 운영자의 말에 말을 보태지 않는다. 운영자는 말을 마치곤 알약을 입에 넣는다. 여기저기서 침을 꿀꺽 삼키는 소리가 들린다.

땀이 났다. 온 몸이 불덩이 같이 뜨거웠다. 여자는 최후의 힘을 소진하는 듯 격렬하게 몸을 움직였다. 말갈기 같은 머리카락이 내 얼굴 위에서 휘날렸다.

아.

여자의 신음 소리가 귓전을 때렸다. 여자의 몸이 땀으로 흠뻑 젖었다.

한 사내가 운영자에게 물그릇을 받아 알약을 먹고 또 다른 사내가 이어 받는다. 여자가 받아먹고 이제는 내가 알약을 삼키곤 벽 쪽으로 기어가 드러눕는 게 보인다. 약을 먹은 사람들은 각자 자리를 찾아 드러눕는다. 드러누운 나는 눈을 감는다. 누군가 스위치를 끈다.

고향으로 돌아간다.

드러누운 내가 속으로 중얼거린다.

순간, 나는 깊은 나락으로 떨어지는 것 같았다. 한없이 아래로 몸이 추락했지만 두렵거나 불안하지는 않았다. 편안했다. 순간 나는 끙, 사정을 했다. 몸이 부들부들 떨렸다. 여자가 나를 꼭 껴안고 몸을 떨었다. 나와 여자는 서로 부둥켜안은 채 한참동안 그렇게 있었다. 여자의 심장 뛰는 소리가 내 가슴으로 전해졌다. 아무 생각이 나지 않았다. 여자가 내게서 내려와 옆에 누웠다. 죽음이 멀지 않게 느껴졌다.

내가 일어서자 여자도 상체를 일으켰다. 나는 옷을 입고 콘도 쪽으로 몸을 돌렸다. 옷을 입는 소리가 들리더니 발자국 소리가 들렸다. 나는 여자의 발걸음 소리를 들으며 콘도로 걸어갔다. 비록 아무 말도 없었지만 마치 여자와 오랫동안 함께 이 길을 걸어온 듯 했다. 여자의 발걸음 소리는 마치 스님의 목탁소리처럼 자박자박했다. 어둠으로 길과 숲이 잘 구분되지 않았다.

콘도 가까이 왔을 때 번쩍번쩍거리는 불빛이 보였다. 삐용삐용하는 앰뷸런스 소리도 들렸다. 나는 걸음을 멈추었다. 여자도 걸음을 멈추었다. 사고라도 났는가. 콘도 마당을 보았지만 사람들은 보이지 않았다. 나는 발걸음을 빨리 했다. 콘도에 가까이 오니 건물에서 주황색 옷을 입은 119구급대원들이 사람들을 안고 뛰어 내려와 앰뷸런스에 싣고 있었다.

"어디 갔었어요?"

돌아보니 주인 사내였다. 나는 불길한 예감에 무슨 일이냐고 물었다.

"내 그럴 줄 알았다니까."

주인 남자가 나와 여자를 노려보았다. 차에 실려 간 사람들은 세 사람이었다. 앰뷸런스는 그들을 싣고 곧장 떠났다.

"내 처음부터 알아봤다니까. 썅."

주인 사내는 가래침을 뱉었다. 나는 아무 말도 않고 여자를 돌아보았다. 여자는 고개를 잔뜩 숙이고 있었다.

"방 계약한 사람이 그렇게 찾더니 어딜 갔었소?"

주인 사내는 나와 여자를 번갈아 보며 신문하듯 물었다.

"그게 저……."

나는 어떻게 말을 해야 할지 몰랐다.

"아 글쎄 처음부터 눈치 챘다니까. 하는 폼이 틀리더라고. 그래서 방에 들어가길래 문틈으로 엿보고는 곧장 신고를 했지. 그새 약을 처먹었더라고."

나는 낭패감에 이제 어떻게 해야 하나 걱정이 되었다.

"당신도 빨리 떠나소. 이런 데 있지 말고. 다시는 이런 짓 하지 말고. 저치들은 죽지는 않을 거요."

콘도 안으로 들어가는 나의 뒤통수에 사내의 말이 와 꽂혔다. 방안은 옷과 가방으로 어지럽혀져 있었다. 하얀 약병이 물 컵과 함께 탁자 위에 올려져 있었다. 나는 가방을 집어 들었다. 그러자 방에 남은 가방들이 눈에 거슬렸다. 나는 어찌해야 할까 망설이는데 여자가 방에 들어와 자신의 가방을 집어 들었다. 나는 여자를 바라보았다. 여자도 나를 바라보았다. 나는 등을 돌려 계단으로 내려왔다. 문득 고향 소식이 궁금했다. 사채업자들이 혹 집에는 안 왔는지 걱정이 되었다. 나는 카운터에 가서 전화를 했다. 어머니가 전화를 받았다.

"너 어디야? 빨리 내려와야겠다."

어머니는 울먹이는 소리로 말했다.

"왜요?"

나는 큰소리로 물었다.

"남자들 둘이 계단에서 떨어져 병원에 갔다야."

"무슨 말인지 자세히 말씀해 보세요."

나는 사채업자들이 집에 왔구나 싶었다. 그럼 형의 목숨이 위험할 텐데 싶었다.

"계단에서 떨어졌다니요?"

나는 악을 썼다. 어머니는 울먹였다.

"글쎄 그것들이 네 형을 잡아 갈라 해서, 네 형이 도망가려고 밀쳤는데, 고만 계단에서 굴렀지 뭐야. 네 형은 아무 죄 없다. 아무 죄 없어."

어머니는 울먹이며 말했다.

"죽었어요?"

"몰라 일일구가 와서 실어갔으니께. 피를 많이 흘렸다야."

"형은요?"

"네 형도 함께 병원에 갔다야."

"형은 다친데 없어요?"

"없어여. 우짜면 좋다냐."

다행이었다. 일단 형이 다치지 않았으면 다행이었다. 나는 서둘러 마당으로 나섰다. 여자가 뒤따라 왔다. 나는 여자를 힐끔 돌아보곤 그대로 큰길 쪽으로 걸어갔다. 여자가 계속 뒤따라왔다. 여자의 발걸음 소리를 들으며 나는 빨리 걸었다. 여자의 발걸음 소리도 빨라졌다. ✿

아버지의 알리바이

어머니는 굿을 해야겠다고 했다.

"예?"

마른하늘에 무슨 날벼락이냐는 듯 큰아들은 어머니를 쳐다보았다. 방금 일어난 그는 까치집이 지어져 있는 뒷머리를 벅벅 긁었다. 머리가 멍멍했다. 달콤했지만 뒤끝이 영 개운치 않은 낮잠이었다.

"굿을요? 누구요?"

서울에서 증권회사에 다니는 둘째아들이 두 손으로 마른세수를 하다 어머니를 바라보았다. 막내아들은 두 팔을 위로 올려 기지개를 켜다 팔을 내렸다.

"누구긴 누구여. 네 아버지 굿이지."

어머니는 당연한 것을 묻는다는 투로 말했다. 당연하다니. 큰아들이 말하려는데 기지개를 켜던 막내아들이 정색을 했다.

"아이씨, 엄마도. 그러지 말고 알아먹게 얘기해 봐요. 아버지가 왜요?"

"그러게요. 오늘 장례 끝났어요. 오늘이요."

큰아들이 추임새를 넣었다. 그저께 돌아가신 아버지의 굿을 지내다니.

"그러게 말이여. 그만큼 고생하다 돌아가셨으면 존 데라도 가셔야지."

어머니는 혀를 쯧쯧, 찼다.

"좋은 데 갈 지 안 갈 지 어떻게 알아요. 그저께 돌아가셨는데."

큰아들이 답답한 듯 어머니에게 따지듯 물었다.

"보살님은 다 안다."

"보살님이요?"

다시 큰아들이 물었고

"아까 어머님이 참새보살인가 하는 분한테 다녀오셨어요."

안 되겠다는 듯 큰며느리가 나섰다. 큰아들은 아내를 돌아보았다.

"잠 잘 때?"

"예."

아내도 마뜩찮은 표정으로 대답했다.

아들들은 순간 맥이 탁, 풀렸다. 이럴 수가. 뒤통수를 얻어맞은 기분이었다. 이제 부의금 들어온 것만 정리하면 그야말로 무탈하게 아버지의 장례는 잘 끝난 거였다. 손님도 많아 다른 사람 보기에도 체면이 섰고 부의금도 예상보다 많이 들어온 듯 했다. 덤으로, 이건 행운이라고 생각한 것인데 이틀 뒤에 지내야 할 삼우제를 현대식으로, 상조회의 지시에 따라 금방 만들어진 봉분 앞에서 삼우제를 지내고 탈상을 했다는 거였다. 원래는 3일장을 치르고 이틀 뒤에 삼우제를 지낸 후 탈상하는 것을 극히 상식적으로 알고 있었던 세 아들들에게 이만한 행운이 없었다. 상조회에서는 요즘 세상에 누가 죽은 지 5일 만에 삼우제를 지내냐, 그럼 그때까지 아버지의 영정을 집에 모시고 상복을 입은 채 제대로 씻지도 못 하고 있다가 이틀 뒤에 삼우제를 지낸 후 탈상할 거냐, 요즘 다른 사람들 다 하는 대로 봉분 앞에서 그만 삼우제를 지내고 탈상해라, 하는 것이었다. 큰아들은 약간 머뭇거렸다. 그래도 되는가, 금방 끝나서 좋긴 한데. 집안 어른들에게 물어봤더니 집안 어른들 또한 의견이 엇갈렸다. 동생들과 상의하니 만장일치로 상조회의 고견에 따르자는 것이었다. 그런 상조회의 고견에 따라 방금 만든 봉분 앞에서 탈상을 막 끝내고 집에 와서 휴식을 취한다고 잠깐 잠을 자고 나니 이게 웬 날벼락인가. 이제 부의금 들어온 거 계산하고 형제들과 시원한 맥주 한잔 한 후 내일 아침 일찍 집으로 돌아갈 작정이었다. 집에 가서 어차피 5일 휴가이니 2일간 푹 쉴 참이었다.

"근데 그 무당은 언제 만났어요?"

"어제도 만났고 오늘도 만났다."

어머니의 말을 들어보니 어머니는 산에서 내려와 며느리들한테 아버지의 유물을 정리하라 시키고 당신은 지금껏 보살인지 무당인지 하는 사람과 무슨 수작을 꾸미고 온 것이었다.

"꼭 지내야 한데요?"

막내아들은 말도 안 된다는 듯 말했다.

"그럼 넌 네 아버지가 저승에도 못 가고 여기저기 떠돌며 남의 집 밥이나 얻어먹고 다니면 좋겠냐?"

"왜 남의 집 밥을 얻어먹어요. 우리가 어디 제사라도 안 지내 준데요?"

큰아들은 뭔가 잘못 되어가고 있다는 생각이 들었다.

"헛지사여, 헛지사. 내도 첨엔 방생만 하고 끝낼라 캤다."

"방생이라뇨?"

이번엔 며느리들도 일제히 입을 내밀고 물었다.

"네 아버지 죽기 전에 계속 아파왔지 않냐. 그래서 보살님과 상의해서 토깽이를 사다 방생할라 캤는데 그만 저렇게 먼 길 떠났지 않았냐. 그래도 오일째 되는 날에는 토깽이를 사다 방생할라 캤는데 고만 꿈에……."

"꿈이요?"

아들들과 며느리들이 일제히 입을 놀렸다.

"그려, 꿈에. 보살님 꿈에. 그러니께 네 아버지 돌아가신 날 밤에 보살님 꿈에 아버지가 나타나셨다지 않아. 억울하고 원통해서 저승으로 못 가겠다고."

아들들은 아무 말도 못 하고 어머니의 입만 쳐다보았다.

"보살님 말씀이 빨리 집에 있는 식구 하나를 내보내고 방생하라고. 어제 보살님이 그러시더구나. 그래서 오늘이나 내일 당장 저 마당에 있는 누렁이를 팔아 치울라 캤더니만."

어머니 또한 어젯밤에 꿈을 꾸었다고 했다. 꿈에서 누렁이를 팔았다고 했다. 누렁이는 안 가려고 하고, 개장수와 옥신각신 씨름을 하며 겨우 차에 태웠는데…… 그때, 절에서 내려오는 듯 바랑을 지고 중 옷을 걸친 웬 노인이 지나가다 말고 어머니의 면상을 한참동안 살피더니 대뜸, 개 한 놈 판다고 저승에도 못 갈 사람 한이 풀어질는지. 허허, 하며 딱하다는 표정을 짓고는 그냥 지나갔다고 했다. 어머니는 깜짝 놀라 그 노인을 부르며 달려갔다. 어머니는 뭔가 짚이는 데가 있어서 그 노인을 붙들고 자세히 말해 달라고 애걸복걸했다. 그랬더니 대뜸, 당신 영감 몇 날 몇 시에 객사하지 않았소? 이러더니, 그런데 그 혼이 저승으로 못 가고 떠돌 것이니 돌아가신 곳에 가서 혼을 청해다가 존 데로 보내드리시오. 그래야 당신 아들 몸에 붙은 악귀들도 떨어지고 삼재도 다스려질 거요. 당신도 영감이 원통해서 병이 생길 거요, 했는데 말을 마치자마자 순식간에 사라지고 없더라는 것이다.

"객사라뇨?"

막내가 따지듯 물었다.

"비록 병원에서 돌아가셨지만 그걸 객사라고 말하면 안 되지요."

둘째아들이 나섰다. 하지만 큰아들은 고개를 돌렸다. 그건 금기였다. 돌아가신 날, 마당에 쓰러져 있던 아버지를 들쳐 업었을 때 몸에서 농약 냄새가 확 풍겼다. 자신과 아내와 어머니만 아는 사실이었다.

"그냥 편히 돌아가시지 않았으니께 그런 말씀 안 하셨겠냐"

어머니는 큰아들을 보며 말했다. 가슴이 뜨끔한 큰아들이 얼른 말을 꺼냈다.

"그래서요?"

"마침 모레가 잔나비날 아니냐. 아버지가 원숭이띠이니께, 그 날 네 아버지가 쓰러진 곳에서 혼을 불러다 제사를 지내고 산소에 가서 극락세계로 모시기로 했다. 그때 혹 너희들 몸에 붙은 악귀도 털어내고. 또 방생도 하고."

어머니는 숨이 찬 듯 눈을 지그시 감고 숨을 골랐다.

"에이, 말도 안 돼. 하여튼 아버진 죽어서도 고생이라니까."

막내아들이 투덜거렸다.

"그건 미신이라요. 요즘 세상에 누가 그런 짓을."

둘째아들이 거들었다.

"니들 말 뽄새가 그게 뭐야. 니들 아버진데."

"말이 되는 소릴 해야지요. 난 절대 반대요."

막내아들은 지지 않았다.

"그래도 그게 아니다. 보살님 말씀 들어서 해 될 거 아무 것도 없다."

어머니는 단호했다.

"어머니 생각해 보셔요. 요즘 누가 굿을 한데요."

"그래도 할 사람은 다 한다."

"다시 한 번 더 생각해 보셔요."

큰아들은 어머니를 이해할 수 없다는 듯 말했다.

"생각해 볼 것도 없어. 보살님과 얘기 다 됐으니께."

"아, 나 미쳐."

막내아들은 담배를 꺼내 물었다.

"근데 우리 몸에 악귀는 뭐가 있다고 그래요."

둘째아들이 나섰다.

"악귀가 있으니께 보살님이 방생하라고 그러지. 됐다. 고만 해라."

어머니가 단호하게 말하곤 손을 내저었다. 그러곤 미처 치우지 못 한 것을 정리하러 안방으로 들어가자 아들들은 서로의 얼굴을 멍하니 바라보았다.

"안 돼. 무슨 굿을."

막내아들의 말에

"어머니 잘 설득해야 돼."

둘째아들이 말을 맞받았다.

"그렇다고 어머니가 저렇게 완강하게 나오시니."

큰아들은 씁쓰레한 표정을 지었다.

"아버지가 지금껏 우리한테 해 준 게 뭐가 있다고. 맨날 술만 마시고. 밖에서 바람만 피고."

"됐다. 그만해라. 이제 돌아가셨잖아."

큰아들이 막내아들의 말을 끊었다. 그리고 둘째아들을 보며 말했다.

"우선 그거나 빨리 정리하자."

잠깐 머뭇거리던 둘째아들이 큰 비닐가방을 들고 왔다.

"여기."

둘째아들이 가방을 바닥에 내려놓자 아들들은 찜찜한 마음을 만회하려는 듯 서둘러 둘러앉았다.

"먼저 이거."

둘째아들이 계산서 뭉치를 내밀었다. 선풍기 바람이 머리카락이 반 이상이 빠진 큰아들의 정수리를 훑고 지나갔다. 큰아들은 손으로 머리카락을 뒤로 쓸어 넘겼다. 날이 갈수록 정수리의 머리카락이 눈에 띄게 빠졌다. 순간 아버지의 머리를 떠올렸다. 아버지의 머리도 정수리는 맨머리였다. 원, 별거 다 닮는구먼. 큰아들은 둘째아들에게 고개를 돌렸다.

"총 얼마 나왔냐."

"여기. 천 팔백 얼마인가."

둘째아들이 계산서 뭉치 앞장을 꺼내 큰아들에게 내밀었다. 장례비용을 언제 정리했는지 A4 용지 두 장에 지출 내역이 꼼꼼하게 적혀 있었다. 둘째아들이 증권회사에 다닌다는 이유로 우선 그의 돈으로 모든 비용을 치르고 부의금 관리도 도맡아 하게 했다.

"많이도 나왔네."

"손님들이 많았잖아."

"천팔백 육십 칠만 원이라."

막내가 내역서를 훑어보았다. 역시 식대가 가장 많았다.

"어떻게 하지?"

둘째아들이 큰아들 앞으로 가방을 내밀었다. 큰아들은 가방을 바라보며 잠시 생각했다. 부의금을 어떻게 한다지? 다른 집은? 생각해보니 친구들 사이에도 부의금을 어떻게 했다는 얘기를 듣지 못 했다.

"혹 못 들었냐. 다른 집은 어떻게 하는지?"

"돈 쓴 거 다 제하고 모두 어머니 드리면 되잖아."

막내아들의 말에

"각자 부조한 만큼 결국은 되돌려 받는 건데 말이야."

둘째아들이 이의를 제기했다.

"그럼 남는 돈을 똑같이 나누든지. 공평하게."

"공평하지 않지. 각자 온 손님 수가 다른데."

"들어온 돈은 얼마 될 것 같은데?"

큰아들이 물었다.

"한 대충 사오 천은 될 거 같은데."

큰아들이 담배를 물자 둘째아들과 막내아들도 담배를 물었다. 마당에는 아이들이 함박웃음을 터뜨리며 뛰어놀고 있었다. 아이들은 할아버지의 죽음보다 사촌들을 만난 게 기쁠 뿐이었다.

"우리 이렇게 하자."

큰아들은 큰 결심이 선 듯 담배를 재떨이에 끄며 말했다.

"모든 비용 제하고 남는 금액은 우리 형제계에 넣자. 지금도 매달 각자 십만 원씩 거두지 않냐. 그 돈으로 부모님 용돈도 드리고 병원비도 대고 했으니까. 또 아니 혹 어머님께 무슨 일이 생길지. 그러니 거기에 넣어두면 결국은 우리 공동의 돈이고 나중에 어머니나 우리 형제들 중에 큰돈을 쓸 때가 되어도 각자에게 부담이 적으니까 말이야."

큰아들은 새 담배를 꺼내 물었다. 아무래도 공평하게 장남으로서 결정을 잘 내린 것 같았다. 어떤 일이 있어도 형제의 의를 상하게 하면 안 된다는 게 장남으로서의 의무라고 스스로 생각했다. 둘째아들은 곰곰이 생각하는 듯 하지만 뭔가 불만이 있는 듯 했다. 서울의 큰 직장에 다녀서 그런지 둘째아들의 손님이 제일 많았다. 그만큼 부의금이 가장 많이 들어왔다는 말이었다.

"그럽시다. 빨랑 정리하고 우리 고스톱 한판 쳐."

막내아들이 가방의 지퍼를 열었다. 가방에는 하얀 봉투가 차곡차곡 챙겨져 있다. 막내아들이 한 묶음씩 꺼냈다.

"그러면 안 되지요."

아들들은 고개를 돌렸다. 둘째며느리였다. 결혼 초에 둘째아들과 같은 직장에 다니다가 아기를 낳고부터 그만두었다. 방안의 정리가 끝났는지 큰며느리와 막내며느리도 뒤를 따라 방을 나서고 있었다.

"다 끝났어요?"

막내아들의 말에

"나머진 어머님께서 하신데요."

큰며느리가 말을 받았다. 둘째아들이 담배를 꺼내 물었다. 구원자를 만난 듯 했다. 큰아들은 빨리 끝내지 못 한 것을 후회했다. 집안일은 남자끼리 결정하는 게 가장 좋다는 생각이었다. 어차피 며느리는 피가 통하지 않는 사이였다. 하지만 바람과 달리 며느리들이 아들들 옆으로 앉았다.

"그럼 어떡해요?"

막내아들이 떨떠름하게 물었다.

"그러니까요. 결국 들어온 돈은 그동안 그만큼 한 거고 또 해야 할 거고요. 그러니까 제 생각은 들어온 대로 가져가는 게 공평하지 않을까 싶네요. 서울선 다 그래요."

큰아들은 말을 잃고 담배연기만 토해냈다.

"그럼 비용은요?"

막내아들이 물었다.

"똑같이 나누면 되죠. 세 집으로. 누가 더 내고 덜 낼 것도 없이."

"그러니까 부의금은 각자 자기 앞으로 들어온 대로 가져가고 장례비용은 우리 삼형제가 똑같이 부담하자 이 말이네요."

"예 그렇죠."

둘째며느리와 막내아들의 말이 끝나자 잠시 침묵이 흘렀다.

"그럼요."

막내며느리가 조심스럽게 말을 꺼냈다.

"손님이 많으면 그만큼 식비도 많이 나갔을 텐데, 똑같이 비용을 부담하면."

아무래도 손님이 가장 적었던 막내며느리의 불만이었다. 막내아들은 옆 지방에서 굴착기 한 대로 먹고 살고 있었다.

"그렇다고 손님수대로 식비 계산까지 할 수 없잖아."

둘째며느리의 말에 막내며느리는 남편의 얼굴을 쳐다보았다.

"그러면요. 큰형님은 상계다 뭐다 해서 큰형님 계원들이 와서 상여도 메고 잔디도 입히고 했는데 그건 어떡하지요?"

막내아들의 말에 큰아들은 제지를 했다.

"그건 됐다. 장남인데."

큰아들은 당연한 걸 했다는 생각을 했다. 어차피 집이랑 논 몇 마지기도 자신이 물려 받을 거 아닌가. 그런 문제 가지고 다투고 싶지는 않았다.

"그리고요."

막내아들은 화가 난 듯 또 말을 했다.

"아버지 돌아가시기 전 계속 편찮으실 때 작은 형님은 뭐 했어요? 병원엘 한번 데려가셨어요?"

"너 말이 왜 그러냐."

둘째아들이 눈을 부릅떴다.

"제 말에 혹 오해가 있으신가 본데요. 아주버님 친구 분들 고생하신 건 일당으로 쳐 주셔야 될 것 같고요. 어차피 나중에 술이라도 사셔야 되니까요. 그리고 아버님 편찮으실 때 자주 못 찾아뵌 건 죄송해요, 정말."

"술이야 나중에 제 돈으로 사면 되고요. 막내야 그만 해라."

큰아들은 안방의 기척을 살폈다. 그때였다.

"고만 해라."

안방에서 어머니의 목소리가 흘러나왔다.

"상갓집에서 큰소리 나면 우세다. 큰 우세."

어머니의 목소리에 한숨이 배어 있었다. 큰아들이 막내아들에게 눈짓을 했다.

"그래 둘째 생각대로 하자. 봉투에 자기 때문에 온 사람 것은 각자 가져가고 친척들이나 동네 사람들 것은 따로 놔둬라. 어머니께 드리게. 그리고 각자 육백 만원씩 내고."

큰아들은 담배를 찾아 물었다. 이렇게 하는 게 합리적인지 생각하기가 싫었다. 큰아들의 말이 끝나자 잠시 머뭇거리던 둘째아들이 가방을 거꾸로 들고 봉투를 쏟아냈다.

"자 각자 우선 자기 것만 챙겨 봐."

큰아들이 먼저 봉투를 몇 개 집어 들었다. 그러자 둘째아들과 막내아들도 자신의 앞으로 온 부의금 봉투를 챙겼다. 어머니의 것은 따로 큰아들이 챙겼다. 정리 되는 대로 어머니 통장에 입금될 것이었다. 역시 둘째아들의 봉투가 거의 반을 차지했다. 둘째아들은 만족한 미소를 지었다. 뿌린 대로 거두리라. 이제는 누가 얼마 했고 누가 왔고 안 왔는지만 파악하면 되는 것이라고 둘째아들은 생각했다. 막내아들은 역시 손에 쥐어진 게 얼마 되지 않았다. 표정이 별로 밝지 않았다. 봉투가 각자의 것으로 분류되자 며느리들도 각자 남편의 곁으로 왔다. 둘째아들 부부는 작은방으로 들어갔다. 곧이어 봉투 소리와 함께 누구 얼마, 하는 둘째아들의 목소리가 밖으로 새어 나왔다. 막내는 봉투를 열고 돈을 꺼내며 직접 장부에 이름과 금액을 적었고 막내며느리는 그런 남편을 물끄러미 바라보았다. 뭔가 성에 차지 않는 표정이었다.

큰아들은 자신의 몫과 함께 어머니 몫을 챙겨 안방으로 들어갔다. 큰며느리가 뒤따라 들어왔다. 어머니는 누워 있었다.

빠진 사람은 없는 것 같았다. 예상보다 돈이 많이 들어온 듯 했다. 이 사람한테는 연락도 안 했는데 왔네, 어 이 사람은 전에 삼만 원 했는데 오만 원했네 큰며느리는 장부를 들여다보며 말했다.

"큰애가 인심을 안 잃어서 그렇다."

어머니가 누운 채로 말했다.

"친척분과 동네사람들 것은 어머님도 보셔야지요."

큰며느리가 어머니를 돌아보며 말했다.

"난중에 보면 되지. 글씨나 크게 적어 놔라."

어머니는 이마에 팔을 얹으며 말했다. 친척들과 동네사람들은 예상한 대로 올 사람은 오고 부의금도 한 대로 했다.

"어머닌 아직도 찜찜하세요?"

큰아들은 그냥 나오려다 어머니를 돌아보았다.

"네 아버지 돌아가시고 한숨도 못 잤다."

"아버진 그냥 돌아가신 거예요. 병원에서도 그랬잖아요."

큰아들은 누가 들을세라 나지막이 말했다.

"누가 머라든."

"굿은 절대로 안 돼요. 다 마음이에요. 마음이나 단단히 먹으세요."

큰아들은 다시 한 번 다짐을 주었다.

"해야 된다니까. 그래야 네 아버지가 저승엘 잘 갈 수 있어. 그리고 니들 몸에 붙은 악귀도 털어내고."

"다 미신이에요. 나중에 49재 지내면 되잖아요. 어머니가 다니시는 절에서요."

"그건 그거고. 이건 이거여."

"이제 아버지도 돌아가셨으니까 어머니도 편안하게 지내세요. 아버지 때문에 어머니가 얼마나 고생하셨어요."

"그래도 죽은 사람보다야 낫지."

"마음 굳게 잡수세요."

큰아들은 돈과 봉투를 안방에 둔 채 거실로 나왔다. 거실에는 막내아들 혼자 있었다. 막내며느리는 주방에서 냄비에 무엇을 끓이고 있었다. 둘째아들은 아직 나오지 않았다.

큰아들은 막내아들에게 담배를 한 개비 권했다. 막내아들은 거절하는 듯하다 담배를 받고 얼른 라이터를 꺼내 큰아들의 담배에 불을 붙였다. 잠시 둘이는 아무 말도 없이 담배를 피웠다. 큰아들은 언젠가 친구들과 술자리에서 오고간 말이 생각났다. 상을 당하거나 큰 행사가 있을 때 보면 그동안 사회생활을 누가 잘 했는지 안다는 거였다. 온 손님이며 부조를 보면 다 안다는 것이었다. 그래서 상을 당하면 은근히 친구들이나 아는 사람이 안 찾아오나 기다려진다는 것이었다. 형제간에 은근히 경쟁이 된다고 했다. 뭘 그렇게 생각하냐, 직장에 따라 하는 일에 따라 사귀는 사람의 범위가 있는데 그걸 가지고 사람의 사회생활까지 판단하면 어떡 하냐, 하는 반론이 제기되었지만 대체로 수긍하는 분위기였다.

다행히 막내아들은 그런 것에는 신경을 쓰지 않는 듯 했다. 막내는 삼 형제 중 유일하게 대학을 못 갔고 시골에서 굴착기를 하기에 주위 사람들 또한 그런 종류의 삶인 것은 뻔했다.

막내아들은 어려운 경제생활을 하지만 인간성이 좋아 주위에 친구들이 많았다. 이번 장례 치를 때도 잔심부름이며 산에서의 일은 막내의 친구들이 와서 자기의 일처럼 도와주었다. 셈속이 느린 대신 속 깊은 맛이 있었다.

"다 정리 했으면 술이나 한잔 하자. 당신, 술상 좀 봐줘. 이제 다 끝났는데 술이나 한잔 하지."

큰아들은 둘째아들이 밖으로 나오자 아내를 보며 말했다.

"좋지. 한잔 하자고."

동생들은 거실에 모여 앉았다. 며느리들은 주방으로 가서 안주를 장만하기 시작했다.

"술 마시기 전에 토깽이나 어서 사와라."

방에서 어머니의 목소리가 흘러나왔다. 아들들은 서로의 얼굴을 맞바라보았다.

"에이, 그건 안 지낸다니까요?"

막내아들이 말했다.

"어서 사오라니까."

"어머니 그만 하세요."

"그래요, 어머니. 나중에 49재 지내세요."

아들들은 어머니에게 단호하게 말했다. 그때 방문이 열리면서 어머니가 밖으로 나왔다.

"그럼 내가 가야겠다."

"어머니 왜 이러세요."

큰아들이 어머니의 팔을 잡았다.

"놔라. 이거."

"참, 어머니도."

"니들 빨리 먹고 다들 집으로 가."

어머니의 표정에는 노여움이 역력했다.

"정말 왜 이러세요."

둘째아들이 어머니의 팔을 잡았다.

"니도 빨리 서울로 올라가. 내 혼자 굿 할 테니."

어머니는 팔을 뿌리치고 거실 밖으로 나갔다. 큰아들이 담배를 꺼내 물었다. 그러자 동생들도 기다렸다는 듯이 담배를 꺼내 물었다.

"그만큼 고생시키다 죽었으면 이젠 됐지. 내 참."

막내아들이 투덜거렸다.

"……."

"……."

한동안 아무 말도 없었다. 주방에서 그릇이 부딪치는 소리만 났다.

"자자, 일단 술이나 한잔 하고."

큰아들이 자리에 앉으며 말했다.

"그래요. 일단 한잔해요. 에이 참."

둘째아들이 주방을 보며 빨리 술상을 달라고 했다.

큰며느리가 술상을 들고 왔다. 둘째며느리가 냉장고에서 맥주를 꺼내오고 막내며느리도 뒤따라왔다. 큰아들이 동생들과 제수들에게 술을 한잔씩 따랐다.

"자 모두들 고생했다. 한잔씩 해라."

큰아들은 술잔을 들었다 동생들과 며느리들도 술잔을 들고 잔을 부딪쳤다.

"자, 기분 좋게 술 마시자고."

"그래. 하여튼 애 많이 썼다."

아들들과 며느리들은 술을 단숨에 들이켰다.

"막내가 애 먹었다."

둘째아들이 막내아들의 잔에 술을 따랐다. 막내아들은 굴착기 기사답게 봉분을 만드는 것부터 주위 정리까지 굴삭기 기사를 잘 시켰다.

"낸들 뭐 한 게 있다고."

막내아들은 둘째아들이 따라준 술을 단숨에 들이켰다.

"손님도 많았고 아무 일도 없이 잘 끝났다. 둘째는 서울서 몇 시간 걸려 온 사람들한테 서울 가면 인사 잘 하고."

큰아들은 이제는 아버지 역할을 해야 한다고 생각했다. 어깨가 무겁지만 어차피 해야 할 일이었다.

"참, 산소에서 제사 지낼 때 자꾸 간섭하던 사람 누구예요? 제사 지내는데 휴대폰이나 울리고."

둘째며느리가 불쾌하다는 듯 말했다.

봉분이 다 되어 제를 지낼 때였다. 맏상제인 큰아들 부부가 잔을 올리고 이어서 둘째아들 부부가 무릎을 꿇고 잔을 올릴 때였다.

잘했군. 잘했어. 잘했군 잘했군 잘했어 ~

하며 어딘선가 휴대전화 벨소리가 울린 것이었다. 잠시 멈칫했던 둘째아들 부부는 그대로 계속 절을 했고 주위 사람들은 각자의 휴대전화를 꺼내 확인했다. 벨소리는 멈추지 않았고 사람들은 진원지를 찾기 위해 주위를 두리번거렸다. 그동안 삽질하던 큰아들 상계 회원 한 사람이 킥킥거리자 그 옆의 사람이 킥킥거렸고 또 그 옆의 사람까지 웃음을 터뜨렸다. 둘째아들 부부의 절이 끝날 무렵엔 일하던 사람들은 물론 친척들까지 웃음을 터뜨렸던 것이었다. 한동안 웃음이 그치질 않았다. 큰아들을 비롯해 상주들도 겉으로 웃지는 못 하고 인상 쓰면서 속으로 웃었다. 옆 사람의 지목으로 이장의 휴대전화라는 게 탄로 났고 삽을 들고 도와주던 이장은 미안한 기색도 없이 전화를 받았던 것이었다.

"아, 이장님."

막내아들의 말에 아들들과 며느리들은 그때가 생각나서 또 한번 하하하 크게 웃었다.

"그런 사람이 이장이라고요?"

둘째며느리가 말도 안 된다는 듯 웃음을 참으며 말했다.

"근데 그 양반이요. 이 근방에선 명물이라요."

막내아들이 말했다. 당신 또 그 얘기, 하며 막내며느리가 말렸지만 막내아들은 계속 말을 이었다.

"그 양반이 술을 어지간히 좋아하는데요. 술만 마셨다 하면 집에 있는 동네 앰프를 사용해 노래를 부르잖아요."

"동네 사람 다 듣게요?"

큰아들과 둘째아들이 웃고 있는 사이 둘째며느리가 물었다.

"그럼요. 한 열곡은 부르고 자는데요."

하하하. 호호호. 아들들과 며느리들은 배를 잡고 웃었다.

"그게 정말이에요?"

둘째며느리가 눈을 동그랗게 떴고

"그게 이 동네의 전설입니다. 전설."

막내아들의 말에 또 한번 웃음보가 터졌다.

어둠이 깔리자 마당에서 뛰어놀던 아이들이 거실로 들어와 텔레비전을 보았다. 톰과 제리였다. 아이들은 이틀 동안 무척이나 친해져 있었다. 비록 사촌끼리라 해도 명절이나 조부모 생일 때나 잠깐 볼 뿐이라 그렇게 친하게 지낼 시간이 많지 않았다.

"그동안 애들 사이가 많이 좋아졌네요."

막내며느리의 말에 큰며느리가 맞장구쳤다.

"아이들도 친해지고 우리 동서끼리도 더 친해진 거 같아요."

며느리들도 지금까지 이렇게 오랜 시간 동안 뭔가 같이 일을 해보지 않았고 또한 많은 이야기를 나눌 시간이 없었다고 했다. 부모의 죽음은 자식들에게 또한 우의를 다지는 계기가 된다는 생각을 큰아들은 했다.

"우리 고스톱 한 판 치지요."

막내아들이 화투를 가져왔고 며느리들은 아이들 저녁 줘야한다며 일어섰다.

"그래 패 돌려라."

둘째아들이 화장실에 가며 말했다. 좀 취한 듯 비틀거렸다.

"낮장밤일."

막내가 패를 돌리고 나서 말했고 큰아들이 물었다.

"지금 밤이냐 낮이냐?"

"저녁 안 먹었으니까 낮."

화장실에 다녀온 둘째아들이 자리에 앉으며 패 한 장을 뒤집었다. 풍 십이었다.

"난 매조. 형은?"

"난 솔이다. 네가 먼저 해라."

큰아들이 둘째아들 보고 말했다.

"잠깐."

막내아들이 바닥에 깔린 패를 집으며 말했다. 모두들 막내아들에게로 고개를 돌렸다.

"규칙을 정해야지."

"점 백하면 안 되냐? 규칙?"

"그럼, 서울 고도리하고 시골 고도리하곤 다르다고. 지역마다 특색이 있단 말이지."

"있는 거 다 있고 또 뭐냐, 그거."

"그럼 광박에 흔들고 쓰리고 하면 판이 커지는데."

"그럼 판돈을 적게 하면 되잖아. 점 백하자."

큰아들의 제안에 두 아들은 일제히 반기를 들었다. 아무리 재미로 친다 해도 스릴이 있어야 되고 고스톱은 돈 따는 맛에 하니 점 천은 돼야 한다고 했다.

"아냐. 판이 커. 판이 크면 나중에 얼굴 붉히게 되어 있어. 그래 점 오백 하자."

큰아들의 말에 두 동생은 할 수 없이 수긍했다. 둘째아들이 화투를 돌렸다. 큰아들이 담배를 물었고 뒤따라 동생들도 담배를 물었다.

"근데 말이야."

저녁까지 먹고 판이 여러 번 돌았을 때 둘째아들이 말했다. 며느리들은 작은방에 모여 무슨 재미나는 이야기를 하는지 거실까지 웃음소리가 끊임없이 흘러나왔다.

"어머니가 자꾸 우기면 굿을 해야 하는가?"

"굿?"

"맞아, 굿."

둘째아들의 말에 막내아들이 갑자기 생각난 듯 굿을 내뱉었다.

"아니, 아버지가 객사했다는데 병원에서 돌아가신 걸 객사라 하면 요즘 세상에 객사 아닌 게 어딨어?"

"맞아. 그래도 어머니가 저렇게 우기시니."

"참. 아버지도. 젊을 때 그렇게 어머니 고생시켰으면 됐지. 죽어서까지."

막내아들이 혀를 쯧쯧 찼다.

"그래도 아버진 나중엔 고생하셨다."

큰아들의 말에

"젊어서는 거의 집에 없었다면서요. 일본도 가고 만주도 가고."

"돈 벌러 갔었다니."

"근데 돈은 못 벌고 매번 집에 올 때마다 빈손으로 왔다면서요. 살림은 결국 어머니가 다 하신 거 아녀요."

"그래도 먹고 살기 힘든 세상이었다."

큰아들은 손으로 마른세수를 하며 말했다.

"살림도 차렸다면서요. 산판일인가 뭔가 할 때요."

둘째아들이 말했다.

"맞아, 그때 큰형님이 어머니 등에 업혀서 지낼 때라 했으니까. 언제야?"

"그때 어머니가 형님을 등에 업고 호수에 빠져죽으려고 호숫가에 신발을 벗고 물을 내려다보는데 물 위로 형님의 얼굴이 비치는 바람에 죽지 못 했단 말도 들었어요."

"그랬으면 형과 난 태어나지도 못 했겠는 걸."

막내아들이 이죽거렸다.

"왜 그랬을까. 결혼 초기부터 그토록 집에 정을 못 붙이고 항상 술로 지내셨고 또 밖으로만 떠돌아 다니셨고."

큰아들의 말에

"결국 늙고 병들었으니까 집으로 들어왔잖아."

"어머닌 그런 아버지를 왜 받아줬어."

막내아들의 말에 큰아들이 말을 잘랐다.

"그래도 우리 아버지다. 이제 돌아가셨으니까 나쁜 맘은 먹지 마라. 돌아가시기 전에 우리도 할 만큼 했으니까."

큰아들의 말에 두 동생은 잠시 말을 놓고 생각에 잠겼다.

"참 아버지 인생도 기구했구만. 근데 왜 그리 방황만 했을까."

"그러게 말이야."

둘째아들의 말에 큰아들이 말했다.

"어쨌든 돌아가신 분이니까 이제 다 덮고 가자."

"어쨌든 굿이 문제네. 난 무조건 반대야."

막내아들이 똥을 먹으며 말했다. 그러는 사이 막내아들은 재빨리 피를 세어보았다. 구십 피. 다른 사람들은 겨우 서너 피 갖다 놨을 뿐이다. 행운 두 장에 구 쌍피까지 들고 있으니 잘 하면 쓰리고까지 갈 수 있겠다는 생각을 했다.

"무조건 막아야지."

큰아들은 서둘러 말했다. 그 사이에 구띠를 내고 말았다.

"이런."

"낙장불입."

막내아들은 힘차게 소리쳤다. 이렇게 좋을 수가. 똥꼬가 째질 듯 기분이 좋아 콧노래를 흥얼거렸다. 굿 생각은 잊어버렸다.

한창 고스톱을 치고 있을 때 어머니는 라면상자를 들고 대문을 들어섰다. 아들들은 누구도 일어서지 않고 어머니를 바라보기만 했다. 피곤한 기색의 어머니는 그러나 어떤 결기가 눈에 서려 있었다.

"꼭 이래야 돼요?"

"해야 한다니까."

어머니는 짜증스럽게 말했다.

"니들은 바쁘면 다들 집으로 가. 내 혼자 지낼 테니."

어머니는 라면상자를 현관에 놓고 방으로 들어갔다. 라면상자 틈으로 하얀 토끼가 얼굴을 내밀었다.

"와 토끼다."

아이들이 라면상자로 모여들었다.

"에이."

둘째아들이 들고 있던 화투를 바닥에 내려놓았다. 큰아들도 내려놓았고 한참 머뭇거리던 막내아들도 결국 내려놓았다. 아들들은 한동안 말없이 아이들이 토끼를 만지는 모습을 바라보았다. 큰며느리가 밥상을 차려 안방으로 가져갔다.

"니들은 내일 집에 가라. 난 있다 갈 테니."

큰아들이 말했다.

"형님도 굿을 한단 말이요?"

둘째아들이 따지듯 물었다.

"안 하더라도 집에는 있어야 할 거 아냐. 어머니 혼자서 어떻게."

"난 집사람하고 상의해보고. 어디 온천이나 거쳐 집에 가려고 했더니."

둘째아들은 입맛을 다셨다.

"나도 있지 뭐. 집에 가 봐야 할 거 없고. 굿이나 보고 떡이나 먹지 뭐."

막내아들이 비꼬듯 말했다.

아침을 먹자마자 어머니가 한복을 곱게 차려입고 마당에 앉아 라면박스에 있는 토끼 네 마리에게 먹이를 주고 있을 때 보살이 왔다. 어머니의 얼굴 전체가 불그스름한 것이 약간은 흥분해 있었다. 보살을 보자 큰손님을 맞이하듯 얼른 일어나 대문을 열고 들어서는 보살에게로 달려갔다.

"어서 오시오."

어머니는 무당이 들고 온 붉은 보따리를 두 손으로 받았다. 큰아들을 비롯해 아들들과 며느리들도 마당에 나와 보살에게 인사를 했다.

"아이고, 모두 효자 효부이십니다. 요즘 세상에 젊은 사람들이."

보살은 일일이 아들들과 며느리들을 둘러보았다. 아들들과 며느리들은 아무 말도 하지 않고 고개를 숙였다. 보살은 흐뭇한 미소를 짓고는 마당에 차려진 상 앞으로 갔다. 상에는 양쪽으로 초가 두 개 있고 중앙에 하얀 쌀이 가득 담긴 그릇과 물이 담긴 그릇이 있었다. 상은 아버지가 쓰러진 곳에 있었다. 상 앞에 펴져 있는 돗자리에 신발을 벗고 올라선 보살은 붉은 보자기를 풀었다.

"초에 불을 붙이시지요."

보살은 염주와 작은 종을 꺼내며 말했다. 큰아들은 재빨리 다가가 라이터로 불을 붙였다. 불이 붙여지자 보살은 보자기에서 30cm 정도 되는 종이로 만든 인형을 꺼내 큰아들을 불렀다.

"자, 제 옆에 앉으시고 이것을 두 손으로 받들고 계시지요."

보살은 큰아들에게 종이 인형을 내밀었고 큰아들은 머뭇거리다 받았다. 큰아들은 아버지의 쓰러진 모습이 떠올라 잠깐 진저리를 쳤다. 왼손에 염주를 오른손에 작은 종을 든 보살이 정좌를 하자 큰아들은 그 옆에 종이 인형을 두 손으로 받쳐 들고 보살 옆에 무릎을 꿇었다.

이게 뭐 하는 짓인가.

큰아들은 자신이 미친 짓을 한다는 생각이 들었다. 심호흡을 몇 번 했다. 큰아들 옆에 어머니 역시 무릎을 꿇고 앉았다. 아들들과 며느리들은 쭈뼛거리며 뒤로 빙 둘러 섰다. 손자손녀들도 자신들의 부모 옆에 섰다. 어른들은 떨떠름한 표정이 역력했고 아이들은 호기심으로 종이 인형과 보살을 번갈아 보았다.

농약이었을까.

큰아들은 종이 인형을 바라보며 아버지가 쓰러진 모습을 떠올렸다. 어머니의 전화연락을 받고 달려왔을 때 아버지는 고개가 왼쪽으로 꺾인 채 바닥에 엎드려 있었다. 의식이 없었다. 입 주위에는 하얀 거품이 묻어 있었다. 큰아들은 아버지를 들쳐 업었다. 순간 아버지의 몸에서 시큼한 냄새가 확 풍겼다. 잘 썩은 두엄 냄새 같기도 했고 농약 냄새 같기도 했다. 울컥, 속이 메스꺼우면서 토할 것 같았다. 목구멍까지 올라온 것을 꿀꺽 삼키며 아버지를 차 뒷좌석에 태웠다. 병원에 가는 내내 아버지의 몸에서 농약 냄새가 나는 것 같았다. 하지만 큰아들은 두엄 냄새일 거라고 애써 생각했다. 아버지는 씻지도 않았을 뿐 아니라 옷도 제대로 갈아입지 않았다. 가족 누구도 아버지 곁에 가려 하지 않았다. 큰아들은 종이 인형에서 눈을 뗐다. 장례식 내내 애써 참았던 자살 의혹이 일어 도저히 보고 있을 수가 없었다.

무당이 염주를 한 알 한 알 넘기며 주문을 외우기 시작했다. 어머니는 두 손을 비비며 고개를 숙였다. 뒤에 섰던 아들들과 며느리들은 긴장하며 보살에게서 눈을 떼지 않았다. 주문 소리는 작은 종소리에 따라 점점 커졌다가 작아졌다. 무당의 주문이 빨라지기 시작했고 종소리가 점점 커졌다. 어머니는 더 빨리 손을 비비며 연신 고개를 수그리며 무언가 중얼거렸다. 그때였다. 종소리가 커지는가 싶더니 대뜸 보살이 고함을 질렀다.

"거기나 오기 싫었어?"

갑작스런 보살의 포함에 큰아들은 움찔거렸고 그 바람에 종이 인형을 떨어뜨릴 뻔 했다.

"어여 잘못 했다고 빌어."

어머니가 큰아들에게 바라보며 말했다.

"한번만 용서해 주시오. 철없는 것이 무얼 안다고……. 지발 노여움일랑 푸시고."

어머니는 상 앞으로 다가가 두 손을 비비며 머리를 조아렸다. 촛대 위에서 혀를 날름거리던 촛불이 꺼질 듯 사그라지다 다시 되살아났다.

"어서 잘못 했다고 빌어! 너희들도 빌어라."

어머니는 뒤를 돌아보았다. 어머니의 얼굴엔 땀이 송골송골 맺혀 있었다. 아들들과 며느리들은 어머니의 갑작스런 명령에 어찌할 바를 몰랐다. 난감한 표정을 짓던 아들들과 며느리들은 고개만 숙였다. 보살의 송주 소리와 종소리, 어머니의 애걸하는 소리가 한참동안 이어졌다. 어머니가 아들들과 며느리들에게 한 번 더 어서 빌라고 말했을 때 종소리가 잦아들었다.

"됐소. 아무리 저승에 못 갈 만큼 원통해도 자식인데."

종을 내려놓은 보살이 목이 쉰 듯한 목소리로 말했다. 염주 한 알 한 알이 넘어가며 보살의 입에서 송주 소리가 나지막하게 흘러나왔다.

부검이라도 했어야 하지 않았을까.

큰아들은 눈을 감았다. 병원 응급실에 도착했을 때 아버지는 이미 죽어 있었다. 담당 의사가 아버지의 가슴에 청진기를 갖다 대고 눈을 들여다보다가 늦었다고 했다. 의사가 가고 나자 좀 있다가 원무과에 근무하는 사람과 병원에 딸린 장례식장 관계자가 왔다.

"그냥 돌아가신 거 같은데요."

원무과 직원이 말했다.

"그게, 저."

큰아들이 원인을 알아야 하지 않겠냐는 말을 미처 꺼내기 전에 장례식장 관계자가 말을 했다.

"부검을 하면 골치 아픕니다. 시간도 며칠 걸리고요. 경찰에서 조사를 하거든요."

이미 의사한테 얘기를 다 들은 듯 했다.

"연세가 많으신데 그만 사실만큼 사셨다 생각하고 그냥 고이 보내드리세요. 괜히 몸에 칼질하지 마시고요."

"그래요. 원래부터 아픈 사람이었는데 요새 더 심하더니. 아이고."

어머니가 통곡을 했다. 통곡은 이미 큰아들이 어찌 할 수 없게 만들었다. 곧이어 달려온 큰며느리도 어머니의 뜻에 따르자고 했다.

약을 먹지 않았을 거야. 그냥 심장마비나 뭐 그런 거였겠지.

장례를 치르는 내내 생각한 것을 동생들에게도 그렇게 얘기를 했다. 그러나 굿을 할수록 아버지가 자살했을 것 같다는 생각이 자꾸 나는 것이었다. 알코올성 치매. 아버지의 병명은 알코올 중독에 의한 치매였다. 돌아가시기 한 달여 전에는 밥은 거의 먹지 않고 매일 술을 마셨다. 헛것을 보고 헛소리를 했다. 화를 내고 애걸복걸을 해도 상관없었다.

나 이대로 죽을란다.

병원에 가자는 말에 아버지는 이 말만 되풀이 했다. 제정신이 돌아오는 시간보다 제정신이 아닌 시간이 더 많았다.

제 때 병원에 갔더라면. 의사 말대로 알코올 중독 전문요양원에 강제로 입원시키고 치료를 했더라면.

아버지의 증세가 점점 심해지기 서너 달여 전 설마 치매가 아닌가 싶어 치매 전문 병원에 찾아갔더니 의사는 우선 술을 끊어야 한다고 했다. 그래야 정확한 진단이 나온다고 했다. 술을 낙 삼아 사는 분한테 어떻게 술을 마시지 말라고 하는가. 그러다 괜찮겠지 싶었다. 처음 치매 증상이 나타난 것은 하루에 한두 번이었다. 어느 날 근무시간에 전화가 왔다.

"전쟁이 났다. 어서 피난 준비해라."

아버지는 다급하게 말했다.

"예?"

"뭐 하고 있는 게야. 빨리 짐 싸라니까. 다 죽는다니까. 니들 엄마는 어디 간 게야."

아버지는 전화기 저 너머에서 떨고 있었다.

"전쟁 안 일어났어요."

큰아들은 몇 번이나 아버지를 진정시키려고 했지만 아버지는 전쟁 일어났다는 말만 되풀이 했다. 그때 큰아들은 뭔가 아버지가 이상하다는 걸 느꼈는데 매일 그런 전화가 오다시피 했다. 어머니한테 전화를 거니 노망이 들어서 그러니 신경 끊으라고 했다.

"어떻게 신경을 안 써요."

"요샌 네 아버지 때문에 죽겠다. 맨날 술이다, 술."

그러던 어느 날이었다. 동네에 있는 구멍가게 아주머니한테서 전화가 왔다. 외상값이 20만원이 넘게 있는데 갚지도 않고 외상도 안 했다고 떼를 쓴다고 했다. 뭔가 예감이 이상했다. 그날 밤 구멍가게에 찾아갔다.

"말도 마."

아주머니가 내민 장부에는 꼼꼼히 날짜와 누구랑 술 마셨던 것까지 자세히 적혀 있었다. 거짓말하는 것 같지는 않았다. 용돈은 충분히 드리는데 웬일일까 싶었다. 돈을 갚고 나자 아주머니는 조심스럽게 말을 꺼냈다.

"병원에 한번 모셔가봐. 다들 이상하다고 그래. 예전엔 그렇게 경우 바른 사람이."

"무슨 말씀이세요?"

큰아들이 따지듯 물으니 술을 마시고서 그냥 나서는 게 보통이요 나중에 딱 잡아뗀다고 했다. 주위에선 치매 같다고 수군거린다고 했다. 집에 와서 어머니에게 물으니 어머니는 대수롭지 않게 말했다.

"맨날 술이나 마시니 어디 맨정신이겠나. 저러다 술병에 걸려 죽겠지."

어머니는 매일 술 드시는 아버지에게 단단히 화가 나 있었다. 술을 못 마시게 하면 밥도 안 먹고 생떼를 쓴다는 것이었다. 그래서 자식들이 주는 용돈을 아버지께 안 드리고 어머니가 꼭 쥐고 있다는 것이었다.

"돈은 드려야지요. 남들이 뭐라 그러겠어요. 그리고 혹 치매 초기 증상 아닌가요? 자꾸 전쟁 났다는 것도 그렇고."

큰아들은 조심스럽게 물었다. 하지만 어머니는 대수롭지 않게 말했다.

"늙으마 그러는 수가 있어. 그러다 제 정신이 들어오겠지."

하지만 아버지는 제정신이 돌아오지 않았다. 술은 늘어갔다. 큰아들이 전쟁 얘기를 무시하자 둘째아들 막내아들에게 전화를 했다.

어쩌면.

큰아들은 종이 인형을 바라보며 속으로 중얼거렸다. 수시로 전화를 거는 아버지를 피하고 싶었는지 모른다. 저러다 낫겠지. 하는 이기적인 생각으로.

"아버질 큰 병원으로 한번 모셔야겠다."

어머니 생일에 형제들이 다 모이자 큰아들은 동생들에게 말했다. 동생들도 대충 아버지의 증세를 알고 있었다. 둘째아들이 있는 서울의 치매전문병원에 갔다. 하지만 병원에서도 금방 진단을 내릴 수 없다고 했다. 증세로 보아 치매 같은데 우선 한 달 동안 술을 끊고 난 뒤에 MRI 뇌 촬영을 해야 정확하게 알 수 있다고 했다.

"한 달 동안 어떻게 술 끊어?"

막내아들이 말했다. 지금 상태론 한 달이 아니라 하루도 끊을 수 없는 상황이긴 했다. 우선 아버지 본인이 술을 끊고 병을 고칠 생각을 하지 않았다. 현재의 아버지 상황을 얘기하고 술을 좀 줄이라고 해도 나 이대로 살다 죽을란다, 했다.

"술을 끊게 하느냐 마느냐 보다 아버지 병을 고칠 것인가 그냥 둘 것인가야, 문제는."

둘째아들이 분명하게 말을 했다. 병을 고치기 위해선 강제로라도 요양원에 입원시켜야한다는 것이었다.

"하루 종일 독방에 가두고 팔다리를 묶어 놓는다는 데도 말이냐?"

큰아들이 심각하게 말했다.

"시설이 좋은 데 가면 그렇지도 않대. 예전과 달라."

"그래도 술을 끊으면 금단현상 때문에 병원에서 행패를 부릴 텐데 그 사람들이 어떻게 하겠어."

막내아들이 부정적으로 말했다.

"정 안되면 그렇게라도 해서 병을 고쳐야지. 어떡해 그럼."

"……."

큰아들은 고개를 흔들었다. 언젠가 아버지가 위경련을 일으켜 병원에 입원한 적이 있었다. 당연히 술을 못 마셨고 아버지는 고함을 지르고 휴지통을 던지며 행패를 부렸다. 병원에서는 아버지의 팔과 다리를 꽁꽁 묶어 놓고 큰아들에게 전화를 했다. 그때 큰아들은 아버지가 아닌 한 짐승이 몸부림치는 것을 보았다. 다시는 그런 꼴을 보고 싶지가 않았다.

"그냥 내 둬라. 저러다 죽도록."

어머니는 단호하게 말했다. 술을 한 달여 끊어봤자 다시 집에 오면 술을 마실 게 뻔하다는 것이었다. 술을 끊게 하려면 병원에 평생 가두어야 하는데 그럴 수 있느냐고 했다.

정말 잘 한 결정이었을까.

큰아들은 고개를 가로 저었다. 자신이 없었다. 중요한 순간에, 아버지의 남은 생을 좌우할 그런 중요한 순간에 어떤 결정을 내린다는 것은 쉽지가 않았다. 냉정해져야 한다고 스스로에게 타일렀지만 아버지는 아버지였다.

어~허!

갑자기 보살이 종을 크게 흔들며 소리를 질렀다. 촛불이 또 한번 옆으로 휘청거렸다. 큰아들은 움찔거리며 종이 인형을 잡은 손에 힘을 주었다. 무어라고 중얼거리는 보살의 이마에 땀방울이 송알송알 맺혔다. 어머니는 불안하게 보살을 바라보았다.

보살이 갑자기 벌떡 일어서더니 큰아들이 들고 있는 종이 인형을 향해 머리를 조아리고 두 손을 비비며 무언지 모를 괴성을 질렀다. 어머니도 종이 인형 앞으로 다가와 두 손을 비비며 고개를 숙였다.

"나가 잘못 했소. 지발 노여움 푸시고 어서 오시오. 이렇게 아들 며느리들까지 기다리고 있잖남요."

어머니는 울부짖었다.

한참동안 머리를 연신 조아리며 괴성을 지르던 보살이 갑자기 염주와 종을 바닥에 떨어뜨리며 쓰러지듯 털썩 바닥에 주저앉았다.

"아, 어째서……."

보살은 땀범벅이 된 얼굴로 탄식을 했다. 어머니는 보살에게 다가갔다.

"보, 보살님. 무신 일이 있는감요?"

어머니의 목소리가 심하게 떨려나왔다. 그때 큰아들의 겨드랑이에서 한 줄기 차가운 땀방울이 주르륵 흘렀다. 종이 인형을 받쳐 든 손이 떨렸다. 떨리는 팔을 멈추려고 큰아들은 팔에 힘을 주었지만 소용이 없었다.

"오다가 가고⋯⋯, 오다가 가고. 누가 자꾸 붙잡아!⋯⋯ 도대체 어떤 날망 제길레⋯⋯"

보살은 다시 염주와 종을 주워 들고 정좌를 했다. 염주를 한 알 한 알 굴리며 주문을 외웠다.

어머니는 보살 옆에 앉아 두 손을 비비며 애원했다.

"지발, 지발 오시오. 존 대로 보내 드릴라 카는데 ⋯⋯ 나가 잘못 했소. 이 짐승만도 못 한 여편네가 소견머리가 없어서⋯⋯ 지발 노여움일랑 푸시고 지발 오시오. 있는 한, 없는 한 다 풀어드리고 존 대로 보내드릴 팅께⋯⋯ ."

어머니는 연신 머리를 조아리며 두 손을 비볐다.

"어~허!"

보살이 종소리를 크게 흔들며 말했다.

"아들이 한번 불러 보시오. 아들들한테 뭔 한이 맺혔는가 자꾸 아들들만 보네⋯⋯ 자, 일어서서 아버지 하고 계속 부르시오."

보살은 벌떡 일어서서 계속 종을 심하게 흔들며 주문을 외쳤다.

"아, 아⋯⋯버지,"

종이 인형을 든 팔이 위로 솟구치며 잠시 머뭇거리던 큰아들의 입에서 최면에라도 걸린 듯 입에서 툭, 튀어나왔다.

"그렇지, 좀 더 큰소리로 오시라고 해요."

보살은 계속 재촉했고,

"아⋯⋯버지,"

"오네, 와! 자, 상 주위를 돌면서 아버지를 자꾸 불러요."

보살은 더 세게 종을 흔들었고,

"아버지……,……아버지……."

큰아들은 최면에라도 걸린 듯, 종이 인형을 든 팔을 심하게 떨며 상 주위를 돌았다.

얼마나 그렇게 했을까, 보살도 어머니도, 모두들 기운이 다 빠졌을 때에야 보살이 자리에 털썩, 앉으며 말했다.

"자, 오셨으니께 아드님과 며느리들은 아버지께 인사 드려요."

보살은 염주를 한 알 한 알 넘기며 모미타경을 외기 시작했다. 보살 옆에 앉은 어머니도 헝클어진 머리를 손질하고 나서 눈을 감았다.

나무상주시방불 구품연화여거륜
나무상주시방불 미타장육금구립
나무상주시방승 좌수당흥우수수

큰아들은 종이 인형을 상 위에 놓고 절을 두 번 했다.

머뭇거리던 둘째아들과 막내아들이 상 앞으로 나와 절을 두 번 했다.

며느리들이 상 앞으로 나와 절을 두 번 했다.

손자와 손녀들이 상 앞으로 나와 절을 두 번 했다.

"자, 이제 방으로 들어가시지요."

보살이 일어섰다. 상을 한번 훑어보더니 어머니에게 일렀다.

"여기 쌀은 한 알이라도 흘리지 말고 바로 안치시오."

"그러믄요."

어머니는 말 잘 듣는 아랫사람처럼 공손하게 말하곤 쌀이 든 그릇을 큰며느리에게 건넸다. 둘째며느리와 막내며느리가 상을 치우기 시작했다.

큰아들은 보살의 말에 따라 종이 인형을 두 팔로 높이 떠받들고 방으로 들어왔다. 방안에 크게 차려져 있는 제사상 중앙에 종이 인형을 놓았다. 큰아들이 거실로 나와 자리에 앉자 아들들과 며느리들이 서 있다 자리에 앉았다. 어머니는 손수 주방에서 쌀을 씻고 있었다.

"잘 하셨습니다."

보살이 큰아들을 바라보며 칭찬을 했다. 큰아들은 아무 말도 없이 고개를 숙였다. 둘째아들과 막내아들도 아무 말이 없었다. 큰아들은 잠시 있다가 마당으로 나와 담배를 입에 물었다. 아이들은 처음엔 마당을 걸어 다니다가 어느새 재잘거리며 뛰어놀기 시작했다. 큰아들은 허공에다 담배연기를 길게 내뿜었다.

"왜 아버지는 안 오시려고 했을까?"

옆을 돌아보니 막내아들이 담배에 불을 붙이고 있었다. 그 옆에는 둘째아들이 팔짱을 끼고 먼 허공을 바라보고 있었다.

"……."

"원통했겠지."

둘째아들이 말했다. 원통? 큰아들은 입속으로 원통이라는 말을 굴려보았다. 그래 원통했겠지. 아무도 자기편이 아니었으니까. 큰아들은 피우던 담배를 신발로 비벼 끄곤 새 담배를 입에 물었다. 막내아들도 새 담배를 꺼냈다.

잠시 어색한 침묵이 흘렀다.

"중국의 어느 송족엔 이런 형벌이 있었네."

둘째아들이 어색한 침묵을 깨고 말을 꺼냈다. 형벌? 큰아들과 막내아들이 동시에 얼굴을 돌렸다.

"큰 죄를 지은 죄인을 송판에 꽁꽁 묶는대. 죄인의 배 부분에 오는 송판 부위는 지름 사오 센티 정도의 구멍을 내 놓고."

큰아들과 막내아들은 침을 꿀꺽 삼켰다.

"그러곤 대나무 숲으로 데려가 죽순이 올라오는 곳에 송판 구멍 밑이 오도록 해서 허공에 매달아놓았다는데."

"왜?"

막내아들이 물었다.

"죽순이 보통 하루에 크게는 칠십 센티까지 큰다고 하잖아."

"그럼 죽순이 죄인의 몸을 뚫고 간다는 말이야?"

막내아들이 큰소리로 물었고 큰아들은 아무 말도 없이 바라보기만 했다.

"그 고통이 어땠을까."

"설마. 죽순이 어떻게 사람 몸을 뚫고 들어가?"

소름이 끼친다는 듯 막내아들이 고개를 저었다.

"어느 책에 그런 기록이 있어. 식물이 얼마나 힘이 센가 하면 아스팔트도 뚫고 나오잖냐."

막내아들은 입을 다물었다. 죽순이 사람의 몸속으로 들어오는 순간 죄인은 얼마나 고통스러울까. 그 죽순이 죄인의 몸을 관통하고……. 순간, 큰아들은 죄인의 얼굴과 아버지의 얼굴이 겹쳐 몸서리를 쳤다. 그 고통을 아버지가 당했다는 말인가. 아버지의 말년은 어땠는가. 큰아들은 눈을 감았다.

아버지와 어머니의 완강한 반대로 아버지는 알코올 중독 전문요양원에 가지 않았다. 대신 아버지는 누구의 호의도 받지 못 했다. 전쟁이 일어났으니 피난가라고 몇 번이나 아들들에게 하소연해도 아들들은 콧방귀나 뀔 뿐이었다. 아버지는 답답했을 것이었다. 동네 구멍가게에서 분명 돈을 주고 술을 마셨는데 돈을 안 받았다고 했다. 주인 남자의 멱살을 잡았다. 하지만 힘에 부쳤다. 주인 남자의 완력에 흙바닥에 뒹굴었다. 몇 번 달려들었지만 번번이 나가떨어질 뿐이었다. 주위를 돌아보며 결백을 주장해도 동네사람들은 고개를 돌릴 뿐이었다.

"영태 아버지 그만 집에 들어가시오."

그나마 친하게 지내던 옆집의 아주머니였고

"이보게, 자식들 생각도 해야지. 이게 뭔가. 자식들 보기에 민망하지도 않은가."

옆 동네에 사는 동갑내기 친구의 말이었다.

아버지는 절망했을 것이었다. 아무도 자신의 말을 들어주지 않는다. 이렇게 살 필요가 있을까. 집으로 돌아와 전화로 자식들에게 하소연했지만 아버지가 참으라는 말만 했다. 당장 달려와 아버지의 한을 풀어줘야 하는 거 아닌가. 이렇게 살아야 하는가.

어머니는 아버지에게 이젠 밥 먹으라는 소리도 안 했다. 아버지는 밥 좀먹고 술을 드시라고 하면 버럭 화를 냈다. 밥을 먹지 않고 술만 마시니 몰골이 말이 아니었다. 씻지도 않았고 옷도 갈아입지 않았다. 그 무렵 나는 무얼했는가. 직장 동료들과 술 마시고 노래방에 가지 않았는가.

"그때 병원에서 아버지 뇌 촬영했을 때 있지."

둘째아들이 말을 꺼냈다.

"그때 한 쪽 뇌가 거의 망가졌다고 했잖아."

"그랬지."

막내아들이 말을 받았다.

"그때 그 말을 들었을 때 아버지 맘은 어땠을까."

"……."

"……."

큰아들과 막내아들은 입을 열지 않았다. 아버지의 증세가 점점 심해지자 아버지를 겨우 설득해 신경정신과 병원에 가서 뇌검사를 했다.

"뇌가 많이 상하셨군요."

의사는 호두 모양의 뇌 사진을 손으로 짚어갔다. 아들들은 물끄러미 뇌사진을 바라보았다.

"정확한 진단은 할 수 없지만 알코올성 치매로 보입니다. 지금까지 보호자 분께서 말씀하신 환자분의 여러 성향을 보면요. 알코올성 치매의 특징은 부정적 심리가 심하고 의존적이며 적대감이 강하지요. 술을 끊을 필요성도 의지도 없고요."

의사는 다시 한 번 뇌사진을 들여다보다 아들들을 돌아보았다.

"약물치료를 하면 더 진행되는 것을 막을 수는 있습니다. 물론 술은 끊어야 하고요."

"완전히 고칠 수는 없나요?"

큰아들이 물었다.

"불가능합니다. 뇌도 많이 손상됐고. 지금은 더 진행을 막는 게 최선의 방법입니다. 우선 술을 끊게 하고요 약물 치료를 꾸준히 하세요."

정신이 말짱한 아버지는 자신의 뇌사진을 바라보며 고개를 저었다.

"술을 끊느니 이대로 살다 죽겠소."

"그냥 두면 점점 심해집니다. 지금은 그래도 정신이 맑은 시간이 더 많지 않소."

"그만 됐소."

아버지는 자리에서 벌떡 일어났다. 아버지에게 술을 끊는다는 것은 불가능했다.

그 이후로 아버지는 밥은 먹지 않고 술만 마셨다. 자신의 말을 인정하지 않고 잔소리를 한다는 어머니 때문이었다. 하지만 약은 제 때 잘 먹었다. 하지만 술을 마시니 효과는 없고 증세는 점점 심해져 갔다. 밥을 먹지 않으니 영양 결핍으로 눈은 휑하니 들어갔고 몸은 마른 장작처럼 삐쩍 말라갔다. 이미 알코올 중독 치료 전문요양원에도 보낼 수도 없는 지경이었다.

농약을 드신 것일까. 아니면 영양실조였을까. 병원에서도 밥은 먹지 않고 술만 마시니 영양실조를 가장 우려했지 않은가. 간에 대한 부담도 컸을 것이고.

큰아들은 처음 아버지가 쓰러졌을 때를 떠올리곤 급히 담배를 찾아 입에 물었다. 기분이 착 가라앉았다. 장례식 내내 들지 않았던 기분이었다. 장례식 내내 아들들은 물론 어머니조차 크게 슬퍼하는 기색이 아니었다. 천벌을 받을 이야기지만, 큰아들은 담배 연기를 폐 깊숙이 들이마셨다. 오히려 홀가분한 기분이 든 거 또한 사실이었다. 하늘이 무너진 느낌 같은 건 애당초 없었다. 어머니 또한 그렇게 낙담하지 않고 문상 온 친척들과 어울려 간간이 웃기조차 하였다.

"괜히 굿해서 그런가, 맘이 찜찜하네."

막내아들이 말했다. 막내아들 역시 굿을 하면서 당황한 것 같았다. 처음으로 아버지의 죽음을 실감하는 것 같았다.

"그래."

둘째아들도 선선히 동의하였다. 장례식 내내 슬픈 기색보다 국상 났네, 하는 분위기가 더 우세했던 건 사실이었다.

그건 자살이다.

큰아들은 속으로 중얼거렸다.

밥을 거부 했다면, 농약을 먹었든 안 먹었든 그건 자살이 아닌가.

아무도 아버지를 상대하지 않았다. 특히 어머니가 심했다. 매일 술만 마시고 싶은 소리 했다간 불같이 화를 내던 아버지를 멀리 했다. 각방을 썼다. 그러는 아버지는 어머니가 없으면 불안해서 어쩔 줄을 몰라 했다. 조금만 안보여도 찾았고 찾다가 없으면 아들들에게 전화했다.

자신의 모든 것을 믿어주지 않는 아내, 자식들, 동네 사람들. 아버지는 얼마나 막막했던가. 마지막 선택할 수밖에 없었던 것은.

큰아들과 막내아들이 동시에 담배를 물었을 때 방에서 불렀다.

제사상에는 김이 모락모락 나는 밥이 한 그릇 떠 있었다. 방안에는 보살과 어머니가 얘기를 나누고 있었다. 속삭이는 어머니의 목소리가 거실로 흘러나왔다.

"보살님, 아까…… 날망제가 붙잡는다캤는데……. 그게……."

"다시 한 번 더 불러보긴 해야겠는데……. 혹시 윗대에 원이 맺혀서 죽은 사람이 있소?"

보살이 고개를 갸웃거렸다.

"그럼…… 그게……."

어머니는 말을 더듬었다.

"확실하지는 않지만, 몇 십 년 동안이나 저승에 못가고 떠도는 것 같은데…… 당사자하고 무슨 연관이 있는 것 같기도 하고……."

염주와 종을 챙기며 보살이 말했다. 어머니가 보살 옆에 앉았고 아들들과 며느리들은 뒤에 한 줄로 섰다. 손자 손녀들은 거실에서 옆 사람을 쿡쿡 찌르기도 하고 킥킥 웃었다.

사단이 벌어진 것은 막 제사를 지낼 때였다. 보살이 정좌를 하고 상념에 잠겨 있다가 갑자기 고개를 심하게 흔들었다.

"안 돼야!⋯⋯ 안 돼!"

어머니는 보살을 돌아보며 불안하게 눈치를 살폈다.

"날망제가 또 따라왔어."

어머니는 제상 앞에 엎어지듯 쓰러졌다.

"누군데 자꾸 따라오는 거야! 억울하고 원통하다고? 그렇다고 이런 델 따라오면 어떡혀! 가여! 어서 가여!"

보살이 종을 심하게 흔들며 팔을 휘휘 저었다. 어머니는 눈을 질끈 감았다. 눈가의 주름이 파르르 떨렸다.

"어여 저리 가여!"

보살이 다시 한 번 더 종을 흔들며 팔을 휘휘 저었다. 그때였다. 어머니가 보살을 말렸다.

"지발⋯⋯ 지발 그냥 두시오. 그이 어머니라요. 원통하게 죽었다고⋯⋯ 그이가 그렇게 보고 싶어 하더니만. ⋯⋯ 얼매나 원통했겠소."

보살은 흠칫거렸다.

"나가 죽일년이여⋯⋯. 다 내 잘못이여⋯⋯ 용서해 주시오."

어머니는 희멀건 눈을 부릅뜨고 허공을 향해 미친 듯 울부짖었다.

"마침 잘 왔소⋯⋯. 오늘 있는 한 없는 한 다 푸시고 존 데로 가시오. 마침 아들도 있으니께."

아들들과 며느리들은 놀란 표정으로 어머니의 눈치를 살폈다.

어머니라면, 나에게 할머니가 되는 거 아닌가.

큰아들은 윗대를 떠올려보았다.

아. 아버지의 생모.

큰아들은 눈을 휘둥그레 떴다.

아버지가 일곱 살 때 돌아가셨다는 분.

큰아들은 가슴속이 답답해오는 걸 느끼며 눈을 감았다. 담배 생각이 간절했다. 밖으로 나왔다. 담배를 꺼내 물었다.

심하게 흔드는 종소리와 함께 무당의 고함소리, 어머니의 울음소리가 어둠을 뚫고 큰아들의 귀에 와 박혔다. 꽤나 긴 시간이 흘렀다고 느끼고 있을 때 어머니가 큰아들을 불렀다. 보살은 아랫목에 정좌를 한 채 염주를 한 알한 알 돌리고 있었고 어머니는 퉁퉁 부은 눈으로 제사상을 가리켰다.

큰아들 내외가 먼저 재배를 하였다.

둘째아들 내외가 재배를 하였다.

막내아들 내외가 재배를 하였다.

손자 손녀들은 거실에서 다 같이 재배를 하였다.

제사가 끝나자마자 어머니는 옷을 갈아입고 보살을 따라 황급히 집을 나섰다.

"날망제는 또 뭐지? 우리한테 할머니 된다는 그분 말인가?"

어머니가 나가고 나자 막내아들이 말했다.

"왜 할머니를 날망제라 부르지?"

이번엔 둘째아들이 말했다. 제사상을 치우던 큰며느리가 손을 멈추고 아들들이 있는 곳으로 왔다.

"날망제라면 지노귀새남을 하지 못한 죽은 사람을 말하는 것인데요."

"지노귀새남은 뭔데?"

큰아들이 물었다.

"일종의 씻김굿인데요. 죽은 사람이 극락으로 가도록 굿하는 거요."

"그럼 할머니가 죽은 뒤에 지, 뭐 그 굿을 안 해서 원통해서 아버지를 따라 왔다 이건가요?"

막내아들이 고개를 흔들었다.

"대충 들어보니 그거 같은데요. 근데 할머니는 어떻게 돌아가셨대?"

"확실한 건 아닌데 아버지가 일곱 살 때쯤 돌아가셨대."

큰아들이 말했다.

"육이오 전쟁 때라고 들었는데. 피난가다 폭격을 맞았다지 아마. 미군인 지 국군인지는 정확하게는 모르겠고. 다행히 아버지는 할아버지께서 안고 계셔서 다행이었다 하고."

"그럼 가을에 제사 지내는 분 말하는군."

둘째아들이 말했다.

"그렇지."

"그럼 아버님은 누가 키웠고요?"

큰며느리가 물었다.

"아버지의 할머니 손에 컸대. 나한테는 증조모가 되나?"

"참 아버지도 평탄치가 않았군."

둘째아들이 새삼스럽다는 듯 말했다.

한참동안 시간이 흐른 후 어머니와 보살이 돌아왔다. 갈 때와는 달리 어머니의 얼굴 표정이 평온하게 밝았다. 어머니의 손에 토끼 한 마리가 들려있었다. 라면박스엔 이제 토끼가 다섯 마리로 늘어났다.

"어머니."

큰아들이 어머니를 불렀다.

"그러니까 날망제가 아버지가 일곱 살 때 돌아가셨다는 아버지 생모를 가리키는 거예요?"

"그러게 말이다. 그동안 극락으로 못 가고 여기저기 떠돌아 댕겼다 하더구나. 헛지사 지낸 거지."

"그 분이 육이오 때 돌아가셨다는 거 맞아요?"

"그래. 나도 집안 어른들이 워낙 쉬쉬해서 잘 모르겠다만 아마 이쪽 사람들한테 당했는 거 같아. 예전에 아프기 전에 아버지가 문경에도 다녀왔고."

"문경에는 왜요?"

둘째아들이 물었다.

"그 왜 있잖아 양민학살인가 뭔가. 문경에도 이쪽 사람들한테 많이 죽었는데 진상규명인가 뭔가 한다고. 위령제도 지내고."

"거기 나도 몇 번 봤는데. 기차역 앞에서 합동 위령젠가 뭔가 매 년 하는 거 같던데."

막내아들이 말하자 둘째아들이 나섰다.

"아버지 생모도 거기와 연관 되는 거예요?"

둘째아들의 말에 큰아들과 둘째아들이 눈을 동그랗게 떴다.

"아녀. 그 뭔가. 뭐 좀 알아볼라고 그랬는가봐. 진상규명인가 뭔가 안 되나 하고. 근데 집안 어른들은 일체 그런데 안 나서는 눈치고."

"그래서 뭐 좀 알아냈데요?"

큰아들이 물었다.

"없어. 집안끼리 피난가다 그래서 증인이래야 집안사람밖에 없고. 그나마 아무도 관심을 안 가져주고."

"근데 우리한테는 왜 자세히 말 안 한 거예요?"

"혹시라도 뭔 피해가 갈까봐 그런 거지. 몰라 나도 더 이상은. 워낙 네 아버지가 말이 없잖아."

어머니는 그만 하라는 듯 손을 내저으며 방으로 들어갔다. 큰아들은 마당으로 나와 담배를 물었고 두 아들들은 고개를 떨어뜨렸다.

산소에 도착했을 때는 늦은 오후였다. 막내아들이 봉분 앞에 돗자리를 깔자 어머니가 직접 제물을 진설하기 시작했다. 제물이래야 과일 몇 개와 명태포 탕국이 전부였다. 며느리들은 보살이 올 필요가 없다고 하여 집에 아이들과 남아 있었다.

"이 토끼 한 마리는 아버지 생모, 그러니까 할머니 거예요?"

둘째아들이 라면박스에서 재색 토끼를 들어보였다. 먼저 산 토끼들은 흰토끼라 나중에 산 거랑 확연히 구분되었다.

"그래. 지금까지 굿을 못 해서 극락으로 못 가고…… 다 그거 때문에 네 아버지가 그 병에 걸렸다고 그러더구나."

"그럼 오늘 여기서 굿을 하면 다 괜찮데요?"

여전히 둘째아들이 물었다.

"그래. 네 할머니까지 방생하고 나면 네들 할머니 아버지는 저 극락세상으로 잘 갈 거고 네들 삼재도 다 다스려질 거다."

어머니는 결연한 표정으로 토끼를 바라보았다.

어머니와 아들들이 봉분 앞에서 물러나자 보살이 돗자리에 정좌를 하였다.

"보살님이 욕보시는구면."

어머니는 보살을 돌아보았다. 보살은 왼손에 잡은 염주를 한 알 한 알 손가락으로 굴리며 상념에 잠겨 있었다. 세 아들은 봉분에서 멀찍이 떨어져 담배를 피워 물었다. 하지만 아무도 말을 꺼내지 않았다. 해는 벌써 서쪽으로 많이 기울어져 있었다. 오전에 끝날 것이라는 예상과 달리 굿이 길어지고 있었다. 큰아들과 둘째아들은 내일 출근걱정을 하였으나 이내 머리에서 지워버렸다. 우선 혼란스러웠다. 뭔가 자꾸 머리가 복잡해지는 것이었다.

"와서 인사부터 올리시지요."

보살이 일어서서 허리를 깊숙이 숙여 절을 하고 나서 세 아들들을 불렀다. 세 아들은 피우던 담배를 발로 비벼 끄고 봉분 앞으로 다가갔다. 큰아들이 향에 불을 붙이고 나서 아들들은 이배를 하였다.

"뫼를 저쪽으로 썼으면 좋았을 낀데. 아버지가 저걸 보고 여기를 골랐을 텐데."

보살이 멀리 있는 산을 가리켰다. 세 아들은 보살이 가리키는 곳을 바라보았다. 평범한 봉우리가 여럿이 있는 산이었다.

"저기 저 멀리 봉우리 세 개가 보이지요? 중간에 오뚝하게 서 있는 게 자식들이 잘 될 상인데…… 머리는 중앙을 향하고 두 팔은 옆의 봉우리를 향했으면…… 아버지가 그러시더군요. 왜 내가 애초에 정한 데로 하지 않았느냐고요."

세 아들들은 서로를 바라보았다.

"누가 알았남요. 갑자기 쓰러지시 가지고……."

제물을 치우던 어머니가 송구스런 표정을 지었다.

"담엔 쓸 땐 아까 말 한 대로 써요. 대대로 후환도 없을 끼고, 자식들이 번창할 것이니께."

"그럼요."

어머니는 환하게 미소를 지으며 큰아들을 바라보았다. 잘 들었느냐는 눈빛이었다. 다음은 어머니 차례가 아닌가. 큰아들은 고개를 주억거렸다.

"그리고…… 남들이 물이 난다고 안 좋다고 하는데, 여긴 물 명당이요. 그러니께 남들 말 듣지 말고 그냥 두는 게 좋을 거요. 당사자도 그걸 바라고 있고……."

"그래야지요."

어머니는 또다시 말 잘 듣는 아랫사람처럼 말을 받았다.

"우선 자식들 몸에 붙은 악귀부터 물리치고 아버질 극락세계로 모셔야 하는데……."

보살은 사방을 둘러 보다,

"그럼, 아드님들은…… 머리를 이쪽으로 해서 저쪽으로 반듯하게 누워요."

보살이 손가락으로 가리키자 어머니가 제물을 놓았던 돗자리와 비닐을 가지고 와서 바닥에 깔았다. 큰아들은 주춤거리다 돗자리에 누웠다. 둘째아들과 막내아들도 보살과 어머니의 눈치를 살피다 비닐 위에 누웠다. 아들들은 눕고 나서 눈을 감았다. 평온하다, 큰아들은 생각했다. 육체는 아득히 먼곳으로, 아득히 아래로 내려가고 있는 것처럼 느껴졌다.

"두 팔을 몸에 바짝 붙이고…… 두 다리도 붙여요."

보살의 말소리가 먼데서 들려오는 것처럼 느껴졌다. 최면에라도 걸린 듯보살의 말에 따라 아들들은 몸을 움직였다. 보살은 빨산 보사기를 끌렀다. 붉은색으로 상형문자가 씌어진 한지가 여러 장 나왔다. 한지를 아들들의 머리에서 발끝까지 덮었다. 바람에 펄럭이는 한지를 어머니가 다가와 돌로 눌렀다. 보살이 종을 들고 큰아들 곁에 다가가더니 종을 나지막하게 흔들기 시작했다. 머리 위에서 원을 그리다 점점 아래로 내려왔다. 큰아들은 얼굴 위에서 짤랑거리는 종소리가 멀어지자 아버지의 얼굴을 떠올렸다. 이상한 일이었다. 아버지의 얼굴이 전혀 상상이 되지 않았다. 다시 한 번 눈을 꼭 감았다. 지나간 일들이 주마등처럼 지나갔다.

"요번 일요일에 인감 갖고 내려오란다."

아버지의 입을 빌린 어머니의 말이었다. 아버지가 돌아가시기 2여 년 전의 일이었다. 그때는 아버지의 정신이 멀쩡할 때였다.

"산을 산다야."

"무슨 산을요?"

"와 보면 알 끼다. 인감증명이라카던가 그거하고, 등본도 가져오고."

"산은 왜……."

이미 송수화기에선 뚜뚜뚜뚜 쇳소리가 나고 있었다. 큰아들이 산에 찾아갔을 때 측량기사가 측량을 끝내고 굴착기가 하수구를 파고 있는 중이었다. 아버지는 막내아들이 탄 굴착기의 커다란 입이 흙을 한 입 물고 뱉을 때마다 흐뭇한 표정으로 땡볕에서 서 계셨다. 땅은 집에서 얼마 떨어지지 않은 이웃 동네 뒷산에 있는 작은 땅이었다.

"죽어서도 고향에는 안 가신단다."

아버지가 계약서와 잔금을 큰아들 앞에 내 놓을 때 어머니가 말했다. 결국은 아버지의 말을 어머니가 옮긴 것에 불과했다. 그러면서도 어머니는 불만이 가득했다. 그만 고향 선산에 쓰면 돈도 안 들고 좋을 것을 괜히 헛돈을 쓴다는 것이었다.

"가까운데 있으면 좋지 뭐. 결국 아버지 집인데."

작업을 끝낸 막내아들이 아버지 편을 들었다.

"죽은 집이야 아무데 구하면 어때서."

어머니는 아무래도 내키지 않는 모양이었다. 아버지는 흐뭇한 표정으로 돌아서서 담배를 피웠다. 보나마나 어머니와 그동안 많이 싸운 게 분명했다.

하지만 아버지는 그 땅에 묻히지 못 했다. 아버지는 이태 동안 밭농사만 지었다. 땅을 아버지가 선택해서 샀듯이 아버지는 돌아가시기 몇 개월 전에 그 땅을 스스로 버렸다. 죽어서 고향에 가겠다고 했다. 아니 살아서도 고향에 가겠다고 했다. 치매증상이 점점 심해지면서 아버지는 고향을 무척이나 그리워했다.

나 고향에 갈란다.

오밤중에 큰아들이나 막내아들에게 전화를 해서 고향에 데려다 달라고 했다. 고향이래야 승용차로 한 시간여 밖에 걸리지 않는 거리였지만 아버지는 스스로 찾아가지 않고 데려다 달라고 떼를 썼다. 큰아들이 초등학교 입학하기 전에 떠나온 고향이니 아버지에게는 태어나고 자란 곳이었다.

나 죽으면 고향에 갈란다.

아버지는 이젠 산소 자리로 산 땅은 거들떠보지도 않았다. 2여 년 동안 잡초를 제거하고 가꾸어온 정성에 비해선 너무 쉽게 버려 어머니나 아들들의 말문이 막히게 했다.

"그 땅은요?"

언젠가 큰아들이 물었을 때 웬 땅? 하는 표정으로 큰아들을 바라보았다.

언젠가 큰아들은 아버지를 차에 태우고 고향에 간 적이 있었다. 기다가 고향 들머리에 있는 삼거리에 들러 막걸리를 한 병 비우고 난 뒤였다.

"여기 세워라."

고향 마을 입구에서 내렸다. 당신은 걸어 갈 테니 차를 천천히 끌고 오라는 것이었다. 정신은 말짱한 거 같아 큰아들은 아버지의 말에 따랐다. 큰아들은 아버지의 속마음을 알았다.

내 여기에 택시를 타고 올 테니 두고 봐라 이놈들아.

큰아들은 아버지의 말을 똑똑히 기억하고 있었다. 초등학교 다닐 때 벌초나 문중시제 때 고향에 들르면 아버지는 꼭 술에 취했고 술에 취하면 주사를 부렸다. 그때는 고향에서 멀리 떨어진 곳에 시내버스가 다녔고 시내버스 정류장에서 고향마을까지 걸어서 한참이나 걸렸다. 고향에 택시를 타고 온다는 것은 돈을 많이 벌었다는 것이었다. 다시 말하면 괄시를 받지 않겠다는 것이었다. 배운 것도 가진 것도 없던 아버지는 그렇게 고향 사람들에게 괄시를 당해도 문중 행사나 다른 경조사가 있으면 꼭 큰아들을 데리고 다녔다.

고향 마을 입구에 본인은 걸어가면서 큰아들에게는 차를 타고 뒤따라오게 하는 것은 다른 사람들이 보게 하는 것이었다. 하지만 불행히도 그때는 이미 집집마다 차가 다 있을 때였지만 아버지는 아랑곳 하지 않았다.

이 집이 우리가 살던 집이다. 집 옆에 마을 공동 우물이 있었지.

아버지는 큰아들에게 일일이 손가락으로 가리키며 이 집은 누가 살았고 저 집은 누가 살았는데 소를 몇 마리 키우던 부자였으며 이 집은 부모가 일찍 돌아가셨다는 등 큰아들이 수백 번은 더 들었을 이야기를 하였다. 큰아들은 예예 하며 아버지의 말에 추임새를 넣었다.

아버지는 동네 사람들을 만나서도 아무런 문제를 일으키지 않았다. 오히려 더 점잔을 빼서 큰아들을 의아하게 만들기도 했다.

"많이 말랐네. 어디 아픈가?"

몸이 마른 거 외에는 이상이 없어 고향 사람들은 눈치 채지 못 했다. 옷을 갈아입지 않으려던 아버지는 그날은 순순히 옷도 새 옷으로 갈아입었다.

아버지는 고향 사람들을 여럿 만나고 난 뒤 문중의 어른을 만났을 때 느닷없이 산소자리를 꺼냈다. 큰아들에게 미리 준비한 쇠고기 한 근과 정종 한 병을 가지고 오게 했다.

"아재요, 저기 웃골 줄기 있잖습니까. 내 집을 지을라 카는데."

큰아들은 처음엔 무슨 말인가 했다.

"집을? 왜 거기에 묻힐라꼬?"

귀가 어두운 문중 어른이 말을 했을 때에야 산소자리를 가리키는 줄 알았다.

"내 한 곳 봐 놨십니다."

"그려. 그 줄기라면 자네 어미 산소하고도 가까운데."

"예."

"일부러 거기에 쓸라고?"

"아닙니다. 그냥 거기가 햇빛도 잘 들고, 길에서도 가깝고."

"그려. 이젠 다 잊어버려. 자꾸 쫓아다닌다고 죽은 사람 다시 살아나는 것도 아니고."

"예."

아버지는 고개를 끄덕거렸다. 문중 어른은 아버지의 표정을 살피더니

"근데 그 밑자리엔 물이 안 나올란가?"

"쪼금 나온다캐도 상관 없십니다."

"자네 맘대로 하게."

큰아들은 조마조마 했지만 다행히 문중 어른은 선선히 승낙했다. 아버지는 흐뭇한 표정을 지었다.

집으로 돌아오던 길에 아버지가 봐온 산소 자리에 갔다. 산소 자리는 시멘트 1차선 포장도로에서 30~40m 떨어진 곳에 있는 남서향이었다. 햇빛이 하루종일 들 것 같은, 한눈에 보아도 괜찮은 터였다. 아버지는 이리저리 살피며 흡족한 표정을 지었다.

"두 개는 넉넉히 쓰겠구나. 합장해도 괜찮겠고."

"좋네요."

큰아들은 아버지의 비위를 맞추었지만 그다지 기분이 좋은 것은 아니었다. 뭔가 아버지에게 속은 느낌이었다.

"언제 와 보셨어요?"

큰아들은 의구심을 가지고 물었다.

"틈나는 대로 와 봤지. 누가 안 쓰나 하고. 이제 문중에 알렸으니 걱정 없다."

아버지는 우뚝 자란 개망초를 뽑았다.

"자주 왔었다고요? 혼자서요?"

"그렇다니까. 얼마나 걱정했다고."

"아버지 그럼."

큰아들은 아버지의 기색을 살폈다.

"동네 옆에 있는 터는요?"

"거기에 무슨 터가 있다고 그러냐?"

"재작년에 사 놓으셨잖아요. 아버지가요."

"난 네가 무슨 말을 하는지 모르겠다."

아버지는 큰아들의 말을 귓등으로 넘기며 개망초를 열심히 뽑았다.

"막내한테 얘기해서 이 옆으로 수로를 크게 내면 물 빠짐도 좋겠구나."

아버지는 혼자 중얼중얼거렸다.

후둑, 후두둑, 후두두둑.

보살은 큰아들의 머리 위에 소금을 뿌리기 시작했다. 적게 뿌리던 소금을 점점 한 움큼씩 큰아들의 머리에서 발끝까지 뿌렸다.

탁! 타닥, 탁!

큰아들은 얼굴 위로 내리꽂히는 물체를 느끼며 눈을 떴다. 붉은 상형문자가 큰아들의 시야를 가렸다. 그때 왜 물어보지 못 했던가. 문중 어른을 만났을 때 분명 아버지 생모 얘기를 꺼냈는데. 자꾸 쫓아다닌다고 죽은 사람 살아나지 않는다고 했는데. 그때 분명 아버지의 표정이 어두웠는데. 큰아들은 눈앞에 어른거리는 아버지의 형상을 떠올리며 고개를 가로 저었다. 결국 아버지는 자신의 어머니 곁으로 가셨구나. 우린 왜 그런 걸 몰랐을까. 우리가 조금만 아버지를 이해하려고 했다면 다 알 수 있었을 텐데. 큰아들은 후회에 가슴이 먹먹했다. 아버지 생모에게도 매년 제사를 지내고 벌초하고 시제까지 지냈는데도, 그렇게 지금까지 무심했다니.

"주위를 돌아요! 곡을 하세요!"

보살의 다급한 말에 어머니가 누운 큰아들을 향해 꿇어앉아 있다가 화들짝 일어섰다.

"아이고 불쌍한 양반."

어머니의 입에서 신음 소리가 흘러나왔다.

"물러 가시오. 여긴 있을 데가 아니오!"

보살이 큰아들의 몸을 명태로 힘껏 내리쳤다. 손에 들린 명태의 입 주둥이 한 쪽이 떨어져 나갔다.

"있는 한 없는 한 다 푸시고 인자 존 데로 가시오……."

어머니는 울먹이며 큰아들의 주위를 돌며 곡을 했다. 큰아들의 몸이 자신도 모르게 움찔거렸다.

탁! 탁! 타다탁!

주둥이가 날아간 명태의 똘망이던 눈이 떨어져 나갔다. 몇 개째인가 명태의 주둥아리가 날아가고 똘망이던 눈알이 빠져나갔을 때에야 큰아들은 보살의 괴성에 가까운 목소리와 어머니의 곡성을 멀리서 듣는 듯 들었다.

후둑, 후두둑.

"물러가시오! 물러가시오!"

탁! 타닥! 타다닥!

한지 위에 내리꽂힐 때마다 명태의 주둥아리가 날아가고 눈알이 튀어나갔다. 평온, 몸을 움직일 수 없는 상태. 정신을 벗어난 육체는 아득히 먼 곳에 있는 것처럼 큰아들은 느껴졌다. 한지가 걷혀지고 나서도 한참동안 큰아들은 그대로 누워 있었다.

후두둑, 타다닥!

소금이 큰아들의 얼굴에서부터 발끝까지 뿌려지고 몸에 세차게 닿은 명태가 으깨어지고, 감각을 잃은 큰아들은 오랫동안 누워있었다. 얼마나 지났을까.

"인제 일어서시오."

보살이 쉰 목소리로 말했다. 최면에라도 걸린 듯 큰아들은 비틀거리며 천천히 일어섰다. 큰아들이 봉분 앞을 벗어나자 이번엔 보살이 둘째아들을 덮은 한지 위에 소금을 뿌리더니 명태가 으깨어지고 눈알이 빠지도록 명태를 두 손으로 잡고 한지 위를 때렸다. 큰아들은 어머니를 바라보았다. 어머니는 묵묵히 보살의 행동을 지켜보고 있었다.

어머니는 지금 무슨 생각을 하고 계실까. 아버지에 대한 속죄의 마음을 가지고 계실까.

큰아들은 담배 연기를 길게 내뿜었다.

지금껏 고생시켰으면 됐지. 언제껏 고생시킬라꼬.

아버지가 치매 증세로 종종 말썽을 부렸을 때 어머니가 한 말이었다.

나한테 해 준 게 뭐 있다고.

아버지가 치매 증세로 한바탕 난리를 치고 나면 큰아들 앞에서 어머니가 한탄하던 소리였다. 예전에도 술을 자주 마시고 주사가 심했던 아버지를 어머니는 무척이나 못 마땅해 했다.

진정 남편으로서가 아닌, 죽어서도 저승으로 가지 못 하고 자식의 몸에 붙어 자식들의 앞날을 망쳐놓을 한 인간의 죽음에 대한 두려움일까. 남편으로서의 애증일까. 남편에 대한 이해일까.

큰아들은 어머니의 굿에 대한 열정에 대해 생각했다. 아버지가 알코올성 치매 진단을 받았을 때 어머니는 술을 끊지 말고 원하는 대로 실컷 마시다 죽게 내버려두라고 했다. 알코올 중독 요양원에 가면 몽둥이로 두들겨 패고 며칠이고 꽁꽁 묶어 놓는다는 동네사람들의 말에 미리 겁을 먹었는지도 몰랐다. 하지만 아버지의 치매에 대해

또 고생을 시키냐, 그동안 얼매나 고생시켰는데. 그것도 모자라서 늙어서까지.

하늘이 무너져라 한탄했고 또한 쓰러져서 병원에서 임종했을 때도 왜 죽었는지 알 필요도 없다며 부검을 완강히 반대하고 빨리 장례 치르기를 종용했던 것 또한 사실이었다.

무능했고 무심했던 아버지가 그동안의 고생도 모자라 치매증세로 죽기 전 몇 개월 동안까지 어머니를 고생시킨 것에 비하면 어머니의 행동 또한 이해 못 하는 바는 아니었다. 하지만 아버지는 어머니에 대해 가해자일까. 큰아들은 문득 아버지의 죽음과 어머니의 한 많은 삶이 실감 있게 느껴졌다.

큰아들은 담배를 비벼 껐다. 까닭모를 슬픔이 울컥 덮쳤다.

"인제 일어서서 산소 주위를 돌면서 곡을 하세요."

막내아들에게도 똑같이 다 하고 나자 비녀가 빠져 헝클어진 머리를 손질하며 보살이 말했다. 골짜기에서 바람이 세차게 불어 왔지만 무당과 어머니의 얼굴에선 땀방울이 송골송골 맺혀 있었다.

아들들은 몸에서 뜨거운 열기를 느끼며 산소를 돌며 곡을 하기 시작했다.

"아이고……아이고……."

정작 장례식 내내 잘 나오지 않던 곡이 쉽게 입에서 흘러나왔다. 보살이 산소를 향하여 절을 올리고 자리에 정좌를 했다. 어머니도 보살을 따라 옆자리에 앉았다.

"곡을 좀 더 크게 하시지요."

보살의 말이 떨어지자마자 아들들의 곡소리가 커지기 시작했다. 무당은 염주를 꺼내 손가락으로 한 알 한 알 넘기며 모미타경을 외기 시작했다.

나무상주시방불 구품연화여거류
나무상주시방불 미타장육금구립

산소 주위를 도는 큰아들의 눈에서 한줄기 눈물이 주르륵 내렸다. 큰아들은 오직 아버지가 극락세계로 가시길 빌고 또 빌었다.

나무상주시방승 좌수당홍우수수
아미타불진금색 녹나의상홍가사
상호단엄무등두 금면미간백옥호
백호완전오수미 좌우관음대세지

…… ……

"아이고……아이고……"
산소 주위를 돌며 곡을 하는 큰아들의 눈에서 눈물이 본인의 의지와 관계
없이 자꾸만 주르륵 흘러내렸다.

…… ……

염념불리금색상 무량수여래불
아집염주법계관 나무아미타불
허공위승무불관

독경을 마친 무당이 아들들을 올려다보았다.
"이제 극락세계로 가셨습니다. 이리로 와서 절을 하시지요."
보살의 말에 어머니께서 눈물범벅이 된 아들들의 얼굴을 수건으로 훔쳤
다.
큰아들이 먼저 산소를 향해 재배를 하였고 둘째아들과 막내아들이 뒤를
이어 이배를 하였다. 어머니는 천천히 절을 한 번만 하였다.

"큰 일하셨습니다. 요새 젊은이답지 않게……."

보살이 말했다. 온 몸에서 뿜어 나오는 열기로 큰아들의 얼굴이 붉게 달아올랐다.

"자, 이걸 저기 소나무에 던져요."

보살이 붉은 보따리에서 실타래로 묶은 명태 세 마리를 가지고 왔다. 큰아들이 머뭇거리다 한 마리를 집어 들고 산소 뒤에 있는 큰 소나무로 다가갔다. 손을 높이 들어 힘껏 위로 던졌다. 넓적하게 펴진 소나무 가지에 털썩 걸렸다. 어머니는 소나무에 걸린 명태를 향해 두 손을 모으고 절을 하였다. 둘째아들은 산소 오른쪽에 있는 소나무에 던졌고 막내아들은 산소 왼쪽에 있는 소나무에 명태를 던졌다. 어머니는 명태가 소나무의 가지에 걸릴 때마다 합장을 하고 고개를 숙였다.

"아드님들은 좀 쉬었다가 방생하세요."

보살이 말했다.

"아휴, 귀신에게 홀린 기분이네."

봉분에서 좀 떨어진 소나무 그늘로 오며 얼굴이 빨갛게 상기된 막내아들이 중얼거렸다.

"나도 정신이 하나도 없더라."

둘째아들 역시 번들거리는 이마의 땀을 닦았다.

"아버지는 인제 극락세계로 가셨으니께 맘 편하게 잘 지내시겠네."

막내아들이 어머니가 봉분 앞에 있는 제물과 돗자리 비닐들을 치우는 것을 바라보며 말했다.

"그래, 가셨을 거야. 또 그렇게 가셔야 되고."

큰아들이 담배를 물며 말했다.

"어머니가 고생하네. 아버지가 살아계실 때도, 돌아가셔서도."

둘째아들이 두 팔을 높이 들어 기지개를 켰다.

"이제 아버지는 저 세상에서 생모도 만났겠네."

"암, 만나야지."

막내아들이 말하였다.

"참 기구한 인생이다."

담배를 다 피운 후 큰아들이 말하였다.

"일제 때 태어나서 전쟁으로 어머니를 잃고 또한 보릿고개로 이어오는 어두운 현대의 질곡을 맨몸으로 겪어온 인생이 아닌가."

"참, 아버지도."

둘째아들이 말을 받았다.

"평생을 그렇게 힘들게 사시고."

"이제 자식들 봉양 받으며 편히 사셨어야 했는데."

다시 담배를 꺼내 입에 물며 큰아들이 말했다.

"그러게 말이야. 왜 그렇게 술을 드셨는지. 어릴 때 생각해 보면 온통 술 마시고 남들과 싸우든지 어머니와 싸운 기억밖에 없어."

막내아들 역시 담배를 꺼내 물었다.

"그래. 어쩌면 술이 없었으면……."

큰아들은 뒷말을 꿀꺽 삼켰다. 아버지가 일곱 살 때 생모가 죽었으니 할머니 손에 컸고, 아무리 할머니라 하더라도 어머니만 했으랴. 한참 어머니 앞에서 재롱부릴 땐데.

"그럼 어릴 때 너무 외롭게 커서 그런가."

막내아들의 말에

"그럴 수 있지. 돌아가시기 몇 개월 전부터 고향에 가고 싶다고 노랠 불렀잖아."

큰아들이 동의했다.

"아버지에겐 특별할 수도 있지. 치매증상이 있은 후 주위 사람들 모두 거의 아버지 말을 무시했잖아. 얼마나 절망했겠나. 아무도 자기 말을 들어주지 않으니."

"그러게 말이야. 난 지금도 그게 제일 후회돼. 굿을 하게 되니까 그때 일이 자꾸 떠오르고."

"이제 극락세계로 가셨으니까 괜찮으실 거야."

자기 자신에게 말하듯 큰아들이 중얼거렸다.

"그럼, 극락세계로 가셔야지. 평생을 고생만 하셨는데."

막내아들이 말했다.

"난 말이야."

큰아들이 헛기침을 했다.

"이게 제일 후회 돼. 쌀 가져오셨을 때 말이야. 둘째 너야 서울에 사니 택배로 부쳐서 잘 모르겠지만."

"우리 집에도 꼭 쌀 한 가마를 지고 오셨어. 가을 추수 끝나면."

막내아들이 끼어들었다.

"그래 그랬지. 근데 난 아버지께 술 한 잔 대접하지 못 했다. 아버지가 술 좋아하시는 걸 알면서도 말이야. 술을 사다 드리고 나도 한잔 하고. 그렇게 함께 한잔 할 수 있었는데 말이야."

"그게 우리 형제들 무의식 중에 있는 아버지 콤플렉스가 아닐까. 그러니까 우리 모두 아버지가 술 드시는 걸 싫어했다는 거지."

둘째아들이 말하였다.

"집에서도 마찬가지였잖아. 명절 때나 부모 생신 때 다 모여도 우리끼리만 술 마셨잖아. 얘기도 주로 어머니 하고만 했고."

"맞아. 나도 굿하는 내내 그게 맘에 제일 걸렸다고. 왜 아버지하고는 그렇게 살갑게 지내지 못 했을까, 하고."

"나도 그랬어. 서울에 오셨을 때 술 한 잔 대접할 생각도 못 했어. 어머니가 네 아버지 술 한잔 드려라 했을 때야 집에 선물로 들어온 술을 몇 잔 드렸을 뿐이야. 아까 형 말대로 함께 마실 수도 있었는데."

둘째아들이 실토하듯 말했다.

"근데 말이야. 술 드시는 걸 어머니가 제일 싫어하셨잖아. 그리고 이런 말 좀 그렇지만 치매온 후에 아버지가 돌아가시길 바랬던 거 같고. 돌아가시고 난 뒤에도 별로 슬퍼하시는 기색도 없으셨잖아, 장례식 내내. 그런데 굿을 그렇게 열심히 하시고."

막내아들이 허참, 하며 고개를 갸우뚱거렸다.

"설마 돌아가시기야 바랬겠나. 홧김에 한 소리지."

"그래 둘째 말대로 홧김이겠지."

그때 보살이 아들들을 불렀다. 방생을 하라는 것이었다. 아들들은 피우던 담배를 바닥에 비벼 껐다.

"그만 가보자 다 치웠는가보다."

큰아들이 몸을 돌려 봉분 앞으로 걸어갔다.

"이걸 한 마리씩 나눠주시오."

보살은 라면박스를 아들들이 가까이 다가오자 앞으로 내밀었다. 큰아들이 라면박스를 열었다. 토끼들이 일제히 고개를 밖으로 내밀었다. 큰아들은 한 마리씩을 꺼내 동생들에게 건넸다. 동생들은 두 손으로 토끼를 받았다. 토끼는 손아귀에서 벗어나려고 발버둥을 쳤다.

"한 마리는 어머니를 주세요."

보살이 말하였다. 큰아들이 토끼를 꺼내자 어머니는 오른손으로 토끼의 두 귀를 잡고 왼손으로 토끼의 엉덩이를 떠받쳤다.

"한 마리는 이리 주시오."

큰아들은 마지막으로 산 재색 토끼를 보살에게 주고 마지막 남은 토끼를 꺼냈다. 토끼는 앞발로 자신을 잡은 손을 할퀴려고 발버둥을 쳤다.

"자, 풀어주시지요."

보살이 말하였다. 아들들이 머뭇거리는 사이 보살과 어머니가 토끼를 놓아 주곤 토끼를 향해 합장을 하였다.

큰아들이 토끼를 풀어놓자 발버둥치던 아까와는 달리 갑작스런 상황에 어리둥절한 토끼는 멀리 가지 않고 큰아들 앞에서 맴돌았다. 큰아들은 보살과 어머니가 그랬듯 토끼를 향해 합장을 하였다.

아버지, 존 데로 가세요. 그곳에는 모두들 아버지 말을 잘 들어줄 거예요.

큰아들은 속으로 속삭이다 울컥, 속에서 슬픔이 솟구쳤다. 눈시울이 붉어져 고개를 숙였다.

둘째아들도 토끼를 꺼내놓고 합장을 하였다.

막내아들도 토끼를 꺼내놓고 합장을 하였다.

하지만 토끼들은 멀리가지 않고 심은 지 얼마 되지 않은 잔디를 뜯어먹을 뿐이었다.

"어, 멀리 가지 않네."

막내아들이 한 마리를 잡아 머리와 등을 쓰다듬어 주다가 엉덩이를 가볍게 치자 토끼는 깜짝 놀라 동그란 눈을 뜨고 주위를 두리번거리다 산소 뒤 소나무 숲을 향하여 뛰어 갔다. 그러자 나머지 토끼들도 뒤따라 숲으로 뛰어 갔다. 어머니는 토끼들을 향하여 두 손을 모으고 절을 했다. 큰아들은 어머 니를 따라 두 손을 모으고 고개를 깊숙이 숙였다.

"모두들 고생하셨습니다.

보살이 아들들의 얼굴을 일일이 바라보며 칭찬을 아끼지 않았다.

"무슨 말씀을요. 보살님이 큰 고생하셨습니다."

큰아들이 보살에게 인사를 하였다.

"나야 뭐 당연히 해야 할 일이지만서도. 요새 젊은 사람답지 않게 잘 하셨 습니다. 이제 아버지와 할머니가 극락세계로 가셨으니께 자손들 우환도 없 을 겁니다."

보살의 말에 둘째아들과 막내아들은 고개를 숙여 인사를 하였다.

"보살님 큰 욕 보셨습니다."

어머니가 고개를 깊숙이 숙이고 합장한 채 인사를 하였다. 보살도 마주 보 고 합장을 하였다.

보살과 어머니는 산을 먼저 내려갔고 아들들은 제물과 돗자리를 들고 뒤 를 따랐다. 차가 세워진 길가에 왔을 때 큰아들은 산소를 되돌아보았다. 소 나무 사이로 아직 채 마르지 않은 봉분이 보였다.

아직 아버지는 저승으로 못 가고 계신 걸까. 그토록 원하시던 고향에 묻히 지 않았는가. 큰아들은 더 이상 봉분을 바라볼 수가 없어 고개를 돌려 차 가 까이 다가갔다.

집으로 돌아왔을 때 손자 손녀 몇 명은 거실에서 '짱구는 못 말려'를 보며 키득거리고 있었고 몇 명은 마당에서 술래잡기를 하고 있었다. 작은 방에서는 며느리들의 웃음소리가 깔깔깔 터져 나왔다. 큰아들은 순간 어머니의 표정을 살폈지만 대수롭지 않다는 표정이었다. 잘 다녀오셨느냐는 아이들의 소리에 며느리들이 웃음을 멈추고 밖으로 나왔다.

"잘 끝나셨어요? 어머님."

"어머님 안 피곤하세요?"

며느리들은 아직도 웃음기가 남은 얼굴로 어머니에게 인사를 하였다.

"괜찮다."

어머니는 어떤 큰일을 해낸 성취감에 도취된 것처럼 전혀 피곤한 기색도 없었다. 큰아들은 안도의 한숨을 내뱉었다.

"어여 저녁 준비 하거라."

어머니는 재촉하였다. 둘째아들이 밤에 올라가야 했다.

"사십구재는요?"

둘째아들이 물었다.

"오늘 굿 했는데 또 할 필요가 있겠냐."

어머니는 당연한 걸 왜 묻느냐는 투로 대답했다.

"에이 그래도 해야지요. 남들도 다 하는데."

막내아들이 자리에 앉으며 말했다.

"극락세계에 가셨는데 무슨."

어머니는 안방으로 들어가며 단호하게 말했다. 며느리들은 저녁 준비를 하였고 아들들은 씻고 나서 거실에 마주 앉았다.

"고스톱 한번 치고 내일 가지? 술도 한잔 하고."

막내아들이 둘째아들에게 오늘밤 놀고 내일 가라고 강권했다.

"내일 출근이야."

둘째아들은 딱 자르더니

"굿하는데 돈은 어떻게 했어?"

큰아들에게 물었다.

"어머니가 주셨다. 내가 드리려 해도 안 받으시겠대."

큰아들이 말했다.

그때였다.

…… 아이고 아이고……

방안에서 나지막한 울음소리가 흘러나왔다. 아들들과 며느리들은 놀란 표정으로 서로 바라보았다.

…… 아이고 불쌍한 양반. 아이고……

입을 틀어막은 어머니의 울음소리였다. ⓔ

소설을 읽고 - 한 줄 코멘트

아내와 남편의 심정이 절절이 와 닿았습니다. 아들을 출가시키는 어미의 마음이 사무칩니다.
　　　　　　　　　　　　　　　　　　　　　　　　　　　　　　- ㅈ

'일종의 그리움이었고 불안감' 이라는 표현에서 이 작가와 나는 같은 세월을 흐르는구나, 세월을 늙어가는구나... 하는 소설외적인 생각을 했습니다. 어찌 이렇게도 여자의 마음 내지 어미의 맘을 꿰뚫어볼 수 있었을까.
　　　　　　　　　　　　　　　　　　　　　　　　　　　　　　- ㄴ

아내는 갑자기 공허감과 허탈감과 무상감을 느꼈을 것이고, 아무런 의욕도 열정도 느끼지 못했을 것.
　　　　　　　　　　　　　　　　　　　　　　　　　　　　　　- ㅇ

자식들 떠난 뒤에 허전함을 유난히 많이 느끼는 아내.
　　　　　　　　　　　　　　　　　　　　　　　　　　　　　　- ㅇ

단편은 원래 이렇게 단순하게 써야 하는데 요즘 작가들의 단편이 하도 복잡하고 어렵기까지 하여, 게다가 그런 작품들에 중독·오염·세뇌되어 단편다운 단편이 오히려 이상해보이기도 합니다.　　　　　　　　　　　- ㄷ

긴머리 여인과의 섹스 중, 콘도 안에서 자살식을 거행하는 모습을 봅니다.
　　　　　　　　　　　　　　　　　　　　　　　　　　　　　- ㄷ

귀향소설인데 중의적이기도 하다. 실제로 고향에 돌아가기도 하지만 영원한 귀향으로서 죽음을 겨냥하고 있다.　　　　　　　　　　　- ㅇ

거사를 앞둔 입수장면이 인상적이었습니다.　　　　　　　　　- ㅇ

오디농사 지어 장사꾼에게 넘기는 장면을 맛깔나게 풀어낸 소설이군요. '땅을 둘러싼 덕만과 아들의 입장 차이에서 오는 갈등'과 '덕만 쪽과 장사꾼 간의 밀땅 와중에 일어나는 갈등'을 놓고 볼 때 각 갈등의 밀도가 느슨하고 갈등간의 상관관계도 느슨하여 소설전체가 너무 좀 늘어진 듯한 느낌이랄까...하면서도 그 계산 없이 대책 없이 늘어지는 이 맛이 진국처럼 구수한 매력으로 다가오기도 하고...　　　　　　　　　　　　　　- ㄴ

어렵게 만든 돈을 옷 사 입고 맛난 것 먹으라고 홀떡... 참 반듯하다는... 덕만도, 아들도, 며느리도 다 반듯한데다 결말까지 반듯해서 저는 오히려 그 장사꾼이 불쌍해질라고.　　　　　　　　　　　　　　　- ㅈ

밝고 기분 좋은 수채화 한 점 본 듯한 느낌.   - ㅇ

아, 이걸 어떻게 표현해야 좋을까. 산수유도 아니고.   - ㅇ

몰입해서 읽어가다 뒷부분에 접어들 즈음 내게 강 같은 슬픔. 조용히 고여 오르는 원인을 알 길 없는 페이소스(혹시 조용히 고여 오르던 페이소스가 내 속의 괴물이 보낸 사인일는지.). 술. 마시고 싶군요. 오랜만에 술이. 취하고 싶게 만드는 소설.   - ㄴ

이런 작품 쓴 분과는 술을 1박2일로 마셔줘야 하는데...   - ㄷ

농촌의 어두운 측면이 리얼하게 잘 그려져 있군요.   - ㄴ

얘기도 명확하고, 반전에 반전이 흥미롭고, 잘 읽었습니다.   - ㅈ

@

고 창 근 작가약력

경북 상주 출생.
오월문학상 수상,
소설집 〈소도(蘇塗)〉, 〈아버지의 알리바이〉 등이 있고,
문학웹진 문학마실 편집인이며,
현재 소설 및 그림 창작 활동을 하고 있다.
이메일 : sgamm@hanmail.net

아버지의 알리바이

2011년 3월 7일 발행
2011년 3월 14일 1쇄

지 은 이 / **고창근**
펴 낸 이 / **윤현호**
펴 낸 곳 / **뿌리출판사**
홈페이지 / **www.rootgo.com**
E-mail / root1115@daum.net / rootgo@dreamwiz.com
주   소 / 서울시 성동구 성수 2가 3동 317-10 2층 우편번호 / 133-835
전   화 / (代)2247-1115, 466-4516, 팩 스 / 466-4517
출판등록 / 서울시 등록(카) 제 1-551호 1987.11.23

값 / 10,000원
ISBN 978-89-85622-75-2-03810